U0102558

世界扑面而来

小昌 著

江苏凤凰文艺出版社
JIANGSU PHOENIX LITERATURE AND
ART PUBLISHING

图书在版编目（CIP）数据

世界扑面而来 / 小昌著. —南京：江苏凤凰文艺
出版社，2024.2

ISBN 978 - 7 - 5594 - 8027 - 9

Ⅰ. ①世… Ⅱ. ①小… Ⅲ. ①中篇小说-小说集-中
国-当代②短篇小说-小说集-中国-当代 Ⅳ.
①I247.7

中国国家版本馆 CIP 数据核字（2023）第 191532 号

世界扑面而来

小昌　著

出 版 人	张在健	
责任编辑	李珊珊　李　黎	
特约编辑	王　怡	
责任印制	杨　丹	
出版发行	江苏凤凰文艺出版社	
	南京市中央路 165 号，邮编：210009	
网　　址	http://www.jswenyi.com	
印　　刷	苏州市越洋印刷有限公司	
开　　本	889 毫米×1194 毫米　1/32	
印　　张	11.25	
字　　数	240 千字	
版　　次	2024 年 2 月第 1 版	
印　　次	2024 年 2 月第 1 次印刷	
书　　号	ISBN 978 - 7 - 5594 - 8027 - 9	
定　　价	68.00 元	

目录

乌头白

　　于凤梅醉了，很可能是装醉。这是难以证实的。不过她已经醉成这样，林少予有些无可奈何。他也喝了不少，奇怪的是，竟然没醉。五十五岁生日一过，他突然感觉身轻如燕，酒量也莫名其妙大了不少。为了这次重逢，他们像是期待了很久很久。自从哈尔滨车站一别，四十年过去了。其间他们互相写过几封信。信的内容乏善可陈，都是些身边鸡毛蒜皮的小事，偶尔也会提起向日葵小镇。但讳莫如深，像是有什么难言之隐，像是为一起在八号农场生活过三年感到惭愧。信的末尾呢，一个写"你的朋友少予"，另一个写"你的朋友凤梅"。在去机场接于凤梅的路上，林少予一直在想她的样子，一副模糊的轮廓。记得是长方脸，皮肤很白，白透了，能看见青色的毛细血管。人都喊她雪儿。雪儿，雪儿，他在嘴中不停念叨。

　　她曾给他寄过一张照片，是她在哈尔滨某百货大楼前拍的。黑白方格裙子，白衬衫，短头发，似笑非笑，两只手背在身后，身形有些扭捏。他记得她就是这样，腼腆极了。他知道，藏在她身后的那双手必是绞在一起的。她总让他想起草原上的芨芨草。在他们曾住过的那一排平房周围到处都是，密密麻麻，枝叶交缠。不过这张照片被他搬家时弄丢了，或许是他老婆李晓燕随手扔进了垃圾桶，这种可能性也很大。于凤梅回哈尔滨后，当了十五年的售货员，中央大街上的百货大楼，后来下岗了，干了一阵子个体，什么都倒腾过，据说后来还跑过小三轮，在哈尔滨汽车站蹲点，和大老爷们一起，哄抢着揽客。他有几分好奇，想知道，她这些年是怎么过来的。当然，他也想说说他自己。

要送她去哪里呢，难道回那个青年旅舍。林少予不忍心将她扔到床上弃置不顾。她可是个癌症病人，一个经历过放化疗的癌症晚期病人。林少予猜测，她是偷跑出来的，家人并不知道。也许是从医院溜出来的。他也不是凭空这么想。他们喝酒时，于凤梅无意中说起过，一些小动物在死前都会躲起来，躲到僻静的角落，比如树洞。她说的就是她自己，她这个小动物想躲起来了，找一个安静的树洞。这么说的时候，她死死盯着他看。她的眼神很像猫头鹰的，空洞又阴冷，具有骇人的洞穿力。也许他就是她想找的树洞。这让他感到毛骨悚然。在见她之前，他已有所准备。他在她 QQ 空间里曾留过言，写了一句杜甫的诗："匡山读书处，头白好归来。"他们在八号农场的时候，一起聊过杜甫的诗。后来电话就打来了。她给他打电话的时候，没说她是谁，只是问还记得向日葵小镇吗。向日葵小镇呀，他在心里一遍遍默念，那个被一道废弃的铁轨横穿而过的草原上的小镇，小镇上那一群在铁轨上跳蒙古舞的年轻人，一幕幕在他心底涌起。

　　林少予轻声说了一句，跟我回家吧。这一句说出口，连他自己都感觉不可思议。后来他想这么说的原因有三：一他喜欢过于凤梅，二他妈妈不想让他这么做，三他姐姐回来了。

　　首先，他仍然能从她那张像发芽的土豆似的脸上依稀看见过去的雪儿。她变了样，面目全非。腮上爬满疤痕，疤痕一路向下，延伸到锁骨上。看上去像是烫伤。这让她很像一条直立的鱼。最初她围着围巾，只露出眼睛。他认得出那双丹凤眼。望着他，像是在张望峥嵘山的雪。四十多年前，他们没完没了上山下山。后来她一圈圈摘掉了围巾，像是摘掉了一层层手术的白色绷带。看见像鱼鳃似的疤痕，他并未惊慌，反而平静下来。他想起四十多年前，他们一群人离开青年站，去另一个镇子上看露天电影，走着走着，他和于凤梅就落到了人群的后面。一场暴风雨却突然而至，他们躲在一棵小树下。一棵在风中摇摆的小树。目力所及，能找到的只有那一棵小树。他们挤在一起，头顶上是林少予那件他爸留给他的皮夹克。皮夹克之下，是他们俩瑟瑟发抖的脸。几个月后，他们就各奔东西了。再后来，他们谁也没提起过，两个人在树下挨得那么近，一转脸就能亲上嘴。看见她的第一眼，他感觉她就是从那株在风雨中摇摇摆摆的小树下向他走来的。

　　其次，于凤梅像一支箭向他射来，射中的不是他，而是他的老母亲。他山之石可以攻玉。这些年，他过得憋屈。他这辈子都在讨好别人，讨好他老婆李晓燕，讨好他妈妈，讨好他儿子。也许只有眼前的于凤梅不需要他讨好。和她面对面坐着喝酒时，他多想畅所欲言，多想大醉一场。可他还是没有，他是个多么小心翼翼的人。李晓燕和他妈妈经年不合，婆媳水火不容。当年他们三个人趴在一张中国地图上，四处找晚年宜居的城市。他们举棋不定，不过离开东北一路向南的心却不约而同。后来他们都找到了自己想去的地方，像掷骰子似的，将自己的余生扔向了地图上一个逗号大的地方。他和妈妈住在广西北海，李晓燕一个人则去广东珠海，说离他们儿子近，儿子在深圳一家游戏公司上班。林少予最初是两处跑，后来也渐渐懒散了，当然他的说辞是，老太太腿脚不好，离不开人，久而久之，一年半载也去不了一趟珠海，夫妻因此常年分居。李晓燕不以为意，还常在朋友圈晒她夕阳红的晚年生活。他后来想，也许这是他们婆媳两个人早就算计好的。他们像是在角力，在争夺他，看谁能最终赢得他。他妈妈赢了。他妈妈总是能赢。可输了的李晓燕不动声色，也像是赢了。也许只有他林少予输了。于凤梅偏巧像一支箭似的射了过来。良机不可失。既然她老人家不喜欢李晓燕，大抵喜欢这个于凤梅吧。他要把她带回家，让他妈妈明白明白。这么想下去，他就想笑。哈哈大笑。他知道，于凤梅就是他们母子之间的一颗地雷。

再者，他姐姐从西雅图飞回来了。名义上是为了庆贺他的五十五岁生日。她也的确带来一份寿礼。手抄的《金刚经》，左手抄的，字歪歪扭扭。让他意想不到的是，他姐竟然信了佛。也许她根本不信。在他看来，她什么都不信，只信她自己。她手抄《金刚经》，就是为了让他知道，她在乎他，他一直在她心上。她越是这样，他越觉得她把他弄丢过。她早已忘了那段艰苦的岁月。于凤梅的不期而至，他就是想让她看看，她不是从来都不提他那段下乡生活么？四十年多年前，下乡去农场的那个人该是他姐姐，而不是他。那时他年龄不到，本该在学校里读书，他也不明白，自己当时为啥一时糊涂，竟替他姐姐下了乡。在一九七六年七月十一日上了火车，向大山深处，向草原腹地，轰隆隆开去。更让他感到困惑的是他妈妈，一个爱子如命的人，为啥不拦住一个十五岁的孩子，难道不害怕他冻死在海拉尔的山坳里。甚至，这就是她本人的决定，是他妈妈让他去的，他们家都是她一个人说了算。姐姐究竟和她说过什么，让她非如此做不可。他想不明白，也许永远也想不明白了。可恨他这辈子只能是个技工，大半辈子伺候一台牛头刨床，轰隆隆叫个不停的车床。想到这里，他喉咙发痒，紧接着是一阵剧烈的耳鸣，像这样的耳鸣最近愈加频繁地发作，轰鸣声好似从天而降，在他看来，那更像是发自他心底的声音，有那么一台不安分的牛头刨床正在对他这块不成材的黑铁下手。

另外，他有过一次奇遇，在他们家天台上看见过一只通体火红的大鸟，像着了火的凤凰。那鸟单腿站着，腿细长如竹，小脑袋前伸，像是在够什么。鸟喙也是红的，似一把嗜血的红刀子。他被这只鸟吓坏了，掉头就跑。没跑多久，他立住了，为什么要跑呢。再回头看时，那鸟扑闪闪将要起飞。它悬停在空中，不一会儿朝着大海的方向，飞走了。他有些恍惚，难道是他的错觉。可明明就在眼前呀，一只让他哑口

无言的红透了的大鸟。后来他感觉这也许是个征兆，可能和
于凤梅有关。他这辈子和鸟有缘，据他妈妈说，他出生时，
他们家飞来一只丹顶鹤，在他们家院子上空盘旋良久，后来
落在他们家枣树上。他想，他自己就是只鸟，一只孤鸟，一
路向南飞，落在这天涯海角，再也飞不回去了。

　　他搀扶着她。他能感觉到那一对义乳的边缘。于凤梅直
喊疼，林少予弄疼她了。她说，我这里有个洞。林少予说，
哪里哪里？她说，这里这里。他有些难过，决定背着她走。
走在榕树下。北海城满街的小叶榕。她不让他背，她说，我
不想看你的后脑勺。他想到别人的后脑勺，皱褶纵横，像是
一头猪的前额。他继续搀扶着她，从那家饭店走出来，叫车
回家，上车前，榕树的须根在他脸上扫过，也在于凤梅的脸
上扫过。于凤梅看了他一眼，这一眼意味深长，就像是他刚
刚亲过她，而她又有些不相信这样的事情方才发生过。

　　夜色朦胧，林少予不明白她为什么这么看他。

　　于凤梅躺在他的大腿上，仍在说她胸脯上的怪洞。她说，
你过来摸摸。他本以为她在挑逗他，可又不像。林少予想，
难道她的胸脯上真有一个拳头大的有风出入的洞，他却看不
见。于凤梅说，我感觉好冷，就像有冷风正在穿过我。他开
始想象医生是如何用明晃晃的手术刀将她那一只硕大乳房割
下来的。记得她上围傲人，松松垮垮的蒙古族袍子都遮不住
她丰满的上半身。他怎么会突然想起四十年前于凤梅穿着蒙

古袍子正向他奔跑过来的场景，手里还捧着一束野花。他已经难以确定，这一幕有没有发生过，更可能是他梦见过。他向车窗外张望，车窗上有他头部的侧影，当然也有这座城市的高楼大厦。他很少坐出租车，也就很少以这样的视角来观察这座城市以及这城市中的人群。自从他开始收留那些落网的传销人士之后，感觉在这个城市中低头疾行的人都是搞传销的。那什么是传销呢，有时他这么问别人，当然也这么问自己。难道只是个发财梦么。这让他又一次想起那只火红色的大鸟。

于凤梅突然问，这里好么？她是在问这南方之南。他不知道如何回答她。他顺势摸了摸这个女醉鬼的头，说道，也许我注定属于这里，这里不是天涯海角么。她不再说话，像是睡着了。他还没好好想过，把一个陌生女人带回家，她们母女俩会怎么看他，怎么看于凤梅。何况三间卧房已经住满了，难道让于凤梅睡在沙发上。在他拿钥匙开门的一瞬间，他想好了，他要和她睡在一起。他就是想让她睡在他那张床上，睡在他旁边。这十几年来，他从没这样过，她们也从没想过他还会这样。他尖叫一声，感觉自己正走进老太太的囚牢里。

他们携手进了家门。老太太在太师椅上端坐，目视前方，越来越像一只鹰隼。她没起身，问了句，这是谁。这一句是在问林少予，当然也是在问于凤梅，用她那惯常的警惕的语气。也许是她的儿子总是和传销人士打交道，以至于她对他所认识的人都不太信任。他们只是搞传销的，又不是麻风病人，林少予会这么反驳。老太太还是那一句，可他们是搞传销的呀。在她眼里，这是一群不法之徒，更重要的是，这是一群不劳而获的人。她平生最恨不劳而获的人。可她如今就是个不劳而获的人。工资越来越高，这一点连她自己也难以置信。她毕竟不一样，大半辈子都献给了那个掌管一大片森林的单位——林业局，拿再高的工资也理直气壮。她之所以投身于森林防护，很可能是因为林少予的父亲就死于那片森林之中，她想弄懂令那个男人为之着迷死也不回家的原因究竟是什么。这当然是别人的猜测，要是让老太太说，她估计会告诉他们，她别无选择。若接着说下去，她可能还要谈起1970年代的时事，说他们根本不知道她的苦。也许会趁此掉几滴眼泪。说到老太太水涨船高的工资，也是他们母子俩互不嫌弃的因素之一。林少予下岗后几无收入，基本上靠老太太养着。他们毕竟是谁也离不开谁。

姐姐从房间里走出来，一身睡衣，一张素脸。她也像一只鸟，一只兀鹫，脖子上的肉松弛下垂。此时于凤梅竟豁然酒醒，和姐姐搭腔，说一口浓重东北乡音。看她谈笑风生，哪像喝醉了的样子，更不像病了的样子。林少予有一种上当受骗的感觉。他及时制止了她们，没让她们顺着于凤梅的老家那个叫莫尔道嘎的山林继续聊下去。这样聊下去，她会说出更多他不愿让她透露的话。林少予冲她使了个眼色，他们一同站了起来，于凤梅一脸笑意，似乎是说，她也没办法，是他让她闭嘴并随他去的。他们一前一后，走进了林少予的卧房，并把门关上了，猛地关上。这扇门从没关上过，老太太不让他关门，说晚上要是有急事，喊不应他。他看了看这扇徒有其名的门，有一丝窃喜。他已经想到门外的母女俩如何面面相觑。

于凤梅又恢复了一脸醉态，懒洋洋地歪在床头。这让他们很像多年的夫妻，更像一对偷情的情侣。于凤梅说，你为什么带我来这里。林少予想说，难道这不是你想要的么。不过他又接着反问自己一句，难道她真的想让他这样。他有些拿不准，也许自己才是一厢情愿。林少予说，我看你喝多了。于凤梅反问，我喝多了么。林少予说，那好吧，我送你回去。于凤梅说，你还没回答我，为什么带我来这里。林少予想说，我不是说了么，我看你喝多了。他没这么说，感觉这越来越像是个圈套。他说，那你要我怎样。于凤梅说，我就是想问问你，你为什么带我来这里。她咄咄逼人，一口熟悉的东北腔，那一句句跳脱的儿化音让他有些恶心。

这时，有人敲门。于凤梅没动，林少予也没动。敲门声再次响起。于凤梅仍旧没动，不过懒洋洋地说了一句，你打算不开门么。林少予起身开门。门口站着他姐姐，一脸疑惑地问，要不要先洗个澡。她是在问他身后的于凤梅。于凤梅淡淡回了一句，不用了。门复又关上。再次关上的一瞬间，林少予又一次想笑，他不就是用她来对付她们的么。她不就是这么做的么。她不是做得不好，而是做得还不够。

林少予也坐了下来，坐在她旁边。这让她很像个病人了，而他正在嘘寒问暖。他给她脑后又垫了个抱枕，让她更舒服一些。于凤梅神色和缓，长吁一口气，像是愿望终于达成，但又不知道接下来该做什么了。他们沉默了一阵，互相端详，这么一端详，像是穿越了四十年的时空，又回到那个向日葵小镇。

于凤梅说，你真的是林少予么。林少予说，你真的是于凤梅么。他更像是为了配合她。她说，假设我不是于凤梅你还是林少予么。他说，我就当你是于凤梅。她说，这么说，就好像你喜欢过她似的。他说，哪个她。她说，于凤梅呀。他说，再说下去，我都不知道自己是谁了。她说，我来告诉你，你是林少予，坐在山坡上吹《喀秋莎》的林少予。他说，林少予死了。她说，为什么。他握紧拳头说，开山炸石头的时候，林少予被炸死了。他们突然大笑起来。大笑过后，他才缓过来，不知道隔壁的母女听到那声大笑，会怎样的大惊失色？

她转而说，我就是从你走路的样子，才确认你就是林少予的。他走起路来有点跛，看来当年差点被炸死在八号农场峥嵘山上的事实不容置疑。他说，你要找的是他，不是我。她说，你还记得那匹叫高尔基的马么？他说，为什么叫高尔基。她说，你给那匹马起的名字呀。他说，想不起来了。不知不觉间，她竟越发温柔。

窗外树枝摇曳，这里是三楼，他是为了看见那株大榕树的枝叶才选择了三楼，为此他和老太太怄了三天气。他想不通一个八十多岁的老人，为什么想住那么高，而且越高越好。当然他也想不通自己，为什么非要望着榕树摇曳的枝叶才能睡着。最终他赢了，老太太说，三楼就三楼吧，万一她死了电梯又坏了，也好上下。

　　树枝摇晃，像他小时候屋后的梧桐。那时一切都是活的，连石头也会说话。他的手摸着于凤梅斑白的短发。他闭上了眼，开始想象峥嵘山那条下山小道，一匹叫高尔基的小母马正向他走来。

　　和林少予住在一起，对于她们俩而言都非同小可。林少予也不知道为什么要这么做，但事情似乎已经到了非这么做不可的地步。他想，对他来说这是另一种离开。他要和过去的生活告别，让她们意识到他不仅仅是儿子和弟弟，他还是一个男人，甚至是一个孤独的老男人，而于凤梅又恰逢其时地出现了。也许这都是那只火红的鸟给他的灵感，让他开始想象一个不一样的他。

　　他姐姐在于凤梅住下后的第二天就飞往东北了。也许她是被他们那声大笑吓跑的。但他送她时，突然涌上一股悲伤。这些天一晃而过，竟没和她好好说说话。这一别，也许不知何时能见。姐姐一身麻衣，手上一串念珠，头发也剪得很短。猛一看，真的很像是修行的居士。

　　姐姐是一九九〇年四月份去的美国，她起初是陪读的，陪她从前的先生去加州一所大学的分校念硕士，这么多年过去了，林少予总还会想到他，身材单薄，穿一件夹皮袄，很像是一只饥饿的豺，不知怎的，这人给他的一个难以磨灭的印象是，一个人灰溜溜的背影，一只豺夹着尾巴哆哆嗦嗦掉头远走的背影。有时他会问姐姐,那个人后来混得怎样,在干什么,姐姐会说,不怎么样。她似乎羞于谈论他,或者说有什么难言之隐。林少予问那家伙的近况,其实并不是真的想知道,他想知道的,或者想嘲讽的是,姐姐身上的疯狂和偏执到最后被证明只是疯狂和偏执。姐姐和那个人离婚后,和一个美国白人好过几年,后来也分手了,那段时间是她事业的转型期,她从一个美国电脑公司的秘书,一步步化身成一个加州的律师。这也让林少予错愕不已。在二十世纪九十年代末他常怀有这个姐姐也许连一片面包都吃不起的错觉。林少予永远记得,她通过了加州律师资格考试的当天晚上,给他打的那通越洋电话。那时,她已经四十岁了。从一个最初的陪读到拿到一个社会学硕士学位,后来又通过美国律法考试,真不知道整个九十年代,这个女人究竟经历过什么,其间她身边还有一个上小学的女儿需要照顾,她是个单身母亲。想到这里,林少予时常热泪盈眶。看着从那些年月走过来一身轻松的姐姐,感觉恍若隔世。那个越洋电话极其漫长,说到她那些年的具体生活,事无巨细,到现在他还记得那句话,是她评论那个美国男友的话:他有两个他,第一个他阳光开朗,有爱心,对我们非常好,但是我总觉得他的背后,是我不了解的一面,那个他才是真正的他。这句话同样适用于她对于美国的印象,那个白人就是整个美国的缩影,总有她弄不明白的地方,即使现在,她仍时常感到迷惑。和他分手后,这人跟踪骚扰了她好几年,让她不得安生,一个诡异的男人常出其不意地出现在眼前,现在想起来,她说,仍会全身战栗。听到这些话，林少予在电话那头哭了，他很想坐飞机飞到姐姐身边，站在她身前。那也是他生命中唯一一次，想替姐姐出头，并真切感觉到他们的生命是连在一起的。成了律师以后，她一直单身，直到一个华裔雕塑家的出现。他们是在一个华人聚会上认识的。林少予起初以为，那人百分百是冲着她的钱去的，不过等他见到那个男人，又感觉不是，他不像缺钱的样子，俩人看上去天生一对。他们在一起也快十年了，不过常年分居，各忙各的，据他姐姐说，雕塑家正在中国西部某个城市忙个大项目，带着一帮年轻人塑一个高十几米的蛤蟆金身。他们两人每天还打电话互道晚安，有时还打很长时间，不过这事放在他俩身上，似乎又在情理之中。那个雕塑家究竟是什么人呢？在林少予看来，他是一边搂着另外一个女人亲热，一边还能和老婆打长途说亲爱的那种男人。也许他正在和别人卿卿我我呢，这么一想，他姐姐也是值得同情的。反过来想，像她那样的聪明人，不可能被蒙在鼓里，她是在放任他。那她为什么放任他呢？这个律师姐姐常让他感到困惑，他根本不懂她在想什么，正经历什么。

临行前，她约林少予长谈，至少有一个多小时，这是极为难得的。他是有些怕这个唯一的姐姐的。他为何怕她，或许也只是出于习惯，是旧习难改。姐姐更像父亲，骨架大，走起路来像个机器人，那双眼睛也像极了，像一匹跑累了的马目视远方。从前他老以为她会孤独终老，没想到孤独终老的那个人更可能是他。

他们走出那栋公寓楼，走在热带小城的阳光中。姐姐说，很难想象你们是怎么忍受这一切的。她在说这里的天气，这哪里是太阳，简直是火球，是火焰，是达摩克利斯之剑。白花花明晃晃，像是走在海市蜃楼中。幸亏有一株紧挨着一株的遮天蔽日的小叶榕。他们在榕树下说起多年前的父亲。姐姐越说越激动，她这次来，似乎为了父亲而来。他们说到仙人柱，又叫"撮罗子"，旧时敖鲁古雅族在林中的住所，立十来根松木杆在地上搭起圆锥形，外裹树皮或者兽皮，顶部留空不遮盖，与神明相通。父亲死在那里，被人发现时，他已经冻成了一块石头。他躺在仙人柱里，仰望大兴安岭冬季的夜空，那闪烁的星星像是错综复杂的棋局。这么一想，林少予感觉自己也看到了那颤抖的圆形天空。

　　姐姐说她梦中的父亲还是老样子，胡子拉碴，戴一副眼镜，镜片很厚，一圈又一圈，像是他手中的圆规画出来的，他给人的感觉就像是个苏联工程师。他在她的梦里，说那间屋子脏得没法住人，她知道他说的是什么地方。像他那样的人还爱干净，多少有些不可思议，在年少的林少予眼里，他总是一副脏兮兮的流浪汉的样子。姐姐说着说着就哽咽起来，说他没过上一天好日子。

　　父亲生前曾留下一部长篇小说，厚厚一摞黄表纸，他用烧给死人的冥纸记述，说的是一个逃到深山里的考古学家和一个骑着驯鹿的敖鲁古雅族女猎人的故事。他没机缘得见，那厚厚一摞纸被他妈妈一把火给烧了，当纸钱烧了，妈妈说，留着也是祸害。妈妈这辈子不容易，按他姐姐的话说，这是个伟大的女人，林少予知道，姐姐说的是什么，妈妈这人信奉活着才是天堂，留得青山在不怕没柴烧。妈妈没错，不过有一次她却和他说，唯一感到遗憾的就是烧了他的东西。林少予恍然明白，在她嘴里常以懦夫出现的父亲，并不是她口口声声说的那样。父亲活在那个时代，又和那个时代无关。林少予感到费解，这么一个懦夫，在上学时也曾跑到北平城，在傅作义将军的行辕前静坐示威。

他们说到父亲一辈子最让人称道的事情，就是只身去北平城，那应该是一九四八年。林少予说，他也许是为了爱情。姐姐会心一笑，她似乎也这么以为。关于爱情，他们都没有多谈。也许是姐弟俩都没什么好说的。接着说到勇气，说他们家族中人从来都胆小怕事，懦弱深入骨髓。姐姐说，当然这也让他们活了下来。后来谈到他们的爷爷，抗日战争胜利后，迫于曾帮日本人收过粮食，吓得喝老鼠药自杀了。老鼠药药性极差，在床上苦挨了七天才得以咽气。姐姐说，难以想象这个老人究竟承受了什么。听他姐姐说完，林少予开始想象一个奄奄一息的老人，躺在病榻之上，诅咒那要人命的老鼠药，怎么还不要人命。这也让他想起小时候，他就是一直这么听她姐姐说话的。这个姐姐身上有凛然不可侵犯的东西，他想过，那到底是什么东西呢。他恍然明白，也许就是她对着他说话的样子。

他们聊着聊着又回到了家。这时，他却突然发现，姐姐手上一直捧着一本关于《猎人笔记》的书。封面是蓝色的，是一种灰蒙蒙的蓝。这不仅仅是一本书，林少予想。姐姐常让他大吃一惊。她笑意盈盈，林少予却以为她是在嘲笑他和于凤梅。她让林少予写个字，林少予说，写个什么字。她说，万岁的万。林少予说，一万块钱的万，是么。她笑笑说，没错。林少予找来纸笔，就写了个万字。她接着说，再写一个。他问，什么字。她说，还是万字。他又写了个万字。两个万字连在一起。她仔细端详那两个万字，说，你和爸爸一样，总把万也写成刀的样子。后来她说，爸爸就是因为把"万万岁"写成了"刀刀岁"才逃到深山里去的。这个写错字的男人以为有一群人在追杀他。林少予说，我怎么不知道。她说，妈妈不让说，妈妈说，没什么好说的。妈妈竟然瞒了他这么久，还打算瞒下去，瞒一辈子。林少予想，妈妈恨爸爸入骨，要多恨有多恨。姐姐借此说下去，说到父亲临终前留下的那部小说，更像是一本回忆录。他只身一人走进森林之中，口中念念有词，说七百年前，有一支蒙古军旅向这里走来，黑暗中看到血红的夕阳，士兵狂呼：那拉提。这是那篇小说的开头，姐姐说。她没看完那个小说，就被妈妈一把火烧掉了，但她永远记得那个开头。姐姐还说，我待在西雅图的书房里，看着窗外的飘雪，突然想到了父亲，感觉自己就是多年前的父亲，置身在森林深处的仙人柱里。后来她从加州去了西雅图，我想这也是因为那里更像我们的东北。她说，你想过么，爸爸躺在仙人柱里一直看天上的繁星，那些大兴安岭上空闪烁的群星，他在想什么呢，想过你，想过我，想过妈妈么，还是在想那个骑着驯鹿的女猎人。她这么说话的时候，嘴唇颤抖，像个东北女萨满巫师。林少予很少看到她这样动情。她说，我再也坐不住了。她感觉到了父亲在深山里的呼唤，她该像一只驯鹿一样，朝他奔去。

他问，你又能做些什么呢。姐姐说，什么都做不了，但我要去看看，去那片森林里走一走，也许那一刻，我才知道我该做些什么。他说，你真让人搞不懂。姐姐笑着说，难道你不是么。他转而说，你说的那个敖鲁古雅女猎人，真有其人么。姐姐说，我想应该有，也许我这次回去就是为了遇见她。他说，要是有这个人的话，估计也早死了。姐姐说，小说里的她不到二十岁，如果活到现在，不过才六十岁，和我差不多，也许比我还年轻呢。他说，你这是犯傻，那只是一本小说。姐姐说，她也许一直在等我呢。

她若有所思的样子，就像果真有个人一直在等她。林少予想，这个女人还是那个在加州做了十几年律师的姐姐么。他有些不解，但同时也被打动了，深深地打动了。她从前那种惯常的优越感荡然无存。那可是让他恨不得杀了她的优越感呀。

姐姐突然说，爸爸最有勇气的事情不是那次去北平城。林少予反问，那是什么？姐姐说，娶了国民党反动派的女儿。他们说的是老太太，说完一起抬头仰望。有个白发苍苍的脑袋正努力向外伸。她想听他们在聊什么。不过听他们说到国民党反动派的女儿，她却一句话没说，脑袋又缩回房间里。像是他们说过的话和她无关。他姐姐冲他耸了耸肩膀，美国人的做派。意思是，这就是那个老太太，现在更像个老小孩。林少予跟着吐了吐舌头。他是这样的。忍不住就会附和。这么一想，他觉得他从来都是姐姐的玩具。

林少予伸手去拿姐姐手里的那本蓝色书,感觉像是去抢。他不明白一本关于猎人的书为什么是蓝色的。这时,姐姐却像少女一样躲开了。林少予说,什么书呀,还不让看。姐姐说,就不让你看。林少予愤而说,我不稀罕。他们的对话就此结束。姐姐回屋收拾行李。林少予仍旧立在窗前,看窗外的榕树,开始想象他们的父亲是如何在深山里的仙人柱中度过每一天的。他年过半百,正在想另外一个年过半百的中年男人。他也会像他一样看着屋外。那可是一眼望不到尽头的森林,当然也是望不到尽头的白。雪花一直飘呀飘,就像是飘了亿万年。

姐姐走后,老太太也说要走。林少予明白,她为什么要走。但他还是问她,你要去哪里。老太太回复他说,无论哪里都行,就是想离开这里。林少予说,我在哪里,你就在哪里。老太太说,你以为我是你的一条狗么。林少予说,我是您的一条狗,好不好。老太太说,你疯了,你真的疯了。她已经说过很多次他疯了。一旦说到他疯了,他们的谈话也就戛然而止。

她根本想不通他为什么留下于凤梅这个癌症病人,一个扫把星。她为什么会说她是扫把星呢,难道凡是得了癌症的人都是扫把星。老太太也许会说,要不然怎么会得癌症呢!她一想到身边有个这样的人,就浑身难受,感觉自己就要得癌症了。她说,我必须走,随便哪里都行。这反而让林少予得意扬扬,一切都如他所料。他就是想看到老太太百爪挠心又无计可施的样子。他在惩罚她,像一只猫对待一只将死的老鼠。他想玩个够，他还想当着她的面，吻于凤梅，吻那个像鱼一样的女人。这一回合，林少予彻底赢了。他的确当着她的面吻了她，吻了另外一个陌生女人。他这么做，本来是项庄舞剑意在沛公，没想到就在吻她的那一刻，一切都变了，他像是被一锤子击中了。他已经很久没吻过一个女人了，足有十年之久，也许更久更久。除此之外，他想自己也许爱上了她。当然她也爱上了他，他从她那双炽热以致发红的像兔子一样的眼睛里感受到了。眼睛是不会撒谎的。这一次，他竟然当着老太太的面，把自己的舌头伸进了一个身患癌症的女人的嘴里。那可是一副干瘪苍白毫无吸引力的嘴唇呀。可就在他们接吻的瞬间，他意识到这两具身体像是彼此来认领的，分开多年突然找到了彼此。一场漫长的深吻过后，他不相信这是真的。

于凤梅精神恍惚，像是没想到林少予竟真的会这么做，也许在她想象中，他们俩只是一对露水鸳鸯。甚至连露水鸳鸯也算不上，眼看死期将至，还有什么好顾忌的呢。这对她来说，就是一场绝望之旅呀。不过这样的恍惚在老太太那里却是耀武扬威。她感觉这个突如其来的女人欺负到头上来了。她忍无可忍，在她的卧室里对林少予大声咆哮，她从没这么歇斯底里过。林少予突然意识到，也许这才是老太太最真实的样子，一个面目狰狞的女巫。她的和善，慈悲，说话轻描淡写，一幅菩萨心肠，都是假的。她在演戏，演给她的亲生儿子看，好让他离不开他，就像鱼儿离不开水，更像猫离不开老鼠。他从来都是她眼里的老鼠，一只垂死挣扎的老鼠。

在她痛斥他的时候，他一直在低头沉思，想他的一生，当然还有她的一生。

老太太说，你说话呀，你说话呀。林少予像是才醒过来，说，她可是个快要死的人了。老太太说，你救人救上瘾了，这一次你救的可不是个搞传销的，你想过没有，人家的家人会不会找你的麻烦，她一旦有个三长两短，别人有可能说你是谋财害命，你这辈子都没让我省心过。林少予沉默良久，眼看要哭出来了，说，我喜欢过她。老太太唉声叹气，说，你这是作践自己，你姐姐说得对，你的善良是在自我惩罚。姐姐一来，老太太就会掌握很多不可思议的审判式的话语。难道她知道自己正在说什么。

林少予说，在我眼里，她是这世上最美的女人。老太太被林少予这句话惊得哑口无言。后来就哭哭啼啼说起了自己悲苦的一生。说着说着，她就累了，让林少予出去，再也不想见到他。林少予以为她说的是气话，借机出去了。没想到她说到做到，第三天早晨消失不见了。她的卧室还是老样子，没任何变动。她就这样凭空消失了。

在老太太没离家出走之前，林少予带于凤梅上冠山岭看过鸟。岭上的鸟铺天盖地，像是全世界的鸟都来这里汇合，当然也汇合了来自世界各地看鸟的人。于凤梅感到纳闷，这世界上怎么会有那么多为了鸟东奔西走的人。林少予说，我不就是你的那只鸟么。他想起头些天，看见过的那只火红的鸟。一恍惚，又像是在他眼前飞走了。于凤梅以为他在调戏她，面含娇羞，说，我可不是为你而来，我是为了这片海。她指着冠山岭之下的那片海。他们一起静静看海。林少予看海的时候，一直在想昨夜发生过的一切多么像一场乱梦呀。

没这些鸟，他活不下去。他是个观鸟人。他这么和于凤梅说。他说起了一只鸟，不是头些天见过的那只红鸟。是另一只，多年前的一只，也叫不出名字。像是天外来客，像是一只复活的始祖鸟。就是那只鸟，让他爱上了这些能飞的奇异的动物。他缓缓地讲述，背对着于凤梅，似乎不是说给于凤梅听的。他的身前是粗得吓人的双筒高倍望远镜。透过镜片可以清晰看到正在高空中疾飞的鸟的眼睛。林少予说，那样一只鸟，就在我眼前一动不动，好像石化了，可我知道它在看我。于凤梅说，后来怎样呢。林少予接着说，周围一个人也没有，连只其他的鸟也没有，只有我和它这两个活物，可我们都像死了一样一动不动，后来我开始害怕，就向前走了走，走向它，我以为我会吓跑它，可它仍旧不动，你明白我说的不动么，是真的纹丝不动呀，像一块石头。于凤梅说，你想要说什么。林少予说，我再也不敢向前走了，我被它吓住了，那一刻，我想喊出来，大声喊出来。于凤梅迫不及待地问，然后呢。林少予说，我回了一下头，想看看自己是不是眼花了，等我回头再看它，你猜怎么着。于凤梅说，它飞走了。林少予说，没有，它还是一动不动。这时于凤梅笑了，孩子气似的笑，说，也许它就是一块石头。林少予不像是在讲笑话，现在讲起来仍心有余悸似的。他说，我吓得掉头就跑，拼命跑，生怕有什么东西突然出现。于凤梅笑得更开心了，说，你被一颗像鸟一样的石头吓得落荒而逃。林少予并没跟着她笑，转而说，我也是这么以为的，后来我又回去了，结果那只鸟竟不见了，那不可能是一块石头。于凤梅不相信，说，我可是个没几天活头的人，你可不要骗我，骗一个临死的人是要遭报应的。林少予说，你哪像个快死的人，看你活蹦乱跳的，我还在想，你是不是在骗我。于凤梅说，你就当我是在骗你好了。林少予说，我可没骗你，从那以后，我就再也不敢小看任何一只鸟，所有的鸟都是神物。于凤梅说，我怎么感觉你在说一个人。这时，她俯下身子将眼睛朝向望远镜。林少予沉默了一阵，说，天上一只鸟也没有，你在看什么。于凤梅说，我在看云。林少予看着她弯曲的身子，嘻嘻一笑，想道，恋爱中的女人全都是一样的。

　　冠山岭并不高，但很大，一片密林。这让他们都有了一些思乡的情绪。他们在下山的时候，有时感觉像是在上山。他们走着走着，一起唱起了歌，唱的是《打靶归来》，"日落西山红霞飞，战士打靶把营归，胸前红花映彩霞，愉快的歌声满天飞"。一路唱下去，又有人加入进来。这人的歌声渐渐盖过了他们，后来就成了那个人独自在唱。他们是因为想起曾共有的知青生活才唱起了这首歌，可当他们停下来并专注于听别人唱时，似乎被这首歌震慑住了。这还是那首他们四十年前总在回家路上唱起的那首歌么。四十年了，他们在歌声里注视着彼此。也许都不愿承认看到了什么，两个人才相互击掌相庆。

　　下山的路真是漫长呀，那人终于不再唱了。可那嘹亮的歌声似乎还在树林里回荡，在他们耳畔萦绕。林少予见过这个人，也常来看鸟，不过他什么看鸟的装备也没有，空手来空手去，只是来看鸟。不，他更像是来看人的，看那些看鸟的人。

　　他走在他们中间，似乎要刻意分开他们。他健步如飞，从他们中间很快穿过。眼看他要甩掉他们了，没想到他又折回来。他冲林少予喊了一句，老林，这是你家老李吧。林少予不记得和他说过他家李晓燕的事，这人是怎么知道的。没有不透风的墙，他想。想起李晓燕来，他神色就变得慌张，不知所措。于凤梅机警又老到，说，老林，我老么，你竟然背地里叫我老李。林少予此时张口结舌。倒是那个老头马上说，您误会了，是我乱喊的，刚才在岭子上，我们几个人都一直在嘀咕，没敢认，怕不是李老师。于凤梅说，老林，看来你倒是挺风流。那老头接着说，您又错了，这是他第一次带个女的上山。于凤梅说，我就知道我们家老林不会那样。那老头兴冲冲的，走在于凤梅旁边，说，我就没见过他这样的人。他没说他是哪样的人。

　　林少予一直在想这人是谁呀。那老头像是知道他要说什么，忙说，喊我老孔，我姓孔，孔圣人的孔。于凤梅问，老孔，您老家是哪里的，山东么。老孔说，好多人都会以为我是山东的，姓孔的不一定都在山东，我是从天山上下来的。他们似乎没听清，又让他说一遍，他说，天山，天山。连说两遍。他们也激动起来，就像天山是天上的一座山，一仰头就能看见。林少予说，新疆的太阳也不容小觑呀。他在说他长得黑，像这里的渔民一样黑。他又穿了一身黑衣服，走起路来一跳一跳的，很像一条泥鳅，细长又灵活。当然有不少老人会刻意让自己显得健康，他也许就是这样的人。老孔说，你们去过新疆么。他们纷纷摇头。他顺势从包里掏出一本书来，书的封面是皑皑的雪山，估计正是他说的天山吧。雪山下有个人影，远去的人影。书名叫"我的这一生"。这书做得很粗糙，也许就是他写的。于凤梅不相信，问，这是你写的？老孔似乎也有些不相信，憨厚地笑了。

　　二人行成了三人行。三个人一起下山，路过一座寺庙。寺庙不大，但仍气势恢宏，斗拱飞檐。也许是寺庙的出现让他们不约而同想起了什么。于凤梅说要去上一炷香，匆匆向前走。望着她走进寺庙的背影，老孔啧啧两声，被老林听到了。他懂老孔的意思，这个老李怎么了，人不人鬼不鬼的。

　　老林举着老孔送他的那本书，说，你有想过如果你没去新疆支边，你会怎么样么。老孔望着寺庙的大门发了一会呆，突然说，我无怨无悔。他看着庙门，像是看到无边无际的棉花地，天山脚下像雪一样的棉花漫山遍野。在于凤梅出来之前，他们各自说起了四十年前。四十年前，老孔十七岁，老林十五岁，一个去了新疆，一个去了内蒙古。老孔坐了四天三夜的火车，从沂蒙山到了乌鲁木齐，负责人说，寒潮马上就到了，不能在乌鲁木齐停留，老孔说，那一定是善意的谎言，肯定是害怕这些人见到荒凉的乌鲁木齐就逃跑了。他们有八百多人，像一支军队，浩浩荡荡。大家急急忙忙带着行李挤上卡车，向天山北麓开拔，那条路真是天路呀，老孔说，像是永远没有尽头，走了很久很久，还像是在原地打转。后来他们终于到达了终点，古尔班通古特沙漠南缘的六师新湖农场。听到这个名字，老林也跟着老孔激动起来。他似乎像老孔一样，也看见了一望无际的戈壁滩。老孔说，真是想象不到，上千亩的土地全种上了棉花，一到收获的季节，像是白云从天而降。老林此时却想到向日葵小镇以北的草原被大雪覆盖，也是一望无垠的白色汪洋。老孔接着说，我这四十年就像是在这片棉花地里迷了路，现在终于走出来了。老林说了一句，我这辈子还没走出那片草原。老孔没说话。老林接着说，白天我从没想起过，但我老是梦见，梦见自己背石头下山，一头扎进那片草原，我始终不明白，那时候我们为什么要背那么多石头下山，到现在我才想明白。老孔问，为什么。老林说了一句，愚公移山。说完一个人傻笑。这时，于凤梅回来了。她根本想象不到只是上一炷香的功夫，这两个年仅花甲的男人就成了惺惺相惜的战友，并约明天一起去打传办转转。于凤梅问，为什么要去打传办呢。他俩相视一笑，就像是打传办是他们之间的秘密。

　　第二天，于凤梅跟着林少予去了打传办。打传办门庭冷落，有个像搞传销的保安在门口站着，发他们一人一张传单。传单上是打击传销"十个一律"的措施，那人说，好好看看，就像他们夫妇俩是搞传销的。看完"十个一律"，于凤梅说，看来传销不灭，永无宁日呀。林少予说，传销灭不了，它在这里。他摸了摸自己的心，像是在说传销得了人心。于凤梅说，你还觉得我是搞传销的么。林少予说，搞传销的和我们本来就没什么两样呀。于凤梅说，你是不是看谁都像搞传销的。林少予说，除了他们。他指了指打传办的办公室。于凤梅笑起来，说，他们更像搞传销的。

这时，有个人和他们说，打传办今天突击抓捕，将一大批人拉到海滩上去了。他这人真像个搞传销的，眼睛那么亮。他们又打车去了海滩。其间，他们一直给老孔打电话，手机关机。林少予说，他不会出了什么事吧。于凤梅说，怎么会，他健康得像只兔子。林少予说，也许是家里有事。一想到他，林少予就想到那一望无际的棉花地。他从没见过几千亩连成一大片的棉花地，那该多么惊心动魄呀，走在其中就像个腾云驾雾的人。

穿过围观的人群，他们看见一条长长的队伍。队伍中的人双手紧抱脑后，呈半蹲姿势，像是在进行一场古老的仪式，更像是等待上船的难民，每个人似乎都对自己接下来要面对什么感到惶惑。这时，于凤梅却发现了老孔，惊讶地原地跳了一下。她扯着林少予的衣服说，你看，是老孔。林少予似乎早就看见了，显得犹豫不决，像是那个走在长长队伍里的人是他，而不是老孔。老孔一直低着头，不过并不像是在认罪伏法，倒像是个诗人在思考。林少予拉扯着于凤梅，让她快走，不想让老孔看见他们。他不想拆穿他，知道他早就看见他们了。

他们躲在人群中间，偷偷打量这条长龙。这些人正在挨个签保证书，签完保证书才能恢复自由之身，打传办的人说，这叫遣返。老孔签完后，就径直向他们走来。这多少有些出其不意，让他们感觉措手不及。这时，林少予假装突然发现了老孔，喊了一声老孔，说，我们一直在找你，你的手机却关机了，打不通，以为你出了什么事。老孔说，你们跟我来。他们两个人跟在小个头的老孔后面，一直向大海的方向走去。走着走着，他们就听到了断断续续的哭声。这哭声落在海浪声里，就像大海在哭。

他们追上他，说，怎么了，老孔。

老孔猛地回头说，这种感觉比死还难受。他们像听海浪那样，听老孔说下去。老孔说，所有人都不相信我，可我坚信自己是对的，我是对的，我差一点就成功了，我没和他们说谎。他们问，他们是谁。老孔说，我儿子，我老婆，我妹妹，还有所有认识我的人。他们俩也像是瞬间就想到了自己的儿子，自己的老婆，自己的丈夫，纷纷低下头。老孔接着说，尤其是我儿子，我和他说，一年后我就会发大财的，汽车随便他挑，想要哪款要哪款，你知道我在和他这么说的时候，他说了什么。他们说，说了什么。老孔说，什么也没说，不过他那种眼神是我见过最可怕的，就像宁可相信太阳从西边出来，也不相信我能给他买辆车，一想到他那样的眼神我寝食难安。林少予说，他以为你疯了。老孔说，不，他在嘲笑我，不，他在嘲笑他自己，怎么会有这样的爹。

于凤梅也断断续续说起了自己的儿子，难掩悲伤。关于孩子他爸略过没说。她一个人把儿子拉扯大，一把屎一把尿，她说，他才是我的命呀。林少予说，他长大了，儿大不由娘。

于凤梅斥责他说，屁话。接着她说到儿子的女朋友。说他儿子有了女朋友，她给了他一笔钱，很大一笔，几乎是她全部积蓄，她让他们猜后来怎么样。他们没猜。于凤梅接着说，他们蚂蚁搬家似的把那笔钱全部转走了。他们说，那钱不就是你送给他们的。于凤梅说，可他们背着我，把那些钱全部转移走了，一笔又一笔，你们知道么，他们合起伙来算计我，我养了二十多年的儿子正和另外一个女人合起伙来算计我。他们像是在听一个笑话那样笑了起来。这让林少予想起了自己，想起他和于凤梅在算计老太太。不过这种想法转瞬即逝。他也说起了自己的儿子，说那孩子一年半载也不给他打个电话，有时候他会忘了还有过这么个儿子。他们说，你可以打给他呀。林少予说，我不知道和他说什么。他们说，那就怪不得你儿子了。说到这里，老孔像是才明白过来，指着于凤梅说，原来你不是老李呀。

　　姐姐打电话来，说想听听老太太的声音。林少予说，她不想和你说话。姐姐说，快把电话给她，我要问问她，那栋旧房子里住的究竟是谁。他说，你等等，我问。稍等了一会，他悠悠喘了口气，说，她说了，谁爱住就住，房子不就是给人住的么。姐姐说，她知道我说的是哪栋房子么？他说，她知道。姐姐问，她为什么不想和我说话。他说，她还在气头上。姐姐说，她怎么了。他说，她这个人，你又不是不知道。姐姐说，你好好照顾她。她从来没这么说过，让他感觉这么多年照顾着她的人是她，不是他林少予。他说，你照顾好你自己就行。姐姐说，你还知道那栋老房子么，从里面竟然窜出一条黑狗来。他说，你究竟在哪里。姐姐说，我就站在那栋房子门口，还和小时候一样，感觉还看到了你，一扭头不见了。他说，你是在说我，还是说那条狗。姐姐笑了，说，有你，也有那条大黑狗，你还记得么。他说，不记得了。姐姐又说，那条狗通体全黑，只有眉毛上有几根白毛，爸爸说，它是白眉大侠。他问，你说的是哪条狗，过去的，还是现在的。姐姐说，它们一模一样，你瞧，它就在我脚下，眉毛上也有白毛，一见我就摇尾巴，这可是我们第一次见面，我从来都不讨狗欢喜的，狗见了我就汪汪，你知道的，可这条狗却冲我摇尾巴，你说奇怪不奇怪。

　　他似乎听见了遥远的狗叫声，这让他感觉像是闯进了她的梦里。他说，我怎么一点印象也没有了。姐姐说，望良屯，就是父亲经常带我们去的地方。他说，让我好好想想。他恍惚记得一圈篱笆，篱笆内有几只绵羊，绵羊身上脏兮兮的，粘着一些树叶和泥巴。姐姐说，父亲说那可是奶奶留给他唯一的财产了，纳文河畔一栋石头搭建的老房子，难道你不记得了么，我们老扒着堂屋后的那扇窗遥望纳文河。她接着说，你猜我又想起谁来了，咱们的妹妹小盼，咱们那个苦命的妹妹呀。说到这里她似乎真的在哭。他却对她的哽咽不屑一顾，不过他知道这是真的，哭是真的，只有对死人她才会这般怜惜。不过她很快又平静下来，继续说，窗台前的凳子很高，小盼根本爬不上来，急得直哭，她一哭，我们就笑，她要是知道我们其实什么也没看着，没准儿还会嘲笑我们呢，其实我们根本看不到纳文河，有棵树把我们的视线全挡住了，但我们还是目不转睛地看，就像看着看着那棵碍眼的树就会消失似的。对了，你知道她为什么叫小盼，我想这名字是妈妈起的，那时候她一定是在盼望着什么，你说这会和爸爸有关系么。

他努力想他们的妹妹小盼，像是在他的记忆里果真出现过一个穿红棉袄的小女孩，一直在追着他跑。这么想下去，他有些悚然，一转身似乎就能看见她，像一只蹦蹦跳跳的火红的鸟。他想起天台上那只不速之客了。

半个多世纪就这么过去了，他轻轻叹道。姐姐说，你在说什么？他说，你怎么想起那个鬼地方了，老妈说，那里的人都走空了，只有胡狼和狗瞎子才留了下来，你小心点，那可不是人待的地方，有人陪着你么。姐姐说，有。他问，谁。姐姐说，一个小男孩。他说，怎么又冒出个小男孩来。姐姐说，一个五十年前的小男孩，我能听到他一直在我耳朵边吹口琴，吹的是《喀秋莎》。接着她哼唱起来。那曲调在他耳朵边转悠，让他恍若隔世。他知道她说的是他。她真的疯了，他想。一个人如何才能变成另外一个人呢，他接着想道。他终于说了一句，姐姐，我有点不认识你了。姐姐没回答他，转而说，我在飞机上做了一个奇怪的梦，梦见了这条河，这栋房子，房子后面这棵树，我像是能隔着那棵树看到纳文河，那可是咱们的纳文河呀。这话让他想笑，随声附和一句，没错，千真万确，那可是咱们的纳文河呀。姐姐接着说，我还梦见了父亲，他一直在那栋老屋里写字，我喊他吃饭，他不吭声，我大声喊，他还不吭声，我走进那间老屋，老屋的房顶像是树枝搭成的，有阳光筛漏下来，但我感觉那更像是雨，父亲一丝不苟地写字，头也不抬，我没看清他的脸，只记得他一脸大胡子，看上去多么勇敢无畏。我走过去，站在他身后，你猜他在写什么，他一直在写那个"万"字，那个倒霉的"万"字，那个像"刀"一样的"万"字。林少予问，后来呢？姐姐说，我从没见过那么多万字，密密麻麻，成千上万，像是长了腿，到处乱爬，后来我就吓醒了，一身大汗，这时飞机正在下降，说半个小时就到太平国际机场。她一口气说了这么多，有点气喘吁吁，像是正有人追她，而她在不顾一切地逃命。他说，这就是你非去那里看看不可的原因。姐姐说，好多事我都弄不明白。他说，好多事根本弄不明白，弄明白了又怎样。姐姐沉默了一阵，说，我要挂电话了，你和老妈说，我来过电话，还要和她说，今天晚上我就住在望良屯了。他说，你还记得你那个山里来的同学么，回家的路上就失踪了，后来只找回来一只鞋。姐姐说，我和人家说好了，他们是好人，放心吧。

挂了电话，林少予感觉姐姐像是在和她做游戏，也许她是躺在哈尔滨中央大街上最富丽堂皇的酒店那张软绵绵的大床上和他打电话的。这才是她的路数，一个老顽童。在她眼里，这世界不过是一场游戏。当然，她这是一心为了捉弄他。她这辈子似乎都在捉弄他，这让他想起很多年前，他滑倒在路边，摔得爬不起来，她只是站在一旁咯咯笑，就像是她为了开心，让他摔死也在所不惜。这时，他又想到，当年他被迫顶替她的下乡名额去海拉尔北山口插队也是她游戏人生的一部分。

想到这里，他猛然醒悟过来，开始真切感觉到自己正面临的残酷现实，老太太极有可能已经死了。她已经失踪了一整天。他以为她天黑之前就会回来，可姐姐如梦呓一般的话像是一盆冷水浇醒了他，老太太丢了，真的丢了，是他弄丢的。更令他感到不安的是，他丝毫不着急，反而有些空荡荡的窃喜。她会回来的，他这么安慰自己。她最好别回来了，他也有过让自己不齿的邪恶念头。他在房间里走来走去，让自己像个着急的人。有时他会张开胳膊，让自己像一只俯冲的鸟，像是从冠山岭上向南中国海的方向飞。从笼子里飞出来一只鸟，这只鸟究竟是他还是老太太呢，他这么问自己。

他想起昨天老孔的一句闲谈来。没想到经过一天一夜，那句闲谈俨然成了对他的忠告，一个预言。老孔说到他们老家沂蒙山区的一个八十多岁的老头，这老头是他的六叔，排行老五，他没说这人排行老五，为何却叫六叔，奇怪的是，他们也没问。就是这么一个人，二十郎当岁时，被日本人抓了壮丁，在暗无天日的矿井里挖过几年煤。没日没夜地挖，难以想象他们这些人在深不见底的矿井里经历过什么，后来日本战败，他们被释放了，他也回了村，别人问他去了哪里，他总说去了日本，其实那个矿井就在离家不远的地方。他说他还坐过大船，船舱里挤满了人，他能听到螺旋桨搅动大海的声音。别人否认他时，他会说，大船是真的，螺旋桨就是真的，大海是真的，日本就是真的。老孔说，可怜的六叔呀。后来半个多世纪过去了，这个六叔因和儿媳妇的一次口角，一气之下跳进沂水河再也没上来，当时他已经八十多岁了。老孔想说的其实不是可怜的六叔，他想说世事无常，想说一切都很可笑，可笑的世界，可笑的人间，可笑的六叔，可笑的六叔的儿子，可笑的自己。六叔的儿子得悉后，沿着沂水河找他爹的尸体，找了很久终不见踪迹，直至河流的下游，那里有拦尸网，还有晾尸台，是专门负责搜集无名尸体的，那里的尸体真多呀。六叔的儿子像是发现新大陆的哥伦布，从中找了一具最有可能是他爹的运回了家，回家后，他儿子却说，这根本不是他爷爷，爷爷离家出走的那天穿的是迷彩装。老孔让他们猜后来怎样。他们纷纷摇头，老孔说，六叔的儿子把自己的儿子打了一顿，说，我说是，他就是。老孔说完就和他们笑成一团。林少予望着窗外的榕树枝干，心想，老太太会不会也和六叔一样，找了个地方跳了下去。

这一整天，于凤梅没说什么话，不是她没话可说，见惯不惊，是她一直处于半梦半醒之中。她在他的床上蜷缩着，远远看过去更像是个坟包。林少予不愿这么想，不过看着那堆纹丝不动的隆起，老太太的话言犹在耳：小心她死在你床上。那语气铿锵有力，像一记重锤砸过来。于凤梅一大早就发起了高烧，也就是说老太太一走她就开始犯病，看上去就像是老太太对她施了要命的诅咒。眼下这一切让他直想哭，嘴里念念有词，妈妈，你在哪里。他开始思念她了。不过他马上又开始自嘲，自己果然是个永远离不开她的人。

林少予早上出去过一趟，急匆匆的样子像是去找老太太。他的确是情急之下要去找她，明明知道不可能找到。他下楼走进明晃晃的世界之中，感觉这根本不像是他已经住了十多年的城市，眼前的一草一木都变得分外陌生。这个南中国海环抱着的半岛一大早就亮得煞眼，像是到处都镶满了水晶。他一边走一边想，他要是老太太会去哪里呢。走着走着，他也像老太太似的亦步亦趋，哆哆嗦嗦。若依她的步速，走出这条街也要很久很久，也许她昨天晚上就下楼了。这个老不死的，他骂了一句。一辆出租车疾驰而过，林少予恍然大悟，她是打车走的。这么一想，感觉一晃而过的出租车里就坐着老太太。他站在原地没动，像老太太一样等车，心想她打车会去哪里呢，这个城市除了医院的医生，她根本不认识别人。他灰心丧气地上了楼，想和正在发烧的于凤梅聊聊，也许能找到些蛛丝马迹。等他回了家看到于凤梅时，发现她正在给自己打针，像是个正在吸毒的人。

打完针，她长舒一口气，匪夷所思地望着他。那是古怪的费解的让他猜不透的眼神。他忙走上前去，问她怎么样。她说，好多了。他摸着她的手，那只像是会说话的手，那只伸进他的衣服就胡作非为的手。她悠悠地说，你经历过最难以忍受的疼痛是怎样的。林少予想了想说，牙疼。她笑了，这样的笑让他突然感觉这可能是她在世上最后的笑了。接着他想道，她来找他，也许是为了找他送她最后一程的，可为什么是他呢？毕竟四十年杳无音讯了。这让他百思不得其解。可反过来想，这又有什么好怀疑的呢？他，林少予，一个下乡插队的知青朋友，同是天涯沦落人，和她一起赶过马爬犁，一起在草原上看过月亮，一起到额尔古纳河里游过泳，一起去峥嵘山上炸过石头，他受伤的时候，她还照顾过他，当然照顾他的人都是轮着来的。人生多么奇妙，她来找他了，她说她无比思念那个在草原上吹着《喀秋莎》的年轻人。而他又像是一直在等她，他似乎有义务不让她失望。她就这么充满爱意地看着他，像是他的姐姐，他死去的妹妹小盼，她和所有爱他的人一样，也在期待着他的爱，他突然明白了，她想让他吹着《喀秋莎》送她上路，那可是比无人的旷野还要孤独一万倍的黄泉路呀。他迎着她的笑，冲她点了点头，像是正对她郑重地允诺。见他莫名其妙地点头，于凤梅的笑转而像是在嘲笑。她说，我还以为你会说心疼呢。他说，你呢。她说，你知道我们身上有多少血管么。他摇了摇头。她说，身上有多少血管，就会有多少把刀，多少把锯。他没听明白，或者说根本没仔细听，仍陶醉在帮人帮到底送佛送到西的自我感动中。他没说话，但感觉自己说了好多。她接着说，血管像一把把刀，一把把锯，在割我的肉，锯我的神经。他似乎想起什么来了，说，刚才说牙疼太草率了，我想起峥嵘山上像刀子一样的西北风了，到现在还能感觉到脸上那种火辣辣的疼。她随之哼了一声，意思是那样的疼根本不值一提，接着说了一句，我说的是肝肠寸断。他也笑起来，说，你表演一个给我看看，究竟什么样的疼是肝肠寸断。她没说话，直瞪瞪望着他，似乎正在想那草原上的风。这时，她却慢慢合上了眼，脑袋一歪死过去了。林少予过去探她的鼻息，又摸她的脉搏，还活着，她只是睡过去了。他想，也许她刚经历了一场肝肠寸断，打的那一针就是止疼针呀。她那张脸安详得像是死了，几秒钟后，一滴泪从她眼角处滚了下来。

　　姐姐电话来，说，我现在正往大山深处走，你能听到这里的风吹树叶的声音么，你能听到山林里那种寂静么。他说，你给我打电话，就是为了让我听风声。她说，是，也不是，我只是想和你说说话。他突然语塞，很想说一句，姐姐，我想你。可他没张开口。他把妈妈弄丢了，仍在不知所措中。这莫须有的从听筒里传来的沙沙的像是风声的神秘声响，让他直想哭。她说，再往里走，就没有信号了，这也许是我最后一次跟你通电话了。他说，什么意思。她说，进了这大山，出不出得来就看造化了，爸爸就再也没出来。他说，那你为什么还要进去。她说，你知道么，昨天晚上我躺在那栋房子里，就是望良屯的那一栋，我又想起爸爸的那部长篇小说来了，我一直搞不清楚这小说为什么叫《白垩纪》，写的分明是爱情，连个恐龙的影子也没有，那可是无比漫长的恐龙时代呀，现在我搞明白了，他想说在时间长河里我们多么微不足道，这么说像是也不确切，他还想说即使天地不仁视万物为刍狗，我们还是要有爱情。他说，你究竟想说什么？她说，我想说，他根本不爱妈妈，不但不爱，我相信他还有些憎恶，尽管他从没说过，我每往深山里走一步，就对他更了解一点。他说，这我早就知道了。她说，奇怪的是，像他那样的人，无立锥之地的这么一个人，竟没有一丝怨恨，还爱着这世界，这操蛋的世界。他说，你怎么知道的。她说，感觉，我能感觉到他，他就在我周围。他说，姐，你别吓唬我。她说，真的，我能感觉到他，你听这风声，他在和我说话。他想，她是不是疯了。他说，姐，你在哪里。她说，我踩在大兴安岭的脊背上。她在说什么。他们在说什么。他不耐烦地说，你到底想和我说什么。她说，我想告诉你，他们从哪里来，我们从哪里来。他说，谁们。她说，爸爸妈妈。他有些气愤，你有爸爸妈妈么。她沉默了许久，悠悠吐出一口气来，说，别以为妈妈和你在一起，你就了解她，你根本不懂。他说，妈妈丢了，不见了，你却和我说，你踩在大兴安岭的脊背上，你这个疯子。他大声叫喊，你这个疯子。他骂得很痛苦。感觉头上正在冒青烟。姐姐却说，是我疯，还是你们疯，你弄个病秧子回家，难道不是逼她离家出走么。他说，都是你们逼的我。姐姐吵架的气势，让他相信，她再正常不过了。她说过的那些鬼话，是为了蒙蔽他。这个气势汹汹的人才是他真正的姐姐。此时，他突然软了下来。姐姐说，我们怎么逼你了。他想说，要不是她，他能一辈子干牛头刨床么？他能下岗吗？他能无所事事，只能在家里伺候老妈么？她这辈子难道没有一丝愧疚之心么？是她毁了他。那个去海拉尔吹冷风的人该是她。可他却理屈词穷了。他恶狠狠地说，是我活该。姐姐说，你要好好的，在这个世界上，我只有你和老妈了，咱们相依为命。他竟莫名感动，也跟着说，姐，你也要好好的。姐姐说，老妈会回来的，我知道她。他开始安慰姐姐说，她也许只是去长青公园转转，你别担心。

姐姐继续说，我想和你再说说那个小说。他点点头，尽管他知道她看不见他点头，看见他点头的只有于凤梅。这个世界上只有她一个人能看见。她仿佛对他姐姐说的了然于胸，也在用点头回应他。

姐姐说到小说里那个两岁多的小女孩，他没看过那个小说，无从得知。说到这里时，姐姐竟开始哽咽，说，我怎么就没想到，那是爸爸在写咱们的妹妹小盼，我是突然想到的。他说，这又怎样。她说，小盼是怎么死。他说，生病，妈妈每次说到她，就要哭一阵，说可怜的小盼呀，小盼要是活着，有多大了，会是什么样子。她说，不，她是被人害死的，扔到水缸里淹死的，活活淹死。他说，你的意思是。她说，没错，我的意思就是，小说里那个女孩的妈妈就是咱们的老妈，我实在难以想象，她怎么下得了手，虎毒不食子。他说，闭嘴，你要再这么说，我就杀了你。她说，你要知道，那时咱们正在经历什么，一切的努力都是为了活下去，你还能想起那种饥饿的感受么，为了想起过去那种感受，我每天吃得都很少。他说，你知道你在说什么。她说，我知道，可我理解，我知道那是什么样的年代，就像爸爸写过的《白垩纪》。他说，你凭什么这么说，那只是一本小说。她说，那你告诉我她是怎么死的。他想不起来，他连曾有过一个这样的妹妹都想不起来，别说她是怎么死的了。他说，我不知道，可妈妈说，她出疹子没出出来，高烧不退。她说，我也只是猜测，我想，小说里很多细节都应该是发生过的。他说，小说早就被烧了，你也只是凭着你的记忆，你可知道，人的记忆有多不可靠，有些事究竟有没有发生过，或者只是梦到过，时间久了根本分不清。他们沉默下来，都没说话，像是一同在听山林里的风声。

她转而说，你先听我说，我现在似乎感觉到半个世纪之前的风声了，让我们开始想象，天空正在下雪，一个年近半百的考古学家一步步向森林走去，他根本不知道他最终要去向哪里，但他知道他必须远离人群，远离那些呼喊声。他说，我要挂电话了，我不想再听了，而且我还告诉你，我就当什么都没听见过，你从没给我打过电话。姐姐说，你先别挂，我还有几句话要说。他说，快说。她说，我和你说，爸爸从没遇到过一个骑着驯鹿的敖鲁古雅女猎人，也就是说，他没经历过他小说里的爱情，他是个可怜人，当然，妈妈也是可怜人，我们都是，我们就是生存在白垩纪的恐龙。他说，恐龙？她说，没错，恐龙。

姐姐挂断了电话。也许是她真的走进了深山里，手机没信号了。林少予望着窗外，感觉那只火红的鸟又一次一闪而过。他不清楚这样的错觉究竟在警示什么。一切都在迅速改变，包括他的过去，他的那些记忆。于凤梅在他身后，吃力地说出了一句话，别着急。她像是用尽了全身的力气。他回头看她。她看上去并不痛苦，反而像是在欣赏他，像他姐姐过去那样，对他的跌倒幸灾乐祸。他捂着脑袋哭了起来。哭声不止，像是要把这一辈子的委屈全哭出来。后来他哭累了，抬眼望望于凤梅。她悠悠地说，不用找，你妈根本没丢，你太不了解她了，你知道我为什么拉上了窗帘么。他说，为什么。她说，你们家老太太就住在对面那栋酒店里，正高举望远镜偷窥咱们呢。他心头一惊，心想不可能，可又感觉合情合理无法反驳，这太像她的做派了。他说，你怎么知道的。她说，直觉。她这么一说，他又一次想起了四十年前的于凤梅，那个扎着蒙古小辫子向他跑来的女孩。他们在一棵树下避雨。他能清晰地看见她脖子上青色的毛细血管。

后来于凤梅挣扎着起来，和林少予一道去对面的酒店找人。他们走进一大团阳光中，阳光猛烈，于凤梅差点晕倒。他又一次注意到，爬满她脖颈处的那些疤痕，像一只只蚯蚓在蠕动。那一刻，他有些想吐。于凤梅一定是看到了，甩开他，向阳光里疾走。车辆来来往往，她却如入无人之境。林少予在她身后大喊。他想，她一往无前，也许真的想死在车轮下。她有惊无险地冲了过去。他仍在马路对面，向这边张望。他们像是隔着一条河。于凤梅在冲他招手，让他快过去。他恍然想起，在八号农场的时候，她也这么冲他招过手，在一条河的对岸。

于凤梅是对的。酒店前台冲他们神秘一笑。他们找到了她。她果真就住在酒店里，506房间。林少予想笑，在进电梯找她之前，站在酒店外，向楼上望了望。于凤梅说她不上去了，摸了下他的肩头，很轻柔。他不太相信，就这么一双手，开过小三轮，在冰天雪地里揽客。林少予非要让她跟着上去。他知道，等他们母子俩下来时，她会不告而别，去找她那个真正的树洞。想到这里，他抓住了她的手，拉她往电梯的方向走。至少得让老太太知道，是她帮他找到她的。于凤梅拗不过他，跟着进了电梯。他们立在 506 房间门口，敲门。他们听到了房间里一声叹息，接着是龙头拐杖敲打地板的笃笃声。门开了，老太太一头银发，披散着，吓人一大跳。她嘴唇颤抖，像是气得发抖。也许不是，她哆哆嗦嗦，更可能是想说点什么。不过一句话也没说出来。林少予拖长了声音，说，妈，你吓死我了。

老太太没理他，却一直盯着于凤梅。她还没好好看过她一眼。她颤颤巍巍向前凑，像是冲她闻了闻，闻她身上的味道。于凤梅向后躲闪，脖子一歪，疤痕尽显。老太太说了一句，孩子，别怕。林少予吃了一惊。她喊她孩子，她喊这个扫把星孩子。她们近在咫尺。老太太伸手抚摸她脖子上的疤痕。问了一句，是烫伤么。于凤梅点了点头。老太太深深叹了一口气，说，苦了你了。此时，林少予正站在窗口，向对面张望。他能看到他们家的窗口和随风摇曳的窗帘。

那天晚上，他们三个人一起吃了一顿饭，气氛融洽，甚至谈得上柔情蜜意。他们好像都忘了世上还有李晓燕那个人。他们似乎才是真正的一家人。

老太太为何来了个急转弯，和先前判若两人。他一直没问，想问又无从问起。他在等着她直言相告，她却只字不提，就像她从来没有离家出走过，没有在马路对过的酒店里向这边偷窥。老太太一直忙着问有关凤梅的一切，一个问一个答，林少予插不进去话。可他感觉老太太根本没听进去。只是为了问而问，于凤梅怎么回答，似乎并不重要。只要她在说，说下去，她就很欣喜。林少予一直在想，究竟发生了什么。这一切来得太过迅速，让他措手不及。她们突然变得亲如母女，密不可分。而于凤梅呢，她的眼睛似乎一直在回避他。或者说，她顾不上，她也在苦于应付，应付这突如其来的热情。

也许是从在酒店时她们劈面相逢的那一瞬间发生变化的。不，这一切应该从老太太离家出走时开始算起。她不是真的离家出走，她可能只想吓唬吓唬他们。可于凤梅是怎么看出来的，她怎么知道她就在马路对面的酒店里。也许凤梅站在窗口时，发现了她。也许她根本就是瞎猜的，凭直觉。这似乎不重要，重要的是，在酒店时，她们之间发生过什么没有。林少予记得他一直紧随在她们旁边，没任何迹象显示有什么异常。当时，于凤梅没进入房间，只是在酒店门口站着，也许有点累，身体靠在门框上。他匆匆走进去了，和老太太擦身而过。接着一屁股坐在床上，盯着她们俩。老太太后来去抚摸凤梅脖子上的烫伤。那是烫伤，不是手术后的疤痕。那些像蚯蚓一样的伤痕和她的病无关。其实她早就这样了。是切除半边乳房的手术，让那些过去的疤痕显得更醒目。她为什么要去摸她身上的伤痕呢。难道她真的在同情她，关怀她。似乎不太可能，她又不是第一次见她。在那一刻，一定有什么奇异的事情发生。在他转身向对面张望的时候，她们说过什么，或者相互凝视过。他倒是听说过，人与人之间的凝视，会产生奇妙的化学反应。记得他曾站在窗前，向马路对面看了许久。他还想起老家那条纳文河，隔河相望，他看见过一只公驯鹿。是于凤梅喊了他一声，他才从过去的回忆中缓过神来。后来他越来越确定，是她们达成一致，在对付他。可他们为什么要连起手来对付他呢。这未免太荒唐了。最后，他决定不想了。他想，他迟早会知道的。也许他想多了，事情原本比想象的简单多了，老太太就是大发慈悲，突然大发慈悲而已。

也许是受了老太太好心情的影响，他也开始说话。他说到头些天在天台之上看见的那只火红的大鸟。有多大呢，张开翅膀天都黑了。他一边说，一边比画。这时，老太太却突然哽咽。手紧紧抓住了于凤梅的手。她说，老儿子，你怨我不？他方才还在描述那只鸟。她接着说，老儿子，你怨我吧。他说，我不怨您，一点也不怨。她说，我知道，你一直想不通，为什么让你到那鬼地方去受苦，七年呀，整整七年，你才回到我身边。他想了想，可不是七年，三年待在八号农场，又在向日葵小镇上的青年站混了两年，后来又去铁路局总工会的服务公司打杂两年。她接着说，妈只有你这么一个儿子，咱们家被分了一个名额，不得不去，妈心如刀割呀。后来她就说起了他姐姐的身世。说姐姐根本不是她亲生的，是他爸爸和一个敖鲁古雅女人的私生女。她也是结婚后才知道的。她很大度，不可思议，去山里把那孩子接了回来，当自己亲生女儿养。老太太语焉不详，诸多细节待考。也许她根本不想把事情说清楚。那个敖鲁古雅女人是谁？他们是怎么相识的？他们是什么时候好上的，是在和她结婚前还是结婚后？
这让他想到他爸那部叫"白垩纪"的小说。也许那就是一部
回忆录。可又被她一把火烧掉了，再也无从考证。不管怎样，
她说出了一个事实，那就是姐姐不是她亲生的。这一点，足
以证实。她宁肯让亲生的儿子下乡，也不让爸爸那个私生女
去。仅此一点，她就是不凡的。像他姐姐所言，她是个伟大
的女人。也许姐姐早就知晓了。只有他被蒙在鼓里。他什么
都没问，一直在低头沉思。他们沉默着，窗外有风声，窗帘
在摇晃。他还在想那只火红的鸟呢。

　　于凤梅说，阿姨，如果下乡的是姐姐，我们还没这段缘
分呢，这都是上天注定的，您不要过于自责。老太太缓过神
来，拍了拍于凤梅的手背，说，这孩子说得对，说得对。

　　后来他们各自回房睡了。林少予睡在姐姐的房间里。在
姐姐那张床上，他嗅到一股异香，不明所以。他久久不成眠，
在想姐姐究竟所为何来，在想听到姐姐的故事竟像是早就知
晓，在想那个穿着小红袄的妹妹小盼，在想那只在空中悬停
的红鸟。接下去，他什么都不想了，只是看着天花板发呆。
后半夜，他才睡着。他醒来时，天光大亮，阳光爬上了他的
床。他懒洋洋地出门，洗漱，上厕所。于凤梅和他妈的房间
紧闭。不可能呀，老太太不睡懒觉的。他先推开了于凤梅所
在房间的那扇门。门内空无一人。床铺整洁，井然有序，像
是从来就没人睡过。他豁然开朗，她走了。去找她的树洞了。
他早该想到的，不过这也是迟早之事。他留不住她的。他为
什么要留呢。他难以置信地平静，就像这世上从来没有过这

么一个人。他又去推他妈的房门。门开了。老太太坐在窗边，看着窗外。见他进来，扭过头像鸟一样看他。她刚刚哭过。他喊了声，妈，怎么了。老太太说，盼儿走了。他问，谁走了。老太太耳不聋眼不花，接着回他，盼儿走了。他又问，谁走了。老太太有点不耐烦，盼儿，盼儿。

　　林少予从他妈的房子里冲出来，找手机，要给于凤梅打电话。令人意想不到的是，电话竟然接通了。他接着问，你在哪里，为什么不告而别？于凤梅淡淡地说，本来我就不该找你，不过我还是来了，觉得临死前见见你也好。他又问，你在哪里？她回道，你别问了，好不好，我不会告诉你的，我也知道，你并不是想找我，你想找你们的小盼。他说，老太太和你说了什么？她说，老太太看见我满身的疤痕，想起了你那可怜的妹妹。他急切地问，究竟怎么回事。她说，这是个悲剧，老太太在我房里哭了一早上，多年前，你妹妹小盼掉进了滚烫的一锅热水里。他说，你快说。他在想一锅滚烫的热水。她说，你知道，她为什么对我这么好吗，是我身上的烫伤让她想起了小盼，她把我当成小盼了，我想。她停顿了一下，接着说，或者她明白得很，从没把我当成小盼，可我和小盼遭过同样的罪，她心疼小盼，也突然开始心疼我。他在电话那头点头，可有谁能看到他频繁点头呢。他问，老太太和你说了什么。她说，她和我说，她出去了一趟，竟忘了炉子上的一锅热水，她这辈子都搞不明白，她为什么会出去，她永远无法原谅自己，你们不要再逼她了。他想到北方的火炕，火炉就在炕边。

他说，你别说了。

挂了电话，他一个人发呆。他想给远在大兴安岭的姐姐打个电话，可感觉绵软无力。他不知道该如何说起那锅滚烫的水。他在客厅里呆坐，突然大声喊了一句，妈妈呀！喊出这一句，他才把气喘匀。他开始拨电话，手一直在颤抖。

张锁传

1

　　我给那孩子清理伤口，伤口 V 字形，一把生锈的削笔刀割伤了他的大拇指。我说，等会还得打一针破伤风。我是和他妈妈说的。其实我想让她走开，别总在身边站着，很瘆人。她在我侧后方，一声不响。一大团热气正向我一点点迫近。

　　我缝了五针。期间，那孩子一直盯着我的手，看我如何在他大拇指上穿针引线。他大约十二三岁，到了上初中的年纪。像这么大的男孩子大多都很闹腾，他却出奇安静。这安静倒也没什么，令我有些不舒服的是，他一直死死盯着看，就像那银针扎进的根本不是他的大拇指。即使是别人的，很多人也是不大愿意看的。这让我想起我第一次上手术台时，主刀医生划开病人的腹部，发出噗的一声，一些白花花的东西向外涌。那一刻，我才真正意识到，我在干什么，我这辈子会干什么。

　　缝完针，他随他妈出去了。他们手牵着手，要去楼上取破伤风的针剂。他妈黑胖，走路摇摆，烫了个爆炸头，头大如斗。我没看见她什么长相，没太注意。急诊科室里来来往往很多人，我有些脸盲。当我一转身，他妈又折回来了，踩着猫步，无声无息。一个轻飘飘的胖子，凑到我身边，问我一句，大夫，您看那刀伤的样子，会不会是孩子自己故意的，自残。她说"自残"两个字，声音很小。我向上推了推眼镜架，想借机好好瞧一眼眼前的女人。肤色偏黑，颧骨高耸，眼睛很亮，有些眼熟。她愣了愣，以为我没听懂，又问了一句。我淡淡回道，难说。其实我想说，为什么。伤口那么深，那么长，一个十二岁的孩子怎么下得去手。转念一想，也许只有他这么大的孩子才对自己这么狠。若真如此，能这么问的妈妈也难辞其咎。说完，我就不想再搭理她了。她并没走，仍在原地站着，好像是在打量我。站多久也没用，我没什么好说的。

她喊了一句，张锁。用我们老家的方言喊出来的。张锁是我小名，好多年没听人这么喊过我了。真的是你吗？她接着叫嚷，周围的人纷纷侧目。她脖子上的肉在抖动，像只吃腐尸的鸟。我这才醒悟过来，我说，怎么看着有些眼熟。她跺了一下脚，像小女孩似的，娇嗔一句，你怎么会在这里。我想起她来了，大雁儿姐。她已经面目全非了。我一直努力在寻找过去那个大雁儿姐的痕迹。我想想，我们也许有十几年没见过面了，至少十五年。记得那时候她总来我们家挑水。我们家有一口水井，压水井，井水清甜，村里很多人都来我们家挑水吃。后来村里通了自来水，他们就渐渐不来了。大雁儿姐他们家吃惯了井水，仍像往常一样，过来担水，直到那眼水井再也压不出水来。小时候，我还被那个压水井的木柄打伤过，压下去，它会弹上来，有次不小心就被弹到下巴颏上，戳了个洞，见了骨头，至今还有个伤疤。我下意识摸了摸我的下巴。不过，我很不喜欢说家乡话，也不想在外地看见老乡，这让我觉得尴尬。

我还是喊了一句，大雁儿姐。她颔首在笑，感觉已经笑出泪花来了。她很兴奋，嘴角在抽动，感觉有很多话要说，凑上来抓住我的胳膊在摇晃，相反，我的平静肯定让她觉得有些扫兴。

她的脸笑得很僵硬了，可还在笑。我自觉有些过分，也忽然想起来，她还是那个刚刚怀疑自己儿子自残的妈妈。我放下手中的活计，开始和她好好说话，目视她的眼睛。四目相对。她的眼睛仍然很黑很亮，眼白是靛蓝色的，这让我又一次想起了多年前，她站在压水井旁，向我招手。一切恍如昨日。我像她问我一样，也问了她一句，雁儿姐，你怎么会在这里。记得她生活在遥远的广西，在广西北海的一个高校里教书，她怎么来泰山了。雁儿姐说，婆婆在这里住院，她是泰安人。我哦了一声。雁儿姐说，没想到会在这里碰上你。她已经不像先前那么热烈了。

雁儿姐的儿子进来了，走路很轻。他把药剂递给我，我接过来，问雁儿姐，这是你儿子？没话找话。这当然是她儿子。知道是雁儿姐儿子，这孩子也似乎和我先前遇到那个呆头呆脑的家伙忽然不一样了。他更灵动了，眼睛一直在我身上逡巡，就好像他真的知道我是谁。他的脑袋很小，一只眼睛斜视，给我一种总在摇头晃脑的感觉。他的鼻子尖尖的，人中很短，像只鹦鹉。他长得很不像妈妈。我摸摸他的后脑勺，说，你很勇敢，是个男子汉。雁儿姐说，我都不知道他这小脑瓜里天天在想什么。看得出她很爱她儿子，亲昵动人。儿子个头已到她眉眼那么高。她一只肥胳膊很自然地搭在儿子肩膀上。儿子好像不太情愿，但仍然强忍着，身子有些歪。雁儿姐忽然叫了一声，儿子，你知道他是谁吗。她那只肥胳膊一扬，掠过儿子的小脑袋，伸出胖手指在指我。那一刻，我是很想躲开。雁儿姐接着说，他也叫张锁，和你一样。我惊了一下，你也叫张锁吗。他点了点头。我很快想到，他叫张锁，也没什么好稀奇的。在我们老家叫张锁的很多，孩子娇贵，为了好养活，起了这样的小名。叫张锁并不姓张，我和雁儿姐都姓宋，我们老家那个村子里就叫宋家庄。张姓是玉皇大帝的姓，沾仙气，阎王爷不敢收。叫锁，意思可能是给这个人上了把锁，锁在这尘世上，别想轻易走。我说，咱俩有缘，你说有缘不，就好像我在这里一直在等你。我乱说的，不知为什么，其实我并不喜欢这孩子，总觉得他哪里有些不对劲。他的眼神里有让我不安的东西。雁儿姐的怀疑是有可能的。他下得了狠心对自己动刀子，可他为什么这么做呢？我敲开药剂，将破伤风的疫苗药水吸进针管。我扬着针管面向他，说，过来。他笑着走了过来，那笑很像是在挑衅。

　　打完针，他们母子并没打算走，还想和我多聊一会。可有个头破血流的闯了进来，我顾不上他们了。等我忙完，他们已经离开了。我还没来得及问怎么找得到他们。可我为什么要找他们呢？我想，他们也不会再来找我了。方才我没表现出见到雁儿姐的丝毫热情，在他们看来，我是不太愿意再次见到她的。

2

那天急诊科室走进来一个六十多岁的老先生，看上去没毛病，走得很稳。我以为他是来找人的，他却对着我嘀嘀咕咕地说，我想不起来自己是谁了。再一细看，人有些木，穿着一件白衬衫，衬衫上有污渍，右侧面颊上沾了一块泥，像是摔倒过。我悄悄帮他擦掉了。我问他，谁送你来的？老先生想了想说，忘了。就在这时，我看到门口有个影子一闪。我跑出去，就看见了小张锁，正斜靠在墙上。医生在科室里喊我。我是急诊科唯一的男护士，常忙得分身乏术。其实，我是有机会离开急诊科室的，上边领导要调我去重症监护室，那里更需要男护士。不过我坚决不去，我喜欢待在急诊室，你根本不知道下一秒，会进来什么人。闹哄哄，乱纷纷，我的心却不可思议地宁静。

等我忙完，小张锁还没走。他一直在候诊室坐着，头埋得很深。我走过去，见他正在用石头用力地划凳子上的金属皮，发出滋滋的让人难以忍受的噪音。他抬起头来，其实他早就知道我来了。这让我有些紧张，感觉他这家伙能未卜先知。我说，你妈呢？他的下巴扬了扬，意思是在住院部。我问，你找我有事？他说，我和那个爷爷一样，有时候不知道自己是谁。我反问，你不是小张锁吗？这句话是在调侃他，面对他这么大的孩子时，我有些摸不着头脑。他被我惹毛了，恶狠狠地说，我最讨厌别人喊我张锁了，我恨这个名字。我也和他一样，小时候憎恨这个名字，它让我觉得我是个孤儿。我过去摸他的脑袋，被他一把挡开了。他抬头望着我，在审视。也许我让他失望了。

他忽然说，你害怕别人看你的眼睛，你一直在躲闪。他说的时候，我的确看向别处，在看地上一片无花果叶子，像一只手。他这么说，让我觉得他很特别。也许他说得对，我一直在躲闪。我想说谢谢他，可我什么也没说。我想了想，他是那个总是在寻找别人眼睛的人。他在直视所有人，咄咄逼人。他突然问我大名叫什么。我说，宋洪涛。我脱口而出，他让人难以拒绝。我随后问，你呢？他说，我叫——。他有些犹豫。后来他说，你叫我杰瑞吧，我的英文名叫杰瑞，我喜欢这个名字。他很清秀，像个小女孩。几缕刘海在他额头上翘起。我说，好吧，以后叫你杰瑞。他说，你有英文名字吗？既然他叫杰瑞，我就叫汤姆吧，我是那只笨猫。他盯着我的眼睛在看，他觉得我在撒谎，我怎么可能叫汤姆，这么凑巧。我继续盯着他身后的那片无花果叶子，让我想起他拇指上的 V 字形伤口。我转而说，杰瑞，走，我带你去吃冰激凌。

上次见他们母女俩还是三天前，那天晚上我还梦见了雁儿姐。一个很奇怪的梦，梦见我给她缝舌头。地点是在她家

门口的梧桐树下，她妈坐在树上一直在笑。她妈很像是个纸
片人，被风吹得呼啦啦响。雁儿姐说，吃树上的槐花时，咬
伤了舌头。她伸舌头给我看，舌头伸得老长老长，像个吊死
鬼。一道向外翻的伤口一直在爬。我一直想抓住它，却抓不
住。雁儿姐还在喊，别让它跑了。就像那根本不是一道伤口，
而是别的什么活物。我吓醒了，吓出一身冷汗。醒来后想到
那棵梧桐树，还能感觉到巴掌大的叶子在风中摇曳。雁儿姐
他们家曾有过一棵上了年头的梧桐树，遮天蔽日，粗得一个
成年男人根本无法环抱。后半夜，我就一直在想那棵树，想
到自己爬到高高的树顶，雁儿姐在树下叫我。后来那棵梧桐
树被砍掉了，那时我还在上卫生学校。记得我回去看见雁儿
姐他们家门口突然光秃秃的，只有几根电线横在空中，我就
哭了，哭得很伤心。令我印象特别深刻的是，雁儿姐挑着水，
在梧桐树下摇晃着走进家门。雁儿姐是我见过挑水最好看的
人。小碎步，扁担上下起伏，水桶滴水不漏。那时候她还很
瘦，显得高挑，梳着刘胡兰那样的发型，偶尔会撩一下散开
的头发。第二天上班路上，我一路在学雁儿姐挑水的样子，
小碎步，身形随扁担上下起伏，像是在跳舞。

　　下午五点半左右，我们在肯德基里吃冰激凌。我问小张
锁，你妈找不到你，怎么办？小张锁扬了扬胳膊，他有电话
手表。我又问他，你们住在哪里呢？他向外指了指，说，我
们住在清风宾馆。我不记得这里有什么清风宾馆，也许就在
医院对面的那条巷子里，那里住着不少看望病人的家属。我
还想问些什么，可我也不是真的想知道。只是我们这么干坐

着，不说话，让我很尴尬。我很少和他这么大的孩子相处。看着他低头抠手指的样子，让我想起我小时候。那时，我总是跟在雁儿姐后面，偷偷看她挑水。记得她上身穿白碎花衬衫，腰很细，裤子是深蓝色的，裤腿直挺，露出一截长长的脚踝，脚踝上绑着红头绳，还有个小铜铃。小张锁在我还没开口之前，仰头问我，你找到你亲生父母了吗？我说，你说什么？我一激灵。想到他说的话，我就想起我大姨，在我八岁那年见过她唯一一面。她缓缓向我走过来，傻了似的僵在我眼前。小张锁又一次问我，你找到你亲生父母了吗？他眉头紧皱，直勾勾盯住我。我忽然意识到，我的答案可能对他至关重要。我问，你怎么知道的，是不是你妈告诉你的？他说，别管我是怎么知道，这根本不重要，重要的是，你有没有找到你的亲生父母。他目光凶狠，像只兽。我又想起了他盯着大拇指上那道伤口的样子。也许他妈根本没告诉他什么，他若全知道，不可能再这么问我。他是不是以为叫张锁的都是抱养来的。我想告诉他实情，可一时语塞。是他凄惶无助的眼神，让我没说出口。我想，他是在等我说出来，我们都是一样的，我也没找到我的亲生父母。我摇了摇头，郑重告诉他，没有，至今我还不知道他们是谁。他放下心来，眼睛在闪光，说，我们都是被抛弃的人。从那一刻起，我知道，他把我当朋友了。他就是为了等我这么说。我转而问他，你是怎么知道的？他说，我要是说，从来没人告诉过我关于你的事，你信吗？我说，为什么不信呢？他开心起来，说，我怎么感觉我们像是认识了很久。我笑而不语。他是个聪明的家伙。后来他妈给他打电话来了。他一边打电话一边向外冲。他和我摆了一下手，就冲出门去。

3

　　一年多前，某天夜里十二点多，我在值夜班。急诊室里刚接诊了一位被咬掉半个舌头的男人，我一直在忙活。印象深刻的是，送他来就医的女士，一直在亲吻受伤的男人，也弄得满嘴是血。就在那天夜里，我突然接到一个陌生电话，区号是四川甘孜的。后来我想，她应该是我大姨，也就是我亲妈。她说，我就想听听你的声音。我问，你是谁？就在这么问的时候，我已经隐隐觉察出她是谁了。她说，你还好吧，是不是正在急诊室上班，我看到有人在流血。我感到纳闷，问，你在哪里，看到了什么？她说，我看到有很多血从一个男人嘴里流出来。我说，你到底是谁。她说，孩子，别问我是谁，我想告诉你，有一个人在天边一直惦记着你。她没说自己是谁，就把电话挂了。我在网上搜她说的天边，也就是四川甘孜那个地方，知道那是个藏族自治州，知道那里有连绵的雪山，有数不清的寺庙。那天晚上的后半夜，我才突然明白，她来了，来过急诊室，看见了我，她不是在山中的寺庙里未卜先知。在我想象中，她一身素黄的僧袍，手摇拂尘，在急诊室门口一晃而过。从那以后，我再也没接到过她的电话。

　　小张锁和我分开后，我就一直在想我大姨，想她给我打过的那通电话和多年前我们那次唯一的见面。八岁那年，我刚放羊回来，赶羊进家门，抬头看见一对陌生男女坐在我家石榴树下。他们远远叫我，张锁，张锁。一边叫，一边向我拍掌，就像我还是刚会走路的幼儿，会钻进他们的怀抱。若不是有我妈扯着她的胳膊，我大姨也许会冲过来。我妈介绍说，这是你大姨和大姨夫，快喊，快喊。我一一喊，大姨，大姨夫。他们都没应，一直盯住我看，像是不敢相信我正站在他们眼前。我姐对着窗户叫了我一声，我仓促跑进屋子里去了。我有个姐姐，唯一的姐姐，比我大七岁。姐姐叫玲子，和大雁儿姐同岁。记得她们曾经很要好，不知道为什么后来疏远了。我姐上完初中就没再读书，没过几年就嫁人了，而大雁儿姐上了高中又上大学，大学毕业后留在了南方。我姐喊我进屋，叫我别和他们聊天。我不知道她什么意思，可我很听她的话。我和我姐说，大姨夫不是死了吗？记得有人和我说过，大姨夫在南方做生意，开着小货车在盘山公路上翻了车，滚下悬崖了。姐姐说，我也不知道。她像是心事重重，我隐隐觉得她的心事和我有关。我妈变得紧张兮兮，和我寸步不离。就在我和大姨单独相处时，我妈一把推开我，把我支走了。后来我很多次想象过那个场景，在羊圈前面，我大姨热切地注视我，缓缓向我走来，能感觉到她想要一把抱住我，那一刻，我妈一个箭步横在我们中间，饿虎扑食一样。她是个跛子，股骨头坏死。她跑得如此之快，让我吃了一惊。若干年后，我妈在病床上又和我说起那天。她说，我们不想让你知道这一切，你还太小。她还说，那天你大姨就是想把你带走，我们吵了一架，吵得很凶，我说，你要是带走他，我就不活了，我说，当初你是怎么说的，说话不能不算数。我妈在病床上哭了，紧紧攥着我的手。她的意思我都懂。最初她是为了帮大姨，大姨夫横死在南方，大姨是无力抚养我的，再说，她也和另外一个男人好上了，他们一起去三峡打工去了。此种情形下，我大姨就把我托付给自己的妹妹了，也就是我妈。那时我一岁多一点。后来我大姨又想把我要回去，我妈当然是不肯的。不过这让她很内疚，像是从我大姨手里抢来了一个儿子。她在病床上回忆那一天，说，我很后悔，我不该从她手里抢走你，你是她的，没了你，她这辈子都过不好。可我知道，她没后悔，若是再给她一次机会，她还是会留下我。大姨给我们来过信，我看见过一张照片，她在一艘轮船上，身体斜倚着护栏，身后是舱门，还有一些人的背影。那是我第一次看见火轮船。后来那张照片不翼而飞了，我想，很可能被我妈藏了起来，要不然就是被她销毁了。她是不想让我看见那张照片的。上初中时，我扬言离家出走，要去找我大姨。我妈给了我一个耳光，说我是吃里扒外的东西。那也是她唯一一次动手打我。其实，我说去找大姨，就是为了气她。我在八岁那年已经隐约觉察出，我那个大姨和我关系非同一般。她才是我亲妈。

　　我妈病病恹恹的，常住院，花销很大，我们家总能收到来自远方的汇款单，钱来得像及时雨。汇款地址不一，来自于祖国各地，后来我们就不怎么在乎这钱究竟从哪里来的了。汇款人是个叫杨建军的人，次次都是他，我们猜测他就是我大姨的朋友。这钱是我大姨汇过来的。她现在也许又和这个叫杨建军的在一起了。我们一直很纳闷，她远在天涯海角，为何对我们家的事了如指掌，连我妈生病住院，她都十分清楚。我们开始怀疑，身边有人和她一直在偷偷联络，可这人究竟是谁呢。思来想去，谁都似乎不太可能。可有一次我随我爸赶集，他让我在邮电局门口等他。等了很久，我有些不耐烦了，就转身进去找他。我看见他斜倚在柜台上打电话。他看见了我，一边打电话，一边冲我摆手，意思是让我出去等他。我走出去的时候，有个念头倏忽而至，也许他就是那个总在和我大姨偷偷保持联系的人。后来我和我姐说了，她死活不相信，爸爸会屡次问我大姨要钱，难道他要的是抚养费。这让我们感到不齿。我姐觉得爸爸不可能是那样的人。他是一个庄稼汉，一个砌墙工（他砌墙的技术一流），总之他是个不怎么善于言谈的老实人。可我却十分确定，那个人就是他。再后来，我妈临终前，很想再见我大姨一面，可她根本不知道她的联系方式。爸爸当着我们的面拨打我大姨的电话，只是手机一直关机。我们都很诧异，他怎么有她的联系方式。他说，头一阵子她给我打过一个电话。我们问，她怎么知道您的电话？他说，她不会想办法吗？我们接着问，为什么她不找妈妈？他说，她和我说，她怕你们这个妈。说完还意味深长地给我使眼色，就像他也怕她。那一刻，我突然对他有些恨意，确切地说，应该是不屑。我觉得，他根本不在乎我妈的死活。他像表演变戏法似的，给我消失多年的大姨打电话。当然，这样的判断更多是来自于我对他由来已久的敌意，而这敌意大部分又是因为他在问我大姨不停要钱。更重要的是，我早就知道，他不是我亲生父亲。他是我们家唯一和我没有血缘关系的人。

我妈最终没见上我大姨。我大姨后来给我爸发了一条短信，说，照顾好你儿子。我想，他们从此再也没联系过。

4

小张锁又来找我，问我能否带他去一个地方。他神秘兮兮的。我说，去哪里？他说，大津口乡牛山口村。这地址很不好记，他却脱口而出，让我一愣。那时，我们一同站在急诊室门外。眼前有个戴手铐的人坐在等候室，坐在他旁边的人正和他窃窃私语。我想那应该是个警察，他们聊得分外愉快，有说有笑。小张锁一直在偷看他们。也许那副亮晶晶的手铐吸引了他。

大津口乡牛山口村，我去过。我问，你去那里干什么？他说，你先说，能不能帮我这个忙。他还在斜眼看戴手铐的年轻人。我问，你什么时候去？我想了一下，周末刚好要去大津口乡看我干妈。她是我在卫生学校读书时的老师，我们都喊她干妈。她无儿无女，退休后住在大津口乡的一个农家小院里。我常去看她，我在我们宿舍排行老三，干妈就"三儿""三儿"地叫我。小张锁说到大津口乡，我就已经决定带他去了。

那天上午，我请了假。我几乎不请假，我是那个连续两年拿全勤奖的人。科室里的同事对我请假都分外好奇，意思是没有要人命的事，我是不太可能请假的。可我却云淡风轻地告诉他们，我就是想去玉皇顶上发发呆。他们大笑不止。也许是觉得我疯了，也许是觉得我之前疯了，忽然成了一个正常人。我在他们的笑声里，脱掉一身白衣，溜出急诊科室。小张锁在医院门口等我。和他会合后，我就在想，也许我说得对，我是想去玉皇顶上发发呆。小张锁的到来，让我开始思考那些往事，而这些往事，我从来都没想清楚过。我搭上小张锁的肩膀，向我那辆红色的吉利全球鹰走去。

大津口乡在泰山的东北，四面环山，向西看能看见玉皇顶。小张锁坐在副驾驶，一路都在抠手指。大拇指上的伤也快好了，头两天我给他拆了线。他这伤口是个"V"字形，这极可能是他故意下的狠手。我想弄清楚他为什么这么做，这也是我会答应陪他来的原因之一。我们俩合伙骗了他妈。他对着电话手表说，和老张在一起。和他妈妈说话时，他叫我老张。我轻扶方向盘，转头对手机里的雁儿姐说，对，我和小张在一起。雁儿姐在电话那头噗嗤笑出声来，说，你们这是要去哪呀？小张冲我使眼色，让我不要说话。他说，妈，你就别问了，回去再告诉你。雁儿姐说，这孩子。她要和老张说话。我叫她放心。我以为她会和我唠叨小张锁的事，没想到她说，我联系了你姐。她顿了一下，似乎有难言之隐，接着说，你知道的，那时候我们总在一起。我不知道她想说什么，但我已经开始想象，我姐会怎么和我说起她。她说，你姐说，她愁死了，说你三十大几了，还不找女朋友。我说，好了，雁儿姐，我在开车。她说，你先别急，我的意思是，我支持你。电话那头一阵沉默，以为她挂了电话。她又开始说，我想你姐了，很想见她一面，她说最近很忙，你爸病了，你姐不让我告诉你，可我想来想去，还是要告诉你，见一面少一面，我也想去看看他，我还能想起他站在脚手架上的样子。她最后郑重地告诉我，张锁，你去看看你爸吧。小张锁也在屏息凝听。我们都觉得，她是在喊我们。这种感觉的确很奇妙。她郑重的语气让我有些激动，起了一身鸡皮疙瘩。挂了电话，我没去想我爸。我想的却是雁儿姐为什么要告诉我。也许她是为了提醒我，那个人不是我亲生父亲，尽管如此，我还是应该像对亲生父亲那样待他。想到这里，我觉得雁儿姐在使坏，在推波助澜。越是这样，越让我更加坚定自己，我要和小张锁交朋友，我想知道他全部的秘密。

5

我们过泰山大剧院，穿泰山广场，沿着环山路一路下去。小张锁起初不怎么说话，脑袋歪向车窗。我在想，从哪开始说起呢。比如他在哪里读书，什么时候来的泰安，他奶奶得了什么病，怎么从来没见过他爸爸现身。我还没想好怎么问，他却突然说，我妈说你们家养过一只大黑狗。大黑狗，让我想想，那都是二十年前的事了，雁儿姐还记得我们家的大黑狗。有时那只大黑狗也会跟着她，像是她的狗。他接着说，我就想养一只大黑狗，必须是黑色，我喜欢黑色。我问，你妈为什么说起这个？他说，谁知道呢，自从见了你之后，她常常一个人发呆，也许是想起了你们小时候。我说，我们家的确养过一只大黑狗，不过它死得很惨。他问，怎么死的？我说，得了"狗头筋"，一种很奇怪的病，一旦得上，会不住地往墙上撞头，直到撞死自己。他像是恍然有所悟，不过没再接着说下去。也许他也和我一样，在想那条不停向墙上撞去的大黑狗。

　　我指着左边车窗外，说，那是罗汉崖。他似乎对山景没任何兴致。我有些扫兴，反问他，你去大津口究竟想干什么？我已经问过他一遍了，他当时的回答是，为了写篇暑假作文，想回老家看看。那时我才知道，他们老家就在牛山口村。他还说道，他爷爷在村北的山岭里捡到过一个陶罐，后来被一个山上的道士买走了，爷爷就用这些钱娶了他奶奶。也就是说，爷爷是在山里捡来一个媳妇。小张锁想去看看那道岭，岭子叫仙台岭，在牛山口村北，我们曾去那里露营过。它东依药乡国家森林公园，西靠拔山林场，原为齐鲁南北通道。春秋时期，修筑齐长城时遇到了险峻的降山后，便再也修不上去了，传说齐灵公就在这里将"领工大将"斩首示众，并用大铁钉钉到悬崖上了，后人称之谓"钉头崖"。齐长城于是"一降四十里"，正因此处较为平整，遂成为秦汉帝王封禅泰山时大建行宫、大修望仙台的场所。后来，这一带也成了隋末农民起义军窦建德部和唐末黄巢起义军安营扎寨的地方了。小张锁说，爷爷捡到的陶罐也许就是秦始皇喝水用的杯子。可我后来看见他对周围景致并没什么兴趣时，我想他真实的想法并不是去看仙台岭。

　　他说，你不问我也会告诉你的，我想去找我爸。我说，你爸在那里？他说，他可能在那里。我问，你爸在那里干什么？他说，我也不清楚，也许是在打石头，在我印象中，他一直在打石头，我有时会梦见他。我被他后面那句话逗笑了。我问，你爸不是在广西吗，是个造机器人的博士，怎么又成打石头的了？他反问我，你明知故问。我知道，他要找的是他的亲生父亲。我问，你们见过面吗？他说，你相信这个世界上有鬼吗？我说，不太信。他说，我信。我说，你的意思是，他已经死了。我开始感到沮丧，我不知道我们去牛山口村干什么，去找谁。他说，他没死，如果我能找到他，我就不回去了。我说，你会相信一个曾抛弃过你一次的人。他说，他有难言之隐。我说，你一直在找他。他说，他也一直在找我，我能感觉他就在我身边。我说，你看见过他？他说，是的，我看见过他。我问，你们说过话吗？他摇了摇头。我突然明白，雁儿姐方才为何欲言又止。她也许是想和我聊聊他。她想起了那只大黑狗，肯定也想起那时候的我。她也许觉得我和她儿子很像。

　　记得很久很久之前，有一天我突然不想说话了，足足持续了两个多月，一句话也没说过，后来我再回想起来，人不说话也能好好活着。我妈觉得我是撞了邪，还请来了一个隔壁村的仙婆子在我家做法。那人让我披上黑斗篷，头戴一顶古怪的帽子，帽子上有六个角，戴上之后，我就像个小道士。做法的时候，雁儿姐似乎也在，远远站在一株枣树下面。也许是不经意间，我冲她吐了下舌头，意思是，我这副样子真的很傻气。她冲我笑。那时，她真的很好看。我觉得，她比我姐更像是我的姐姐。后来我说出的第一句话，就是和雁儿姐说的。她来我们家挑水，我一直呆坐在水井边，看一群蚂蚁在肢解一只蝴蝶。雁儿姐远远叫我，让我过去。我过去了，她说要和我变戏法。一只手掌摊开，将另一只手的食指和中指放在摊开的手掌上，长短不一，短的是食指，在中指的左边。两只手指轻轻一划，短的那根手指就跑到了右边。她一遍遍演示，我看得入神，想不明白，食指怎么忽然到了中指的右边。雁儿姐的手指又细又长，指甲鲜红，是用凤仙花染红的。这时，我扬起头来，和她说出了第一句话，好神奇呀。雁儿姐随之大叫，张锁开口说话了。我永远记得雁儿姐给我变过的戏法，后来我也常常变给别人看。

我想起了那个戏法，想变给小张锁看。他转而说，你觉得我妈喜欢我吗？他说到了雁儿姐。我说，当然，她很喜欢你。她和我说到他有可能自残时的神情，又出现在我眼前。他说，你为什么这么说？我说，傻子都看得出来。他没说话，转过头去，看向车窗外。我们刚过白龙井，快到龙潭公园了。我很熟悉这条路，但今天却让我感觉异常陌生。车窗外起了雾气，那时大约是八点四十五分，泰山脚下忽然有了雾气，天色暗下来。我对小张锁说，你让我很生气，你不该这么想你妈。他好像比我更生气，愤愤然，对着车窗外渐次掠过的柏树说，我以为你能懂我说的是什么。他指着路说，就在牛山口村，我妈差点把我从那道岭子上推下去，你以为我想去看的是我爷爷捡宝的岭子吗，不，我想看的是，我妈想要害死我的岭子。他很激动，开始扭动手指，手指泛白，能听到骨节噼啪作响。我有些担心，担心他会做出让我想不到的事情。我伸手过去，拍了拍他的后肩，想让他冷静点。他扭了扭身子，躲开了我。我说，不可能，绝不可能。后来他就给我讲了他八岁那年的事，那年暑假，他妈带他一个人来到了牛山口村北面的仙台岭。

6

就在那一年，小张锁的妹妹失踪了。失踪的地方就在他们小区对面的冯家江湿地公园。四年过去了，我还是能从雁儿姐的表情深处看到些什么。在我不知道这件事之前，我会猜测她那抹愁云很可能来自于中年困境，上有老下有小，或者是有了感情变故让她左右为难。

小张锁的妹妹叫召来，比他小三岁，是个早产儿，出生的时候只有三斤半，像只小老鼠。孩子在保温箱里待了一个月，才活转过来。召来是雁儿姐亲生的，可以想象她有多爱她，况且她从一出生就经受了这么多磨难。小张锁在讲述他妹妹时，眼睛也是闪着泪花。看得出他很心疼她。他说她一定过得很开心，这一点也让我感到疑惑，他为什么这么说呢，像是他知道她去了哪，后来我想，他也许是一直为妹妹的走丢而愧疚，毕竟那天是他和妹妹在一起，而这么说能让他稍有安慰。

为什么叫召来呢。这也是小张锁后来怀疑自己并非亲生的原因。妹妹叫召来，就是他这个抱养的儿子召唤来的，或者说，他被这个家接纳的意义就是为了妹妹的出现，他是这么想的。在我们老家也有这种说法，如果夫妻多年不孕不育，过继一个孩子，也许就会有转机。我们的邻居老偏儿哥就是那样。叫老偏儿是因为他的头很大，而且长得扁斜，一侧很扁，另一侧又出奇的大，他们家里的老人说，他小时候睡觉总是侧着睡，睡偏了。老偏儿哥家住在雁儿姐家后面，结婚后十年不育，后来抱养了个女儿，没想到几年后，老偏儿嫂就怀上了，还是个儿子。我们家住在老偏儿哥后面，有人说，我们那片地方风水不好，雁儿姐他们家没儿子，只四个女儿，我们家也只生了我姐，我是抱养的，不作数。老偏儿哥有了自己的亲儿子，这种说法才终被打破。

小张锁的奶奶在他两岁时，把他抱到了广西。两岁之前他就生活在牛山口村。小张锁说长大后他总是梦到那个村子，梦见拴在枣树上的一头驴，驴叫声在他的耳边一直回旋。他问过他奶奶，他们老家是否养过一头小毛驴。奶奶说，的确养过。爷爷在山上来去，都是那头小毛驴驮载货物。小张锁身上有让我感到惊异的强大感受力。有时候你会觉得他是胡说八道，可细想一下，又让人心惊肉跳。他不像是个十二岁的孩子。在和我说话的间隙处，他一直在沉思。他说出的每一句话，看似都想了很久。车窗外的雾气越来越浓，我却越发紧张，后背的肩胛骨处一阵阵抽痛。

召来走丢是在五月，雁儿姐带小张锁回老家是在七月。

难以想象他们家是怎么度过那段难熬的黑暗时期的。警察曾给他们打过电话，说在北海市广东路和北海大道交界处的监控摄像头下，发现一个五岁的小女孩独自在路边踟蹰，后来被一个中年男子抱走，而那个女孩在他怀中一直在挣扎。画面有些模糊，他们难以确认那个挣扎的小女孩就是召来。不过是与不是都让他们家陷入万劫不复。也就是说，无论怎样，她都在坏人之手，要命的是，她在拼命挣扎。小张锁说有天夜里他被一阵争吵声惊醒，他悄悄走出房门，看见妈妈坐在阳台边护栏上，想往下跳，而爸爸在她身后轻声呼唤她，哀求她。小张锁闻声后平静地折回房间，继续埋头睡，一觉醒来，什么也没发生。说到这里，我问过他，难道你不害怕你妈真的跳下去，你们家可是十三楼。他说，我相信她不会的，我就是有这样的预感。我想，如果他说的是真的，他溜回去睡觉，可能是因为他感到害怕，无所适从。可他说，我妈是在吓唬我爸。我问，为什么？他说，我妈担心我爸不要她。我说，我不懂你在说什么。他说，以后你会懂的。

小张锁放假后没多久，雁儿姐在毫无征兆的情况下，说要带他回老家，而且只有他们母子两人。更不可思议的是，他们走之前，小张锁他爸他奶奶都不知道他们去了哪儿。他们是偷偷跑回去的。小张锁很少回山东，爷爷去世时，回去过一次，那还是三年前。他们之所以很少回去，是因为她爷爷去世后，奶奶就随他们常住在广西，老家没什么惦念的人了。他们是坐飞机回老家的，那也是小张锁第一次坐飞机，他却一点也不兴奋，那种感觉就像是被他妈绑架了。从始至终，他妈妈就一直攥着他的手，生怕他跑了。在飞机上，他都不敢看他妈妈那张脸，担心她会歇斯底里，尽管她从来不曾像他想象中那样。但他预感到，妈妈迟早要发疯一次。他想，也许会是在飞机上，冲着他，冲着所有人。他一直在躲避，瑟缩在飞机的座椅上，低着头，在想他妈妈面目狰狞的样子。可就在这么想的时候，他妈妈却慢慢松开了他的手。手臂落了下去，他侧身一看，发现妈妈歪着脑袋睡着了，嘴角流着涎，脸上的肉耷拉下来，像只哈皮狗。小张锁长舒了一口气，不过很快开始为她难过。她太累了，已经筋疲力尽。这些天，她从不停歇，很少睡觉。她一直在北海市穿街入巷，手里拿着妹妹的照片，四处询问。她担心一旦停下来，就会错过什么。小张锁十分心疼妈妈，身体慢慢靠向她。他拿着纸巾为妈妈擦掉了嘴角的涎水。可他很快又想到，妈妈爱的是妹妹，她才是她的唯一，而他是多余的。当时他早就已经知晓，他不是他们亲生的。他隐约感觉到，他妈带他回老家，是为了送他回去。他们是不想要他了，自从妹妹丢失后，他觉得家里人看他的眼神都变了，就像他妹妹的走失和他有关，毕竟是他没看好妹妹。他可能再也不能回广西北海那个家了。这时候，他开始想他的那张小床，他的小书桌，他的汽车玩具，他养的那盆龙骨花。从花店取来的时候，龙骨只有巴掌大，现在它都快追上他了。想到这里，小张锁又低下了头，也许是在想，为什么是他，他到底做错了什么？那一刻，他多么希望，走丢的人不是妹妹而是他。

小张锁没和我说这么多，有时只是只言片语，可我还是能感受到那一幕又一幕，就像我也身处其中，亲眼看见了他们经历的一切。就在他不说话的时候，我想停车去抱抱他。我侧目而视，发现他很平静，叫我心惊。他没表现出任何想要被安慰的样子。我当时感觉，需要被安慰的人也许是我，而不是他。他让我一次次想起小时候。后来我真的停车了，可他根本不想下车，在副驾驶的座位上蜷缩着。我一个人走出来，背对着我那辆吉利全球鹰。我想喘口气。我倚靠着路边一株柏树，向远处遥望。我想到的是另一个男人的背影。宽阔的后背，白衬衫上的褶痕随着踏板的高低起伏而起起落落。我坐在自行车后座上，两条腿来回晃荡。没错，我想到的是我爸，那个不停问我大姨要钱的人。小张锁让我不断想到他，想到他在一条乡间小路上骑行，两侧是随风起伏的麦浪。我不知道我们要去哪儿，但我极其确定这一幕曾发生过。记得我还抓着他的腰，他身上的烟味向我飘过来。

7

　　我们在浓雾中穿行。这雾像是活的，一直在跟着我们。有时比我们快，有时比我们慢。后来雾越来越稀薄，也许我们已经把浓雾甩在了身后。我们终于冲出来了，世界变得清晰透亮，阳光照在青山上，柏油路在闪闪发光。但好景不长，我们又钻进了另一团迷雾里，感觉方才的天地澄明只是一场幻梦。

　　小张锁睡了一会，等他醒来时，我们已经到了大津口乡乡政府。他左顾右看，像是猛然想起了什么。他说，我想回去了。我说，你说什么？他说，我想回去了。我说，为什么？我伸过手去，想摸他的后脑勺，又被他一把挡开了。他不喜欢别人摸他的头。他说，我找不到他了。我问，你找不到谁？他说，我爸爸。我问，你是不是梦到他了？尽管我这么说，我还是觉得荒唐可笑。他说，不是，我没睡着，我只是闭上了眼睛，在冥想。他在冥想，也许他真的在冥想。我说，你都打鼾了，还说自己没睡着。我也觉得奇怪，他这孩子，叫我有了连自己都吃惊的好脾气。

他说，我觉得你很烦，总是在问为什么，所以我假装睡着了。我问，那你能不能告诉我，为什么这么说？他扑哧笑了。我有一种被他羞辱的感觉。我接着说，你找不到他了，如果你不说清楚，我就觉得你在耍我，你懂吗，我们开车开了四十多公里，你说想回去就回去，我不会让你就这么回去的。他说，反正你也是来找人的，我觉得我更像是在陪你。我说，算你狠，杰瑞。他就是那只耍得我团团转的小老鼠杰瑞。

他接着说，我爸已经走了，他没等我，也许他是不想见到你。他的样子像是认真的。我马上问，就在刚才吗，你的意思是，你看见了他。他说，我没看见他，我能感觉得到，你不懂，我和你说不明白，你别问我了。我说，信不信，我把你扔下车。他说，我信，我知道你是个什么事都干得出来的人，这也是我为什么会去找你。他这么说的意思，可能是说，我和他是一路人。我快被他逼疯了。我忽然感觉到非常疲惫。我能想象，雁儿姐和他是怎么相处的。我说，你凭什么这么说，我可是个救死扶伤的医生。他说，别臭美了，你只是个护士。他让我想到哈利·波特电影里手拿魔法棒的孩子。我说，你让我怎么办？他说，打开车门，让我下去。我没有停车，继续往前开。绕过乡政府，我拐进一条巷子，再往前开五百米，左转就能看见我干妈家的大门了。

他一直没说话，脑袋歪向一侧。汽车在缓缓前行。我停了车，摇下车窗，发现她家的大门洞开，有两个孩子在门洞里玩耍。记得干妈从不这么敞着门，她家的门户总是紧闭。她不喜欢不熟悉的人来家里串门。我下了车，走进干妈家，和那两个玩耍的孩子攀谈。有个陌生女人站在门廊上，充满警惕地大声问我，你找谁？我想了想，说，赵剑芳。她说，她搬走了。我问，搬去哪了？她说，鬼才知道。我回身疾走，担心小张锁一眼不见就溜走了。我打开车门，看见他正蜷缩着，冲我鬼笑。他说，你应该问我。我说，问你什么？他说，问我，赵剑芳去了哪里。我说，你知道赵剑芳是谁？他说，你干妈，不是吗？我坐进车子，开始回想。我有没有和他提起过，我要来看望我干妈。

我想了想说，我干妈去了哪里，你说。他说，你为什么不打电话问问？我说，她的电话一直关机，这几天我都没打通。我这么一本正经和他说，就像他真的会知道我干妈的下落。我似乎已经开始相信他有什么特殊能力了。他说，我怎么可能知道她在哪里，她又不是我什么人。他的小眼睛斜着看我，他在挑战我的耐心。他接着说，我就是很好奇，你已经有两个妈了，还要认一个干妈，你不嫌麻烦吗？他想让我冲他发火。但我不知道他为什么这么做。也许他只是为了好玩，在玩猫和老鼠的游戏，我是汤姆，他是杰瑞。我不能上他的当。不过他说得对，我为什么要认一个干妈。

汽车往前开，但我不知道该去哪儿。我说，咱们下一步去哪里？小张锁说，那你带我去仙台岭吧，我觉得有些话不和你说透，有些对不住你。他忽然大发慈悲。

我们在仙台岭露营过，干妈带着我们几个学生，那天我们玩得很开心。我想起了那一天，想起她那天没怎么说话，一直在微笑。我们喝了很多酒，喝着喝着，干妈就不见了。后来我们漫山遍野地找她，记得那天晚上满天繁星，下弦月在天空中颤抖。我们大声叫喊，叫喊声在山谷里回荡。那时我才意识到干妈那晚很不对劲，她的笑越想越瘆人。我们以为她从岭子上跳了下去。但她给我们的一贯印象，是打不死的"小强"。越是这样，我越是觉得她更可能是个决绝的人。我们找了很久，正打算放弃的时候，她却从一株榆树上纵身跳了下来，给我们的感觉是，凭空把自己变了出来。她身手矫健，不像是喝了很多酒的样子。她说她在树上睡着了，抱着树干像一只考拉。我们都笑了。山谷里的风迎合着我们的笑声。我想，她没睡着，她就是待在树上，眼睁睁看着我们像热锅上的蚂蚁团团转。天亮后，我们到处找那棵树，想知道干妈在哪棵树上睡着了。干妈指着最高的那株，我们都很惊讶，她是怎么跳下来的。那株榆树直穿云霄，高约数十丈。我们都说不可能。干妈指着那树说，你们看，我就怕你们不相信，我还绑了一截红头绳。我们仰头看，仔细寻找，真的有一截红头绳绑在树干上。从那时起，我忽然感觉干妈变了一个人。也许我们根本不了解她。我一遍遍回想，也始终搞不清，那到底是个恶作剧，还是她真的在树上睡着了。

我们开进了牛山口村，穿过村子，继续往北。路过村子时，我一直想看看小张锁有什么异样。结果令我失望，这就是他想来的村子，可他却全然不知。我可以告诉他，这就是牛山口村。他淡淡地回我说，我知道。他一直闭着眼睛，在装睡。可他似乎又能看到车窗外的景致。我们缓缓上行，开始爬坡。我问他，知道仙台岭的历史吗？他说，不知道。我告诉他，秦始皇在这里祭过天。他问，祭过天是什么意思？有时候，他让我觉得他知道一切。我和他说，泰山是五岳之首，古人会觉得泰山那么高，是离天最近的地方。他反问我，你知道我妈带我来这里干什么吗？我感觉他是为了取笑我，才这么说的。这时，我就想起干妈从树上跳下来的场景了。

8

我们停好车，一起并肩走在雾气之中。正值酷夏，草木郁郁葱葱。也许是因为雾气飘渺，我们感觉迷了路，直到我发现那株大榆树。我走过去，拍了拍树干，向上仰望，那截红头绳仍在，这让我又一次想到那次露营。干妈从这株榆树上一跃而下，令人难以置信。她也许只是藏在树的背后，可缘何要和我们撒谎呢。随之我想到她的不告而别。在离开大津口乡之前，她不和我们任何一个人说，把房子租给别人，悄无声息地走了。她究竟会去哪里呢，据我所知，她无亲无故。或者如她所言，她等到了沈阳铁西区的那个老工程师。他接她走了，去环游世界。想到这里，我开始双手合十，祝福她。当然我也知道，这种可能微乎其微。

小张锁也走到了树下，和我说，那年我和我妈也曾从这里走过，也是这么云雾缭绕。我有些不太相信他的话。他接着说，我妈也许就是在这株榆树下改变了主意。他是故意这么说的。他像是知道我在想什么。我转而问他，你会爬树吗？那一刻，我只想爬上去看看，像我干妈那样，抱紧树干像只考拉。我真的爬上去了，榆树皮粗糙温暖，竟让我有一丝莫名感动。我双手环抱树干，闭上双眼，就像是睡着了。风掠过我的身体，风在抚摸我。远处的雾气在游走。那一刻，我觉得世上的一切都活了过来，都在向我靠近。小张锁在树下叫喊，说，张锁，你快点下来。他第一次这么喊我，让我措手不及。他站在树下，显得很孤独。我说，张锁，要不你也上来。我们像是约好了似的，都喊对方张锁。他有些犹豫，可还是听了我的话。他动作僵硬，也许是第一次爬树。他还是慢吞吞爬了上来。我伸手拉他，我们四目相接，他目光清澈，叫人心碎。我们坐在树干上，像两只猴子，一大一小。我们相视一笑，随后就哈哈大笑。我也不清楚我们在笑什么。两个人就这么忽然亲密起来。也许有一种无法诉说的东西将我们联系在一起。我想，我们都有秘密渴望向对方诉说。

我往下看，摇摇欲坠。我说，你敢跳下去吗？他说，你敢，我就敢。我没犹豫，就跳了下去。他也跟着跳了下来。我们就这么往复了几个来回，雾气渐渐消散了。我们又一次坐在树上，能隐约看到泰山的玉皇顶了。我没和他们撒谎，我就是想这么看着玉皇顶发呆。这时候，小张锁又开始讲他的故事。

我顺着他手指的方向张望，我知道，那里有一处断崖。露营那晚，我们就一直怀疑干妈从那里跳了下去。我一直在想小张锁说过的话，还是有些地方没想通。那处断崖距离这株榆树至少有五分钟的山路，缘何他会说妈妈是在榆树下改变了主意。他们究竟有没有到达那处悬崖。小张锁又是如何推断出，他妈想从那处断崖上把他推下去，自己再跳下去，或者他们拥抱着，一起跳下去。他的意思可能是，他们还是去了那处断崖，不过走到榆树下的时候，他妈已经改变主意了，即使后来他们到了断崖，也仅仅是出于其他目的。

他继续说下去。我原来以为他这孩子有臆想症。可我听他讲这段在仙台岭的经历时，却感觉他说的很可能是真实的，至少一部分是，不然很多事情是无法说通的。比如他妈妈为什么非得跑到这千里之外的泰山来自寻短见呢，即使她来泰山跳崖可以说得通，又为什么带着小张锁一起呢，还选在离牛山口村最近的仙台岭，一个祭天的地方。小张锁是这么说的，他说妈妈想报仇，想鱼死网破，她恨奶奶，她后来经历的这一切，都是他奶奶造成的。

事情是这样的：多年前，他奶奶自作主张抱养了小张锁。也就是说，他奶奶把小张锁抱到广西的时候，雁儿姐才知晓。

先斩后奏，这简直是一场暴行。据小张锁说，她妈妈结婚五年了，仍没有怀上小孩。不过突然冒出个儿子，对雁儿姐而言仍然是不可想象的。他奶奶又为什么能如此有恃无恐擅作主张呢？小张锁没说，但据我的猜想应该是，从一开始，他奶奶就对他们的婚事不满意，对这个儿媳妇看不顺眼。她很可能是觉得，雁儿姐配不上她儿子。另外，雁儿姐这人又善于忍让，给婆婆的感觉是，再为所欲为她也不会生气，甚至她就是为了让她生气才这么做的，她是想逼他们分手。也许这是雁儿姐恨上她婆婆的原因。后来召来走丢，雁儿姐心中那股怨气到达顶点，忍无可忍，认为这一切的始作俑者就是他奶奶。如果没有她，没有小张锁，也就没有召来的失踪。况且召来就是在哥哥的看护下走丢的。沿着这个思路想下去，我也就能想通了。雁儿姐带着小张锁偷偷回了老家，倘若一起死在仙台岭，对他们一家是多么致命的打击。她想要的就是这个，可她还是没下得了手。就像小张锁说的，在那棵榆树下面，她改变了主意。为何改变主意呢，小张锁说，和妹妹召来有关。也就是说，她猛然意识到，召来是有可能回头来找她的。雁儿姐决定活下去，等着召来回来，哪怕仅有一丝希望。

　　小张锁说到这里的时候，说到雁儿姐真的怀疑过他，认为妹妹的走丢有他故意的成分。不过他也能理解，他们觉得他嫉妒妹妹。自从有了妹妹，他在家中变得若有若无。他就是这么说的。不过他转而坚定地告诉我，他从不曾嫉妒过妹妹。但让他讨厌的是，他们却自以为是地都这么以为，对他谨小慎微。越是这样，他越感觉自己是个外人。说到这里，他的手又绞在一起了。后来他又说到他奶奶，她也让他失望。自从有了召来，她就没那么爱他了。召来这名字就是他奶奶给起的。她想要一个亲孙子或者亲孙女，流着自己的血。召来走丢后，她又像过去那样把他当命根子对待。这样的自相矛盾前后不一致让小张锁愤恨。相比奶奶而言，妈妈倒是一直把他视若己出。可不管怎样，他还是觉得奶奶亲近，当他看见奶奶的肚子胀得老高，有气无力地在床上喊小张锁时，过去的一切似乎不重要了。他奶奶得了卵巢癌，想到这里，我感觉这病像是对她的嘲讽。他说着说着哭了起来。之前他一直很平静，他突然哽咽，让我有些意外。他说奶奶快死了，她像是一条鱼，一条死鱼，肚子胀得快要裂开了。

他突然吼道，可我妈还是不放过她。我没懂他的意思，雁儿姐不是在照顾婆婆吗。可我很快想到，也许他说得对。雁儿姐带着小张锁出现在病床前，就是想让她看看，谁最后赢了。雁儿姐那张疲惫的略带浮肿的黑脸又一次出现在我的脑海里。她和婆婆也许正如小张锁所言，一直在较劲。小张锁咬紧牙关说，她甚至想杀了她。

我们还在树上。有一团雾向我们游过来，很快淹没了我们。这个世界似乎只剩下我们俩了。我抱着他的肩膀。他是那么瘦小无助。其实，他比看上去的样子还要娇小一些。小张锁慢慢平静下来。我问他，你是怎么知道这一切的？我是想问，他是怎么知道，他妈要和他一起跳崖的。他说，我说了你也不信，我就是在仙台岭第一次看见了我爸，我亲爸，他一直在跟着我们，他感觉到我有危险，我知道，他随时会冲过来，他一直在冲我使眼色。我问，你妈也看见了他吗？他说，我不知道，她或许也看见了，但我想她根本顾不上，她满脑子想的是她婆婆，怎么报复她，而报复她最好的方式就是把我推下悬崖。我问，你怎么知道他是你爸？我竟然相信他说的都是真的。他说，他和我们不一样，我能随时听到他和我说话，是他告诉我这一切的，他说，我妈要把我推下悬崖。我说，你的意思是说他不是人，他是鬼。他并没回答我，接着说，是他告诉我，让我去找你的。我问，那你怎么说，他一直在打石头呢？我想起之前他说过的话。他说，我告诉你，我以为你会相信我的。我说，我相信你。他说，你根本不相信我，你觉得我在撒谎，或者说，你以为我是个疯子，一个神经病。我说，我没有。他冷笑一声，说，没错，我就是个疯子。我没说话，不知道和他说什么，他继续说，我还知道，我亲妈在哪里，她在长沙做按摩女，她十七岁就爱上了我爸，生我的时候还不到十八岁，我爸是高中美术老师，大学学雕塑的，我说他打石头，是不想说他是个艺术家。我问，他怎么死的。他说，他没死，是他们觉得他死了，他就在这仙台岭上，在一个山洞里住着，他在修行，你懂吗？我没再说话，他让我感到害怕。他也没继续说下去，他扭过脸去，看着别处。我一直怀疑他能看见我看不见的东西。

我们很久没再说话。

也许是受了小张锁的影响，我也想到我的爸爸，想到他看我时躲闪的眼神，想到他站在我面前手足无措的样子，我开始浑身发抖。这时，我却看见小张锁在摆弄手指。没错，他在变戏法给自己看，也许是在给我看。一只手掌摊开，将另一只手的食指和中指放在摊开的手掌上，两只手指在划来划去。长的那只也就忽左忽右。我一直默默盯着看。此时此刻，我已经泪流满面了。我从树上跳了下去，想一个人四处走走。

我已经走得很远了，回头看那棵榆树，还有榆树上的男孩。雾气中，小张锁像是骑在牛身上的牧童，在吹笛子。我似乎听见了远处传来悠扬的笛声。我开始折身往回走，却忽然发现小张锁不见了。我向那团浓雾跑去。榆树上空空如也，只有一截半旧的红头绳，紧紧缠绕着我们方才紧紧依偎的树干。我大声叫喊，仙台岭上响彻着叫喊小张锁的回声。他就在我眼前倏忽消失了。雾气越来越浓，我又一次感觉迷了路。我惊慌极了，想到雁儿姐得知我把小张锁弄丢了，她会发疯的。我想打电话找人，可发现我的手机没电关机了。我向着那处断崖走去。路上我一直在祈祷小张锁千万不要出事。

9

断崖上只有一簇簇荒草，不见一个人影。我站在悬崖边上，向下张望。那处断崖并不险峻，崖上有几株野树，像是护山棘树。我在想，四年前，雁儿姐是否也曾像我一样往下张望。雾气弥漫，空谷传声。可我怎么也难以相信，小张锁会从这里往下跳。难道他叫我来，就是为了让我见证这一切吗。我在崖上呆坐，想接下来怎么办，他若真跳下去，我该如何面对。我安慰自己，小张锁是不可能向下跳的。是因为我想到了他爬树时仰望我的清澈眼神，像一泓清泉。可越是这样想，越是会不由自主地怀疑，他也许已经跳下去了。我忽然听到了几声乌鸦叫。叫声凄厉，阴恻吓人，我抱着头向下跑。一边跑一边喊，小张锁，快出来，小张锁，你给我滚出来。

我看到远处几个人影，匆匆跑过去，发现是一行徒步的驴友。我问他们有没有看见过一个十二岁的男孩子，他们纷纷摇头。我感到绝望，疲惫不堪。后来我就坐在那株榆树下等他。雾气浓得化不开，仙台岭阴影幢幢。那时我已经彻底冷静下来了。我从小张锁第一次找我时开始盘算。他为什么找我，又为什么邀我来到这仙台岭，又为什么在我眼皮底下消失。他一步步究竟想干什么。我被他牵着鼻子走。我百思不得其解。就在这时，我看见有个人影倏忽一闪。我随后叫了声，小张锁。没回应。那身影越来越近，我起身向他走去。我们越来越近。他背对着我上山。看背影像是个老年人，似曾相识。驼背，腰间有根旱烟袋，手上拿着驴箍嘴样的东西。我被他吸引住了，一直紧跟着他。他猛然回头，我们对上了眼。我大惊失色，这人竟然是我爸，比我想象中年轻，皮肤光洁，脑门发亮，冲我神秘一笑，旋即转身，继续向上爬。没错，就是他，不过像是他十几年前的样子。那一刻，我傻愣愣地木在半山腰，有一种如鲠在喉的感觉。我想，我真的害怕见到他，确切地说，我在除了老家之外的地方都不想与他相遇。他怎么来仙台岭了，他不是病得很重吗，怎么会如此矫健。他走得很快，我开始不顾一切地向上攀爬，手脚并用。他像是知道我在追他，比先前更快。我们一直保持着固定的距离，不远不近。

前面有个转弯处，几棵野树挡住了视线，他倏忽不见了。我追上去，也跟着转弯，再也寻不到他的身影。我越想越怕，起了一身鸡皮疙瘩。我疯了似的跑下山，找我停车的地方。我跑着叫着，感觉像是有什么不明活物在身后追我。我终于看见了我的红色吉利全球鹰。我打开车门，发动，加油门。在汽车猛烈转身时，我恍惚看见一团黑色的影子，立在半空中。我慌不择路，驾车而逃。我能听到发动机巨大刺耳的轰鸣声。汽车疾驶在回大津口乡的路上，我渐渐平静下来。雾气慢慢消散，天空微微发红。我感觉像是从另一世界冲了出来。这时，我才幡然憬悟，我已经把小张锁弄丢了。我该怎么办？我不停地在荒野之中的公路上鸣响喇叭。我像中了邪似的在愤怒地拍打方向盘。

我一直在想，怎么和雁儿姐说。或许可以这么说，我们在牛山口村，小张锁说要去找个人，让我等他，我没想太多，就让他走了，后来我就再也没等到他。我绝不会说，我们曾上过仙台岭。想到能这么说，我渐渐轻松下来，可很快又被我爸上山的背影扰得心绪烦乱。我思来想去，无法解释他的出现。想想我们父子也有两年未见了。我也不是憎恨他，我们只是没话说。往深里说，我有些讨厌他，他给我的感觉总是鬼鬼祟祟。在路上，我反复回忆我们狭路相逢的那一幕。

尤其是他那一抹神秘的微笑，像是在说，你躲不掉的，这辈子我都是你爸爸。我开始念叨，我躲不掉的，我躲不掉的。这时，我才恍然大悟，小张锁不就是去找他爸爸的吗，也许他没和我撒谎。他知道他在哪里，也许此时此刻，他正和他的亲生父亲在一起。记得他也说过，如果找到爸爸，就再也不回来了。

时间过得很快，大津口乡转瞬就到了。到了大津口乡，我赶忙在一家奶茶店找了充电器，给我的手机快速充电。我趴在奶茶店的柜台上发呆。手机开机了，有5个未接来电。雁儿姐给我打了两个，我姐给我打了一个，还有一个陌生来电。难道这个陌生来电是小张锁的电话手表打过来的？我忙打过去，发现区号是我老家的，响了一声，我忙摁掉了。我知道那不可能是小张锁的。我不想和老家里的人有过多瓜葛。接着我决定给雁儿姐打电话。我开始酝酿情绪，主动出击。我打通了。雁儿姐在电话那头有些急躁，说，打你电话打不通，急死我了。说到这里，我的心被揪起来，手在颤抖。就在这时，雁儿姐却话锋一转，说，你姐在找你，找你找得很急，找不着你，就给我打电话了。说到这里，我放松下来，开始暗自发笑。我姐在找我，却只给我打了一个电话，而雁儿姐为了让我姐找到我，却给我打了两个。她从来都是个热心肠的人。我说，怎么了。她说，你爸怕是不行了，你姐叫你赶回去。我想到那抹神秘的微笑，想到他急匆匆的背影，一侧身，人就没了。我没说话，雁儿姐一直在说，劝我早点回家。她也许知道些什么。随后雁儿姐突然说，对了，张锁，我儿子回来了，正在我身边打游戏呢，你放心吧。我哦了一声，就挂了电话。电话一挂，我才醒转过来，他说的是小张锁。小张锁竟然回去了，太不可思议了。我想了想，又把电话打过去了，问雁儿姐，小张锁真的回去了？雁儿姐说，真的回来了。接着她让小张锁接我的电话，小张锁拒绝了。雁儿姐有点不好意思。她可能是以为，我们相处得也许并不好，他才仓促跑回去的。我说，雁儿姐，你们在哪里，我去找你们。雁儿姐说，你还不回老家看看。我说，我先去找你们，再回老家。雁儿姐顿了顿，说，好吧，我们在玉泉寺。我说，你们怎么跑到玉泉寺了，方才小张锁是不是就是去玉泉寺找你去了？雁儿姐说，他知道我在这里，今天是我上香的日子。

10

我从未去过玉泉寺，我知道那地方，一个千年古刹。去玉泉寺的路上，我一直在想这半天的经历，最初我是帮小张锁找他父亲的，吊诡的是，到后来我却找到了我爸，也就是说，是小张锁帮我找到他的。可我真的弄丢过他吗？我真的在逃避他吗？也许这是我为何又绕道去找他们母子俩的真实原因。我想从他们身上找到些什么，是我过去丢失过却浑然不知的。

我又在想，是不是我看花了眼。他的凭空出现几无可能。难道是我撞见了鬼，他已经死了。他的鬼魂出现在仙台岭，是为了看我最后一眼。我旋即想到他一侧身就消失在旷野中。

另外，我还想和雁儿姐聊聊，越快见到她越好，我是真的想知道，小张锁说过的那些遭遇有没有在她身上发生。这种冲动强烈到连我姐催命的电话都顾不上。当然，这也极可能是个完美的借口，在我潜意识里，我就是不想回家看见我爸那个人，我在躲避，即使我知道，我躲不掉，躲得了初一躲不了十五。

在去玉泉寺的路上，雾渐次散去，阳光猛烈，天地澄明，这让我觉得不久前的仙台岭之行就像一场梦。到了玉泉寺，我给雁儿姐打电话，她说就在大雄宝殿前的银杏树下等我。我知道玉泉寺有四株千年古树，说的就是银杏树吧。我径直进了玉泉禅寺，余光中，有一群人在寺庙前围观一口古井，据说这口井也有上千年了，有块碑立在旁边，写着"玉泉"两个大字。进了寺门，我就看见了两株大树，紧紧挨着，雄伟得吓人。我还是被震慑到了，树下的人儿也就显得分外渺小。我在人群中看到了她们。雁儿姐向我走来，走在她旁边的不是小张锁，而是一个小女孩。十岁左右，披散着头发，穿着背带牛仔短裤。她不会是小召来吧。雁儿姐走着走着就停住了，也许是想到了我们第一次见面，她的过分热情遭到了冷遇，不想再重演那一幕。她在安静地等我，有些故作姿态。为了应和她，我向她欢快地走去。我把目光一直定格在小女孩身上，一是我似乎有些害怕雁儿姐盯着我看，二是我很好奇这小女孩究竟是谁。她偎在雁儿姐身旁，靠得更紧了，在疑惑地望着我。我很快走到她们身旁，站定了。雁儿姐没和我说，却在招呼身后的人。这时，我拿眼望去才看见小张锁。他和一个男人背靠背，在打手机游戏。那个男人用力侧身也在盯着手机屏幕。两个人显得过从甚密，应该是很熟悉彼此。我想，这不会是他在广西的博士爸爸吧。他若是他爸爸，那这小女孩难道真是小召来？我陷入惶惑中。

男人听到雁儿姐的呼喊，拍了小张锁后脑勺一下，意思是让他起身，过去和我打招呼。小张锁抬头看见了我，撇了下嘴，像是有些失望，低下头继续玩手机。男人没办法，只好作罢，冲我挤眉弄眼，像说，小孩子，都这样，我们没办法。他四十岁左右，人很瘦，白衬衫掖在深色西裤里，外扎的皮带缠得很紧，衣服松松垮垮，不过人很敏捷，走路很快，倏地就冲了过来。一对招风耳，眼睛很红，在雁儿姐身旁站着，和她差不多高，感觉随时会被风吹倒，倒在雁儿姐宽阔的肩膀上。雁儿姐说，来，张锁，我给你介绍，这是胡老师。她又指着我说，他也叫张锁，我看着他长大的，那时候我好喜欢他，我常去他们家挑水。边说边热情地望着我。胡老师马上伸出手来，要和我握手。我们握手，他的手很冰凉，像井水。这时，我才猛然意识到，他并不是那个机器人博士，是另有其人。雁儿姐又来一句，你可以喊他姐夫。说完挽着胡老师瘦小的胳膊笑了。我明白了，那小女孩不是小召来，是胡老师的女儿。

奇怪的是，我看向小张锁的时候，他也抬起头来在看我。他眉头一蹙，说，算你好运，很快就能喝上他们的喜酒了。他挺会挖苦人。胡老师尴尬地笑了笑，没说话，但很快回身，冲小张锁握了握拳头。像是在说，你小子，小心点。父子情深，反而叫我有些难堪，那一瞬间，我很想逃走。雁儿姐扯开我，想借一步说话。我随她向大雄宝殿的方向走。她说，三年前，我就离婚了，为了这孩子，我们一直在苦撑，没想到的是，他早就知道了，你说，我这不是白受罪吗。我说，那你来泰安不是来照顾他奶奶的吗？她说，毕竟婆媳一场，他爸爸又在新加坡赶论文，我也就帮帮他。尽管我知道事情没她说的那么简单，可我还是有些感动。

那一刻，我突然想起，雁儿姐她爸被开棺验尸那天，像是阴雨天，去她家的路很泥泞，可还是有乌泱泱的人在来来往往，我们这些孩子们挤不进去她们家的院子，只好爬到树上，在树杈上举目张望。雁儿姐她们家院落里到处是人，人山人海。我看见穿白大褂的人在堂屋门口进进出出，旁边还有荷枪实弹的警察。后来我就看到了雁儿姐，雁儿姐也在向树上仰望。她看见了我，我们四目相对。怎么说呢？那是失望透顶的眼神。意思可能是，她早就把我当自己人了，我却像个外人一样趴在树干上，看她们家热闹，看她笑话。那时候，我应该像她一样悲伤，即使不悲伤，也不要像个路人，趴在树干上。那次对视，很可能就是我们以后渐渐疏远的开始。

她爸是怎么死的？起初被判定是一场意外。她爸在建筑队上班，向脚手架上扔砖，在他转身捡砖时，砖头不小心横空而降，砸在后脑勺上，当场毙命。就在雁儿姐她们全家都已经接受了这个不幸的事实时，有个建筑队的小工偷偷来找雁儿姐，说他亲眼目睹了这一幕。说那飞来的砖头始于一场打闹，根本不是意外。也就是说，在脚手架上接砖头的人，是有意往下扔的。这是谋杀。我该喊那个凶犯三爷，是建筑队队长，人很仗义，爱结交朋友，这也可以解释为什么建筑队所有人众口一词，说那只是场意外。另外，他们这么说，原因可能更为复杂，比如凶犯和死者之间本来关系非常好，只是拌了几句嘴，三爷气急之下，往下扔了砖头，开玩笑的成分更大，也许只是想吓唬吓唬雁儿姐她爸，如此而已，没想到一砖头给拍死了；再者，雁儿姐她爸人已经死了，人死不能复生，三爷再去坐牢有些不值得，毕竟还有一家老小，再说，本来就只是场玩闹。雁儿姐那时已经上了高中，懂法，而且觉得冤枉，不能就这么算了，报了警，那个小工做了人证，随后有了开棺验尸。再后来三爷供认不讳，被抓起来了，判了二十年，不过在监狱里表现良好，十五年就出来了。出狱后，我见过他，人变胖了，也很精神，白白胖胖的。过了一阵子，我再见他，人就黑瘦了，目光呆滞，让我唏嘘不已。我也知道，那个小工为什么能力排众议，一个人勇敢地出来作证，应该是和雁儿姐有关。那个小工是雁儿姐的初恋。我看见过他们在深夜的小河边晃悠。他们好了一阵子。当然，这一切都发生在他出面作证之后。雁儿姐还为他差点辍学，说是都约好了，要去连云港的一家工厂里打工。到底是什么原因，雁儿姐没去，我也不知道。在和雁儿姐走向大雄宝殿的时候，我想起了这些人。

11

我们在殿外，远远看着他们三个人。胡老师，胡老师他女儿还有小张锁。雁儿姐说，在你过来的路上我就想好了，跟着你的车回去，我想看看你姐，也看看你爸。她刻意避开了他们一家人，难道只是为了和我说这句话。我看了她一眼，她在躲我。她的眼神发虚，看向我的侧后方。我说，好，那咱们就早点出发吧。雁儿姐说，我已经准备好了，随时都行。我看着远处的小女孩，她正看向我们。雁儿姐也在看她，说，她好可爱，我好喜欢她，你是不是也觉得她有点像我。我说，她让我想起你小时候。雁儿姐哈哈笑起来，说，我小时候，还没你呢。我说，你知道吗，记得好像是大年初三，我去你家拜年，你在写作文，那天天气特别好，你作文的第一句话是：天气晴朗，如阳春三月。雁儿姐在疑惑地望着我。我接着说，我永远记住了"阳春三月"，我的意思是这几个字温暖过我。她根本不知道我在说什么。我也不清楚我在说什么。我在酷热之中，想起了多年前雁儿姐作文里的一个成语，阳春三月。

就在这时候，雁儿姐突然问我，你们是不是去过仙台岭？我不假思索地摇了摇头。雁儿姐说，别骗我了，张锁，我知道你们去了仙台岭。我说，为什么。雁儿姐说，他是不是告诉你，我要把他推下悬崖？我点了点头。她接着很轻蔑地轻叹一声，问我，你信吗？她直勾勾地望着我。我说，不信。

尽管坚定地这么说，可我感觉那是有可能的。也许我根本不了解眼前这个人，这让我想起多年前关于她的一些风言风语，比如都说她怀了建筑小工的孩子，后来她是在小镇上的一家宾馆里流了产，她吃了打胎的药，血流满地，那个建筑小工就在一旁傻傻看着。就是那时候，她才决定不能随他去连云港的。她在休学一年后，又去读高中了。

雁儿姐说，小张锁还带老胡去过，他也是这么和老胡说的，他是想和我认识的所有人都说一遍，我要杀他，这可怜的孩子，你说我该怎么办，张锁。她双手摊开，无可奈何。她快要哭出来了。她的面部发生了某种变化，但我说不出具体是什么变化，只是觉得她很丑，从来没这么丑过，这让我觉得有些恶心。我说，雁儿姐，别着急，慢慢来。她面向我，背朝小张锁他们。我能看见小张锁又在冲我做鬼脸。这家伙似乎知道他妈妈在说什么。

雁儿姐很快平复了情绪，突然问我，你来玉泉寺找我，想必有什么事，我都只顾着自己说了。我说，要不咱们路上说吧。我们往回走。在路过大雄宝殿的时候，雁儿姐又转身进去了。在蒲团上磕了三个响头，又合十拜了拜。金身塑的释迦佛大得惊人，我站在殿外，有穿堂风吹过我。我们离开大雄宝殿拾阶而下时，雁儿姐问我，你觉得胡老师怎么样？我说，人不错。她说，我也觉得人不错，不过我们能在一起，是因为我喜欢她女儿。她这么说还是让我有些吃惊。尽管我知道，她是思念小召来。我们向那两株巨大的银杏树走去。他们早就说好了。雁儿姐背上双肩包，就和他们作别了。小张锁频频冲我使眼色，也许他有话和我说。我让雁儿姐等等。我一个人径直走向小张锁。我勾住他的肩小声问他，怎么了？他说，我妈会告诉你的，你要是有什么疑惑，就给我打电话，记得别让她知道。我拍了拍他，就想转身走。他扯住我的衣角小声说，她会说起一个叫老周的人。我疑惑地问，谁是老周？他说，我妈怀疑就是他抱走了我妹妹。这时，我抬起头来，回头看，发现他们三个人有说有笑。其间雁儿姐一直抓着小女孩的手，没松开。

我说，你为什么要和我说这个？他说，我觉得你还会打电话给我的。我又问，你为什么要和我说这个？他说，我想让你救救我妈，你不觉得她很可怜吗？他冷笑一声，接着说，她根本不爱他，当然，她也不爱我。我知道她说的是胡老师。我说，我明白你的意思，她把胡老师的女儿当成小召来了。他说，也许只有你能救她，老张。我说，为什么？他说，你的为什么真够多的，不过我可以告诉你，你让我妈有了希望，她觉得我长大了就是你这样子。我问，我什么样子？他说，救死扶伤的样子。我刚想再说什么。他接着说，你爸爸都死了，你还不赶快回去。说完他笑了，也许又觉得刚说了死就开始笑有些不合适，就紧闭双唇，痴痴地望着我。

他后来又说，对了，我突然离开，是因为我想起他们三个人会来这里上香。他说的三个人是我们身后的三个人，雁儿姐，胡老师和他女儿。我说，你担心被他们抛弃。他说，也许你说得对，我该说的差不多说完了，该我妈上场了，祝你好运。

12

我们上路了。我们老家距此有一百五十公里，走高速两个小时。不过我们没走高速，走了国道，走国道耗时三个多小时。也许我是想让回家的路更长一些。上午的时候，坐副驾驶的还是小张锁，下午就轮上他妈了。雁儿姐坐在前面显得很拥挤，给我的感觉像一头受伤的熊。她一上车，坐下来，喘了几口粗气，就和我说起了我姐，玲子。

她说到一桩让她也觉得奇怪的事，就是在和我遇上之前，我姐不久前曾在 QQ 上联系过她。不过雁儿姐没回，毕竟很久没联系了，这么突然联系，让她有些拿不准。我说，你怕她问你借钱？她还是被我这仓促一问惊到了，脸涨成茄紫色，尴尬地说，那倒不是。我说，我姐在 QQ 上和你说了什么。她说，没别的，就一句，雁儿，你在吗？我没敢回，后来我就遇上了你，你说巧不巧。她接着说，就在我见到你的一刹那，我就一下子想到你姐头两天给我的留言，感觉冥冥之中要发生什么，这些天，我就一直在想，为什么老天爷让我在泰安医院遇上你。我故作轻松地说，为什么呢？她说，没想明白，不过我想这一定和我儿子有关吧。我说，你儿子是个天才。她说，是吗，他经常说一些让我听不懂的话。我说，据我观察，和你说的正好相反，他说的那些话，我都能听懂，让我吃惊的是，他是怎么知道这些的，他似乎能看见我们看不见的，我不知道在他身上究竟发生过什么，他能看懂别人心里的秘密。她说，你这么说，我就确定，你是来帮助他的，张锁，头些天我去上香，就是为我儿子祈愿去了，没想到真把你给求来了，这也是我今天来上香的原因，我是还愿来的。她开始哽咽，说，你是不知道，他说他亲爸天天跟着他，和他说话，说是那个人告诉他这一切的，难道他这不是精神分裂症？

　　我对她将我当成救星的事感到迷惑不解。我刚想和她聊聊，她就说起了小张锁的身世。说他的户口还在牛山口村，他们还没办理领养手续。小张锁不够领养条件，他不是孤儿，他妈还活着，只是不知下落。他原来叫尹东成，是他姥爷给他起的。他姥爷去年去世了。四年前，她带着他去看过他姥爷。我知道她说的是四年前，那年夏天，他们一起上了仙台岭。她说的和小张锁的自述出奇的一致。小张锁的亲姥爷是雁儿姐她公公的堂亲，有三个女儿，小张锁的亲妈是最小的一个，在上高中时，爱上了自己的美术老师，那人有家庭，后来她怀了孕，那时她还未满十八岁。她偷偷把那孩子生了下来。雁儿姐说，都是因为她爱他。说到这里，她望了我一眼，随后又陷入经久的沉默。我看着车窗外，我们正在经过一个村庄。马路边有些稀稀拉拉的摊贩，也许今天是他们赶大集的日子，随着日头偏西，人渐渐散了。雁儿姐长舒一口气，省略了诸多细节，就说道，这孩子后来到了她婆婆手里。他姥爷，也就是雁儿姐她公公的弟弟无力抚养这孩子，当时，他亲妈早就没了影踪。我问雁儿姐，那个美术老师呢，是不是死了。她说，是呀，死了，死得蹊跷，都说他的死和小张锁他亲妈有关系，可也没什么证据。说完她忽然想起来，问我，你是怎么知道的。我说，小张锁说的。她点点头。她接着说，他死得很怪，据说是酒后去河里游泳，一脑袋扎进河边柳树的树根里，等人发现时，都不成人形了。我开始想象一个男人在河水里挣扎的样子。

雁儿姐说完沉吟良久，忽然说，我并没告诉过他这些事，我想他奶奶也不会告诉他的，他是怎么知道的，我到现在都不清楚，我还在假装他什么都不知道。我说，也许有可能是老周告诉他的。我没想到自己会这么说。这么说，似乎很无厘头。我根本不知道老周何许人也。后来我想为什么这么说，就是想知道老周是谁，毋庸置疑，老周是个不容忽视的人，毕竟小张锁之前提醒过我。除此之外，我还隐约感到，这老周和雁儿姐有不同寻常的关系。雁儿姐听到老周这个名字，那张脸有些扭曲。我想我猜中了。她在喘粗气。

雁儿姐说，就是他，你说得对，那个人就是他，就是他带走了我的召来。她侧过身来，抓住我的胳膊，使劲摇晃我。汽车时速七十公里，我惊慌不已，问雁儿姐，怎么了，怎么了？她说，求求你，求求你，我就是想让你帮我。我让她放松，慢慢说。她说，我知道你会帮我的，小时候，我就觉得咱俩有缘。她说到这里，小张锁骑在树干上的样子浮现在我脑海。我以为，我逃得掉，我已经忘了那些往事。可小张锁就在那里等着我，我又看见了我多年前也像他那样骑在树干上。我看着雁儿姐挑着水摇摇晃晃走过去，看着她爸被打开了头颅，看着我爸骑着自行车在乡间小路上疾驶，看着我妈

跛着腿大声骂着那几只山羊。一幕幕向我汹涌而来。是小张
锁，让我知道我是谁。我突然幻想小张锁就坐在汽车后座上，
看着我笑。那抹笑意，充满同情。我回头看，后座上空空如
也。我侧过头瞄了一眼雁儿姐，她在自言自语，不知道在说
些什么。小张锁的话言犹在耳，我担心她会疯掉。

　　我开始减速。

13

　　我把车停在路边。我们刚好停在一座大桥前，一条小河
在眼前缓缓流淌。我下了车，绕过车身，扶雁儿姐下来。我
想坐在路边让她镇静下来。她身上有一股奇怪的味道，很熟
悉，但又说不清。我给她喝水。喝完水，她坐在路边，目视
前方。她说，张锁，你来。她好像缓过来了。

　　我们眼前是一大片田野，田野尽头有一座庙。我坐在她
旁边，我们紧紧挨着，像从前那样。她就这么和我说起了老
周。老周是他们大学里的保安，也是北方人，好像在老家欠
了一屁股债，一个人跑了出来。雁儿姐遇上他，是在操场上。
老周是保安里唯一一个坚持跑步的人。后来雁儿姐就和他一
起跑步，有人一起跑，能让人有信心一直跑下去。事实上，
他们几无交集，只在操场上跑跑步，也很少聊天，都是简单
的几句问候。也就是说，他们连朋友也算不上。一切都发生
在她婆婆带小张锁去广西之后。事情也如小张锁所说，直到
孩子出现在眼前时，雁儿姐才知道。她气的是，他们从来都

没把她当回事。在他们结婚典礼的时候，婆婆就推脱身体不舒服，未到现场。雁儿姐比她老公大四岁，人黑又胖，有些显老。在婆婆看来，他儿子年少有为，人也高大偶傥，雁儿姐这样的人怎么配得上。他们婚后，老太太在那所大学里住过，四处和人说，说儿媳妇的各种不是，雁儿姐都忍了。说实在的，雁儿姐也的确觉得占了便宜，过去一直觉得自己有可能孤独终老，没想到会遇上她老公，像是枯木逢春。她是有些感恩戴德的。不过当小张锁被堂而皇之抱到广西并被逼着叫她妈妈时，她实在是忍无可忍了。她一气之下，逃出了家门，一晚上未归。而这一晚上，她就是和老周在一起。和老周在一起，是为了惩罚他们。她恨婆婆，更恨自己的老公。她觉得老公不可能不知道这回事。他骗了她，她又那么在乎他，几乎拿他当作世界的全部。她就去找了老周。后来老周偶尔也会找她。就这么一个长相丑陋年纪又大满口黄牙的粗糙汉子，却在雁儿姐最无助的时候，给了她一些短暂的安慰。再后来雁儿姐就怀孕了。老周想当然地认为这孩子是他的。事实也证明，小召来的确有点像他，有张小鱼嘴，上嘴唇像个倒三角，和老周如出一辙。他们家里人自然是被蒙在鼓里的。他们怎么也不会想到，雁儿姐会和一个保安好上，况且他这人长得很丑，身形粗矮，还豁牙子，嘴角总有白沫浸出，像是一直在吃东西。他们在一起时，就像是雁儿姐收留了他。她知道，她在作践自己。她的矛头是指向他们母子。不过，后来她也觉得老周这人也有优点，就是嘴风很严，而且是个不太引人注意的人。

有了小召来，雁儿姐的生活有了转机。她说那是她最开心快乐的日子。老周有时还会找她，都被她严词拒绝了。他这人倒是很知趣，后来就不怎么找雁儿姐了。他还会像往常一样，去操场上跑圈。只是比原来跑的时间更长，而且光着膀子跑。他们若是在路上遇上，也只是点点头，打个招呼，这给雁儿姐的感觉，像是他们从来没经历过什么。在这一点上，她是感激老周的。没过两年，老周就离职了。走之前见了雁儿姐一面，在操场上。他们约好了，雁儿姐假装去跑步。那天他们的确肩并肩跑了几圈，久违了。分手时，老周说了一句，让她好好照顾孩子。一句莫名其妙的话。而雁儿姐呢，也颔首致意。那一刻，她忽然感觉像是送一个男人上战场。

老周走后，生活平静无虞。雁儿姐渐渐忘了还有过那么一段经历。后来雁儿姐就说到小张锁八岁那年，就在那一年，小召来失踪了。雁儿姐说，在召来失踪之前，她做过一场梦，梦见老周回来了，光着膀子向她跑来。她说那梦别提有多真了。当时觉得，这只是一场梦，不过这么多年了，突然梦见他，还是让她觉得事有蹊跷。她没太当回事，毕竟只是一场梦而已。过了没多久，小张锁忽然问了她一句，问她认识老周吗。当时，她特别紧张，感觉就像是被她老公抓住了什么把柄。她摇晃着小张锁的肩膀，问他怎么知道老周的。雁儿姐说到这幕情景时，精神有些恍惚。她双眼呆滞，两只手伸出去，双手在抖，感觉就像是真的抓住了小张锁，在拼命地摇。小张锁说是个高年级同学问他的。他们所在学校是附属小学，学生们基本上是大学教师子弟。那同学说，小张锁妈妈过去常和老周一起跑步。这么说，是在使坏，想说小张锁一点也不像他爸，倒是很像过去那个保安。

小张锁撒了谎，她猜想，老周找了小张锁。小张锁所在的学校就在大学里面，都是他自己回家，毕竟距离很近，三五分钟就回去了。雁儿姐说她也不是凭空乱说，是自那以后小张锁像是知道了好多事。我那时才突然明白，她想说什么。她极其确定，小召来被老周抱走了，而可恶的小张锁配合了老周。他这孩子知道这一切。他为什么这么做呢？雁儿姐说，是因为他确定，老周是小召来的亲生父亲，天下所有的孩子都应该跟自己的亲生父母在一起，他是这么想的。

雁儿姐又说，他甚至知道老周和小召来现在在哪里。她这几年一直在找老周。等她说完，我脑海里开始浮现雁儿姐逼问小张锁时的场景来了，在断崖边，她就抓着他的胳膊在晃。为什么是断崖边呢？我也说不清，但就是莫名其妙地这么想。

雁儿姐说，你是小张锁喜欢的人，他几乎没有过喜欢的人。她的意思我明白。她想让我问问小张锁，那天究竟发生了什么。他也许能和我说实话。即使不说实话，也会有蛛丝马迹。雁儿姐说，要是能找到小召来，让她死都行。也许是想起了小召来，她像是发了疯。双臂不断地向空中挥舞。我转身抱住了她，紧紧抱着她。

这时，手机响了，在我裤兜里不停震动。我以为是小张锁，结果是我姐。我接起电话，我姐说，咱们大姨回来了。我说，谁？她说，大姨。我想了想，又问，咱爸呢，怎么样了？她说，你回来就知道了。我说，我在路上。

挂电话后，我搀扶着雁儿姐上车。她上车后，像是回过神来了。眼睛放光。她说，张锁，你放我下来吧，我要回泰安，我不能把小张锁一个人丢给胡老师。说罢，就推开车门，吃力地爬了出去。我摇下车窗问她，这里不好打车，还是让我送送。她说，没关系，你先回吧，我一个人走走，告诉你姐，我以后再去看她。她扒着车窗，将脑袋伸了进来，说，我想带小张锁回老家，把咱们过去的那些事都告诉他。说完脑袋缩回去，拍了拍车门，说，走吧。她转身离开的一瞬间，我开始想象小张锁盯着自己的大拇指，用刀子缓缓划开。我知道，划开皮肤最初的一刻是不流血的，是惨白。

红色吉利全球鹰缓缓向前。我也许该给小张锁打个电话了。

圆　堡

1

　　成为老扁的第一天，他就上路了。老扁给他留下一辆大切诺基，像辆坦克。他喜欢这样的坦克，像是这个世界正畅通无阻。他戴上老扁的墨镜，像老扁似的开车门。发动车子之前，他看了看副驾驶位置上的虚空，像是看到了模糊的自己。一个模糊的虚影左右摇摆，扯安全带，并转过头来冲他笑。等他真正成为老扁的时刻，才开始真正了解自己。他对着副驾驶上的虚空说，咱们出发吧。

　　关于他为什么成了老扁，这也是老扁的主意。有老扁在，世界总是花样百出的。如果他像水的话，老扁就是火。水火不容，水又渴望火。他是老扁的好兄弟，老扁也这么想。老扁临行前交给他一个任务，让他扮成老扁去给一个老女人弹钢琴。老扁就是干这个的，靠给别人弹钢琴挣了不少钱。他认识不少阔太太，他给那些阔太太弹门德尔松，甚至手把手教她们。他喜欢门德尔松。他为了成为真正的老扁，不得不练很多首门德尔松的曲子。

切诺基在路上疾驰。他像老扁似的，将胳膊懒洋洋搭在车窗上，并想象着老扁的生活，想象他如何一次次进出那些豪宅，并迎接老女人橘皮似的老脸。这样一想，他对自己永远成不了真正的老扁而感到灰心丧气。老扁是老扁，他是他。他不应该答应老扁，并让那些老女人摸他正在弹钢琴的手。这让他受不了，他想掉头回去。导航里的女声告诉他该右转了，他右转。人越来越少，树越来越多，有钱人喜欢住在人少树多的地方。前面有条河，他闻到了河水的气息。这种气味让他感觉忧伤极了。他因此打开收音机，随便听到些什么也好。他一点也不像老扁。不像老扁的事实，反倒让他有了勇气。他把大切诺基开得越来越快，他甚至有猛打方向盘的冲动，让这辆坦克一头扎进那些豪宅的厨房里。

导航里的女声提醒他左转，距离目的地只有几百米了。他将车停在路边，他需要好好想想。他不抽烟，老扁抽烟，也就是说他为了更像老扁，还要学着抽烟。他掏出老扁爱抽的那种中南海，点上一根，并缓缓吐出来。他茫然四顾，远处竟有一处悬崖，崖下就是大海。他看不见大海，可听得见大海的声音。想跳进海里游泳的想法顷刻间攫住了他，这个想法一旦出现，他就迅速上了车。他来到这个荒僻的海边不仅仅是为了给别人弹钢琴。

老扁说那个老女人姓陈，可以喊她陈阿姨。老扁也没见过，老扁要是见过，他也不可能冒充老扁了。他开始打电话，还是那个男的接电话，大概是陈阿姨的管家，姓莫。他赶到了指定地点，可一个人也没有出现，道路两旁野草丛生，还有一窝窝灌木丛，让人望而生畏。莫先生说让他等等，意思是没想到他会来这么快。莫先生说话慢条斯理，像是这里的海风，清风拂面。他喜欢人这么说话，他也是这样的。挂了电话，他开始想象莫先生。一切比他想象的要好，比如那一处悬崖，又比如莫先生的口音，让他很快放松下来。他打开车门，做了几次深呼吸，空气里有湿润的海洋气息，他甚至像只青蛙似的跳跃了。老扁说得对，改变你的往往是那些被忽略掉的东西。新鲜的空气扑面而来，瞬间改变了他。

远方有个摇摆的人影，在灌木丛中时隐时现。来人是他们家司机，块头大，晃晃悠悠，像是被一条无形的线吊着，线的另一头一定在上帝手里，老扁想。这人问他是老扁吗。样子像是不相信他就是老扁。他说他就是老扁，如假包换。他学老扁的口气说出一句如假包换。说出来又后悔了，这句话显得很做作，老扁不这样。司机坐在副驾驶上，让他左转弯，顺着甬道向下，遇到十字路口再左转，有个一公里的坡，上坡的时候，司机转头审视他。路上他一直在想为什么那么多人知道老扁。司机突然说他和想象中的老扁不太一样。他说，有什么不一样。他说话很慢，似乎是受了莫先生的感召，语气轻柔，春风拂面。他其实知道司机的意思，大意是想说他是个娘炮。司机这么想，反倒助长了他维护娘炮这个形象的信心。他的兰花指也翘了起来。司机坐不住了，对着窗外笑。

车子上了坡，豁然开朗，大海扑面而来。大海对他来说

并不陌生，仍让他激动不已。有那么一瞬间，他已经忘了为
什么来这里了。司机催促他下车，说莫先生在等着他。他才
恍然所悟，从眼前的海天一色中抽神出来，跟着司机向那栋
宅院走去。这栋别墅也让他感到惊异。他惊异于它为什么是
圆的。起初他会觉得有些突兀，后来他不这么想了，它理应
是圆的。圆更能让人信服。这样的圆让他脚下生风，他开始
对陈阿姨充满想象。这个老女人能住在这个圆形建筑里，已
经表达了她的不平凡。他幸亏没有掉头回去，老扁给了他
新生。

　　门开了一条缝，有个女人探出半个脑袋。她谨小慎微的
举动有点对不起眼前这片海的波澜壮阔。面朝大海，怎么能
只开一线门缝呢。等她发现是司机和老扁的时候，门大开了，
直面而来是个几米的玄关，像个洞穴的入口。他简直喜欢死
这种设计了。走进去，像是突然被豁开了一条口子，世界猛
地亮了一下。他终于见到了莫先生，一眼就猜出那人就是莫
先生。

2

　　老扁走上前去和莫先生握手。他常从握手的感觉中去推
断一个男人，他极其信任自己对于男人的直觉。面对女人反
而让他手足无措。

　　莫先生让他先回房间休息一下，太太还在睡觉，暂时不
见他。老扁的房间在二楼东侧，哪里是东，老扁哪里知道。

莫先生示意年轻女人给老扁带路。在老扁转身之前，莫先生猛地想起什么，就问他要了大切诺基的钥匙。只是一把钥匙，他也就随便给了。这时年轻女人开始自我介绍，说她叫小雨，喊她小雨就好。看来还是不叫小雨。老扁喊了一句小雨。小雨莞尔一笑，就把老扁的房门打开了。

　　这时候，他才想起来需要好好看看眼前的世界。一楼是客厅，而且有两根大柱子立在中间，在他看来，这是不容宽恕的败笔。两根大柱子破坏了这栋房子的气场。他又顺着柱子向上仰望，他发现楼上有个人正在看他。他还没看清那人是谁，就慌忙躲闪开，转身进门。他害怕和人远远对视。他问小雨楼上那个人是谁。小雨说那是我们太太的朋友，是个诗人。老扁也不知道为什么说起诗人来，人都忍不住想笑。

　　老扁背后有一扇窗，他转过头去，窗外可以看见一小片海和一处悬崖。悬崖黑压压的，像是落满了一地的乌鸦。小雨想看看老扁的手，她对他的手十分好奇。老扁说，有什么好看的。不过还是把手伸给她看，两只手在他们一男一女之间张开。他和小雨之间有种不易察觉的情感在缓慢滋生。他喜欢这个叫小雨的年轻女人，说不上喜欢哪里。这时，有人在外面喊小雨。小雨猛地一惊，慌忙闪身走了。她步态轻盈，让老扁陷入沉思，这个年轻女人有点像他身边的某个人，可实在想不起究竟是谁。

　　门关上了。他一个人可以和窗外的一小部分世界面对面了。这是他多年来就想要的，没想到竟是以这种方式呈现给他。窗外有海，床头有书，这里只属于他自己。他想给老扁打个电话。作为老扁给老扁打个电话让他想笑。老扁走了，没人知道他究竟去了哪里。他总是说走就走又说来就来的。临行前，他们在一起喝了酒，更像是为壮士壮行。他把一只手递给他，似乎是只假手横亘在他们彼此之间。他们像老朋友似的握手，没有拥抱。他欲言又止，老扁没想让他说出来。他在镜子里注视像老扁的自己时，开始后悔没说出那些话。他可能一辈子再也见不到老扁了。

他打过去了，手机号码不存在。接下来他想给认识老扁的人打个电话，可又不知道找谁，他们连个共同的朋友都没有，想想真是令他惊异。他将手机扔在床上，并直直望着状如死鱼的手机。他关了机，想让之前那个世界里的人再也找不到他。手机关掉后，他竟萌生了羞于启齿的幸福感。

太太醒了，小雨在老扁门口嚷起来。他去开门。小雨像是另外一个小雨了。老扁猜出来了，一定是有人和她说了如何和老扁相处，极可能是不让她随便乱说话。看见小雨欲言又止的样子，他开始想象这个圆堡。圆堡里大概有不便示人的隐秘，活在这个世界上谁又没有隐秘呢。他决定去见陈阿姨。他要换身行头。回到房间，将箱子里衣服翻检一遍，找出那套老扁最爱穿的。他还从没这么穿过，又忍不住去镜子前面照了照。有一种东西他是永远模仿不来的，那就是老扁身上的不经意。他做什么事都过于刻意。不过这并没让他沮丧，反而愈加兴奋。除了马上就能见到陈阿姨之外，他还隐约觉察到这将是他人生中最不可思议的旅程。

老扁拾阶而上，太太在卧室等他。就在一步步上台阶的过程中，他和臆想中的陈阿姨轻易达成和解，甚至有了类似知音的恍惚感。事实上，他并没有将她想象成有多风韵犹存，他给自己留足了余地。他想到了最坏的结果，对于最坏的结果他也有自己的解释，比如丑陋不堪和圆堡之间也存在着某种必然联系。他没有想到这个老女人连丑陋不堪也算不上。在和陈阿姨相遇的第一眼，老扁就感到了彻头彻尾的失望。这样的女人应该被扔进菜市场，而不该住在这样的城堡里。他还以为进错了房间，想转身出去。她脖子短小，下身像个鸭梨。整个人陷进那张大床里，像是身处沼泽地，拼命向外爬。老扁站在门口，她像是没看到，应该是假装没看到。老扁还是走进去了，坐在大床侧面的沙发榻上。一屁股陷了进去，他还是吓了一跳。他没想到沙发会这么软。老女人面对他，老扁才得以看清那张脸。他想为这张脸画幅漫画，因此极力想找寻出不同于他人的特质来。最终他将目光聚焦在她的厚嘴唇上。他正在他臆想的画板上临摹这张脸，整张脸就是为了一道厚嘴唇才延伸开来的。

　　陈阿姨抽出一支烟来，点上，并问老扁抽烟吗。老扁摇了摇头，后来发现这时候老扁不该摇头，只好又点了点头。老扁抽烟的一系列动作熟稔得让他自己都颇感意外。他发现自己是个好演员。陈阿姨冲小雨摆手，小雨也就知趣地离开了，并轻轻掩上了门。

　　陈阿姨突然说了一句让他意想不到的话。她说，我见过你。老扁如坐针毡，万一知道他不是老扁，究竟会怎样。像她这样一副嘴脸，怕是干过不少坏事。老扁故作镇定，叼着

烟，满不在乎，问陈阿姨是在什么时候什么地点见过他。陈
阿姨说，不记得了，大抵是见过。陈阿姨面无表情，不知道
她究竟在想什么。在老扁想来，这可能是她不同寻常之处，
也就是说这张大街上随处可见的脸恰是不宜识破的面具。想
到这里，老扁觉得自己可笑。他又一次放松下来。

3

　　人几乎全到了，一起喝下午茶，吃点心。老扁弹了几首
曲子助兴。这是圆堡生活的第一个下午。老扁的手在黑白键
上飞舞。他是来弹钢琴的，弹钢琴让他心无旁骛。不知道周
边正发生着什么。一切和他无关，他陶醉于十只手指的辗转
腾挪。余光中感觉到陈阿姨正和莫先生窃窃私语，他不以为
意。一曲终了，所有人鼓掌，说他是好样的，不愧是老扁。
看来老扁早就在坊间流传，这让他洋洋自得之际又生出几分
担忧。不过他很快释然了，担忧完全是多余的，他反而更加
如鱼得水。他对每一个人笑，腼腆地笑。

　　晚饭过后，陈阿姨意犹未尽，想和老扁单独聊聊。晚饭
时的欢快气氛，让他放松了警惕，一切都变得顺理成章。三
楼有个小天台，迎面是一片海。陈阿姨坐在轮椅上，老扁坐
在她的对面。老扁很奇怪，陈阿姨的腿没有毛病，偏喜欢坐
在轮椅上。陈阿姨说她掉下过悬崖，说自己为了显示身手矫
健，就在悬崖边上徒步，后来就失足掉下去了。她没死，腿
摔断了，坐过很长时间轮椅，后来就习惯坐轮椅了。老扁更

是诧异，他对于陈阿姨的逻辑感到困惑。他只是笑笑，又去找别的话题了。他们真是不知道接下来能聊什么，像是都在互相试探。远方的大海灰蒙蒙一片，像他们之间的谈话辨不清方向。后来陈阿姨让他说说这里的每一个人。老扁开始思考这里的每一个人。他说得忘乎所以了，陈阿姨打断他，说还没说她呢。老扁心里一惊，该怎么说她呢。怎么说她，她才会高兴。他听到大海的浪涛正在撞击远处的悬崖，那声音像是正在叩问他的灵魂。他没来过这片海，这片海让他觉得古怪，大概是这些犬牙交错的怪石和黑乎乎的悬崖给他的错觉。他说，陈阿姨给我的感觉是说不出来，看似平凡实则微妙。他为自己说出这样的话感到沮丧，有种理屈词穷的屈辱感。她说话的样子和她的相貌极不相称。只是听她说话，会着迷于她悠缓的语气。她的声音很有女人味儿，让人倾慕。想到这里，老扁说喜欢听她说话。陈阿姨又笑了。她难道只是想听他弹那些钢琴曲子吗，老扁再一次陷入沉思。

老扁问陈阿姨为什么会选择老扁。这时陈阿姨却不想继续下去了，让老扁推她回房间。她并没打算回答老扁的问题。他的问题就这样被悬置了。陈阿姨让他好好休息。他住在二楼，下楼的时候，看见诗人正上来，没说话。只见这人四十多岁，有一把络腮胡，的确有点像个诗人。老扁意识到诗人和陈阿姨之间的关系也是耐人寻味的，目光闪烁之间似乎有古怪的气息在流动。快到他自己房间的时候，小雨突然出现，把他吓了一跳。她像是正在等他。她一绕身，抢先进了房间。他喊了声小雨。小雨说，你竟然真来了。老扁感到困惑，说，我不能来吗。小雨继续说，难道你一点也不害怕吗。难道被她识破了，他根本不是那个老扁。小雨接着说，我们打过赌，说你不会来，而你竟来了，害我输了钱，你还是走吧。老扁问，为什么。小雨说，你会爱上这里的，接着你就离不开了。她的话莫名其妙，老扁还想继续听下去。小雨就闪身走了，她像个幽灵。回到房间，他开始思索小雨的话，并想到老扁那辆大切诺基。二楼的窗户对着海，看不到车库。他想出去看看那辆车。

他从房间里出去，绕过客厅里两根大柱子。过玄关，门上了闩，还是能打开。门开了，他出去了，比想象中更容易。圆堡是牢房的臆想不攻自破，他绕到房子后面，他看到了自己的大切诺基，像温顺的兽，属于他的兽，只要它在，他就觉得安全。远处有灯火，是个小渔村吧，老扁白天时并没有注意那个方向。这些飘绕的灯火让他彻底放下心来。他想趁着夜色随便走走。他向着悬崖的方向走去，似乎冥冥之中自有安排。

悬崖之上，俯视那片海，让他想起很多往事来。像是这样看海，才能让他看清自己。背后突然有人喊他，喊他老扁。他吓了一跳，这真是个鬼地方，总有只眼睛在跟踪你。他一回头，那人远远站着，并不打算走上前来。是个男人，不像是圆堡里的人，竟然也知道他叫老扁。他说，求你和太太说说，让我去见她，就说我已经知道错了。老扁问，你是谁，你究竟是谁。"究竟"两个字脱口一出，像是和眼前的人有了部分共识。他说，你就说是他。老扁问，他是谁。他说，她知道他就是我。老扁恍然大悟，说，我为什么要帮你带话。他说，只有你能帮我带话，你是这个世界上唯一能够帮助我的人了，太太会把你的话当真的。老扁继续说，我为什么要帮你带话，你究竟是谁。他说，你帮我就是在帮太太，你告诉太太我根本没走，我就在悬崖上，我错了，我知道错了。老扁还是不明白，不过这一番话已经让他放松了警惕，这一切和他无关。他不是冲着老扁来的。他想好好看看眼前的人是个什么人。月色朦胧，一张男人颤抖的脸渐渐在老扁视线里越来越清晰。他有些可怜起这个人来了，即便仍不明白他究竟意欲何为。他的恻隐是在证明他们有些相似吗。他决定帮他，而且并不打算过问他的事，他只是来弹几天钢琴，就开着大切诺基离开这个鬼地方。他有不好的预感，他想尽早溜之大吉，怕被牵扯进去。老扁最终答应了他。他从悬崖上走下来，走上甬道，发现有辆车疾驰而过，差点被撞上。他似乎看到了驾驶室的一双阴恻的眼睛。

　　有人给他留了门，也就是说有人知道他出去了。他反身将门掩上，莫先生的声音徐徐飘过来。外面的世界很乱，尤其是晚上，莫先生这么说。等他回了房间，还在思考莫先生的话。莫先生举足轻重，想到这里，他才意识到被自己忽略掉的细节，就是下午茶时，莫先生和陈阿姨窃窃私语的事。他敢断定，那些话是关于他老扁的。他们想对他干什么。老扁在床上辗转反侧，直到后半夜才慢慢睡去。

4

接下来两天，陈阿姨没给老扁单独与她相处的机会，他也就没能将悬崖上的男人交给他的任务完成。他一直惴惴不安，甚至有些恍惚。陈阿姨目视他的样子，分明早就洞悉了他想说的话。也就是说，他根本无须再说了。陈阿姨眼神闪烁之间，似乎又向他传递着什么。这里的一切比他想象中更复杂，而且他还得知一条要命的消息：小雨曾经是个站街女。在说起这段往事时，小雨是直言不讳的，并借此由衷赞美陈阿姨，要不是陈阿姨，她可能还在风尘之中呢。不过私下里，她还说其实她很想念那段时光。老扁明白，小雨意有所指。他可不吃女人这一套。不过小雨身上有吸引他的地方，也许是类似风或者云倏忽来倏忽去的一股劲。她像是陈阿姨的另一面，这么一想，老扁感到悚然，这里的所有人都和陈阿姨息息相关，每个人都是为她存在的，包括他自己。

小雨说的爱也不是空穴来风。老扁是很少说爱这个字的，而这两天圆堡里的人却在教会他如何去爱。人人其乐融融，随时随地会说我爱你，这让他感到尴尬。更让他感到尴尬的是，人会冲过来抱你，他不喜欢别人动不动就拥抱。

他以为自己不会说爱了，可他却不经意间对莫先生说了一句"我爱你"，像是一句玩笑。莫先生似乎并不为意，而他却羞愧得想死。他一遍遍回顾那个细节，后来却在回顾的羞愧中获得某种自由，或者说他是老扁，老扁这个人什么都做得出来。成为老扁，让他感到了自由。因为这句我爱你，他也许成了真正的老扁，接下来他和每个人说我爱你。每个人并没有像他预想那样对他侧目。他们表现得越无动于衷，他越觉得自己就是老扁。他被重重的爱包围了，在圆堡的第三天他就似乎真正爱上了这里，起因也许是第三天早晨的太阳竟然从窗子里穿了进来。这是他第一次在圆堡里见证阳光的颗粒感，阳光来到他的房间，让他意识到爱的真正到来，不仅仅是那些人口头上玩笑似的声音。

　　第三天上午他在圆堡里转悠，小雨的房门半开着，他向里偷看。小雨正在窗子下面发呆。小雨是他进一步了解圆堡的突破口。他想闯进房间，吓她一跳，并接着和她开开玩笑，这样下去也许能够和她聊聊过去的年月。他蹑手蹑脚走进房间，竟意外地发现墙上有不少莫先生的照片。他感到惊讶，从房间里缓缓退了出来，像是从没进去过，傻站在门前。还没来得及细想他就被这个新发现弄得激动不已。他并没有看清那些照片，隐约间像是莫先生。他决定名正言顺去看看那些照片，他敲了敲半开的门。小雨并没有如他预想那样回过头来。他又敲了敲，小雨还是没转头。老扁想再次用力敲门时，小雨说话了。小雨说，已经进来了，何必再敲门呢。她知道他进来过。

　　不过他还是进来了，再次看到那些照片时，老扁为莫先生竟然是个女的又一次感到震惊。小雨正色道，你真是老扁吗？老扁没想到被她反客为主，不过他是老扁，假装镇定是他的拿手好戏。老扁缓缓说，我让你们失望了。如果是老扁，

大概会说"我让你失望了",他和老扁之间有时只差一个
"们"字。小雨接着说,他们说老扁要来,我说他可能不会,
他们还笑话我,尤其是莫先生,说我又不认识他,可我就是
能感觉到老扁这个人,你信吗。老扁不知道说什么。小雨接
着说,有时候你了解一个人并不一定要认识他。老扁说,也
许吧。小雨说,早就听说过老扁,你一点也不像他。老扁说,
不像他也许就是他,这个世界上的事情谁又说得清呢。小雨
说,你好像很紧张,你总这样吗。老扁说,我不知道我们在
说什么,今天阳光这么好,我想下海去游泳。小雨说,海里
有很多水母,会让你遍体鳞伤的。看着眼前的小雨,老扁无
法想象她做站街女的日子。

　　他和小雨的谈话被一阵风打断了。海风有时毫无章法,
突然就是一阵。这样的怪风从窗子里灌进来,吹倒了窗台上
的一只葫芦丝。老扁有时在夜里听到过葫芦丝的声音,以为
是做梦。他不喜欢这种乐器,听上去像个怨妇。他帮小雨将
葫芦丝扶正,这时他看到了莫先生背着钓鱼竿走向大海。莫
先生回头,看到了老扁正在小雨的房间。他站在圆堡外面的
平地上,向上空摆手,看样子是和他们打招呼。莫先生总是
那样从容淡定,连摆手的样子也让人着迷。老扁接着想到莫
先生是个女的,便从他的背影中寻找蛛丝马迹。这时小雨一
把抓住老扁的胳膊,依偎在他身旁。老扁最初被吓了一跳,
不过他想到自己是老扁,便很快释然了。他听老扁讲过很多
艳遇,故事发展的脉络基本雷同,就是女的常常一把抓住老
扁的胳膊。后来的事情就是该发生的就会发生。有时他会问

真正的老扁，究竟有过多少。老扁会冲他神秘地微笑，说三位数吧。他为三位数感到惊叹。

　　他恍然大悟，小雨也许只是想让莫先生看看他们正在一起。莫先生没有回头，小雨仍不罢休。她把老扁硬拉到床上，并将门死死关上。老扁并没有对小雨做什么，除了搂着她在床上滚了几下。他在配合她，或者说老扁在配合她。小雨也许是事已至此骑虎难下，更可能是想就此撒点野，逗逗眼前的老扁。她的手在老扁身上游走，当她发现老扁并没有预想中反应强烈时，她放弃了。小雨想一个人待一会儿，老扁只好灰溜溜地离开了房间。

　　到了下午茶时间，老扁终于见到了陈阿姨。这人面容憔悴，像是正被什么事情折磨。不过仍强颜欢笑，让他演奏了几首老曲子，并随声附和。演奏完，陈阿姨问他是不是在想别的事情。老扁没说话，这时楼上走下一个男人，似曾相识。男人挨着陈阿姨身旁坐下，并用目光不住地打量老扁。如果猜得没错的话，这个人就是两天前求他传话的男人。老扁除了诧异，还有一种被羞辱的感觉。那个人的目光热烈而绵密。他还弄不清他究竟想干什么。老扁的脸上正在努力表现惊异，陈阿姨说，这是我儿子。陈阿姨又指了指老扁说，对了，这是老扁。

5

　　老扁躺在床上，为了一眼能望见窗外的月亮，他的姿态有些怪异。凝神屏息就可以听到大海的波涛正在撞击着岩石，老扁开始想象，悬崖之下的大海，一浪滚着一浪粉碎在岩石上。月光下的悬崖有莹莹的闪光，眼前的一切有让人惊异的美，老扁想找个人聊聊天，他拿起手机来，开机，翻了一遍通讯录，竟没找到一个合适的人。刚来那天晚上，他还给老扁打过电话，在他记忆中，手机是有信号的。这两天他没有随身带手机，这也是他那天晚上兴之所至的决定。两天过去了，他并没感到有任何不适感，一度他差点忘了还有手机这回事。想知道时间时，才会想起有手机，因此这两天他也更加关注手腕上那只老扁的手表。看次手表他就想起一次老扁。

手机没有信号，让他开始怀疑是圆堡的人动了手脚，想到这里，他感到惊恐不已。他又联想到大切诺基的车钥匙也在他们手里，如此一来他就等同于被捆住了手脚，没有人知道他在哪里（世界上只有老扁一个人知道他在圆堡，连老扁也不知去向）。也许已经有人疯了似的找他了，他想逃出去。从小到大他还没有过这样的经历，他开始想象他如何走回城市，这里如此荒僻，不知道路上会遇到什么，他害怕走夜路。也许事情并没想象中那么糟糕。圆堡里的这些人不像是什么坏人，这里有爱和自由，人人相敬如宾。他释然了，点一支烟抽上，像老扁似的弹烟灰。他又进入另外一种情境，他在思考谁会疯了似的找他，接着他就陷入自责，是不是平常过于关注自己，以一种自私冷漠的形象示人，以至于他想找个人聊聊天也找不着人，更不可容忍的是，他在世界上消失了，竟然无人问津。他突然很想喝酒，这时竟然有人敲门。敲门声似有若无，老扁起初怀疑是只老鼠。

　　他还是去开门了。门外闪出一个人来，迅速进了屋。他说，别开灯。老扁刚想问是谁，那人说，是我。趁着月色，老扁发现来人正是那个诗人。老扁心想应该没什么好事，心里先是一惊，不过该来的总会来的。他发现自己竟然越发从容了，这也许是老扁这个身份带给他的。他很享受这份从容。老扁问他究竟发生什么事了。这人一欠身坐在床上，老扁不想让他坐在他的床上。他对这个人素无好感，他身上有一股子大大咧咧的江湖习气，像是吃了肥肉和葱姜蒜，一说话就是满口怪味。老扁仍旧站着，不打算和他好好说话，意思是有话快说有屁快放。他站在黑暗里做鬼脸。诗人看不到他做鬼脸，这让老扁有点小小的得意。诗人说，我等你很久了，这几天我一直没找到机会和你单独聊聊。老扁说，你是谁？诗人说，别问我是谁，我知道你是谁就行了。老扁说，这太不公平了，你们都知道我是谁，我却一无所知，这让我感觉自己很傻。诗人吁了一口气，说，别和我装了，你根本就不是老扁。老扁心想他们这些人总是来这一套，一字一顿地说，我不是老扁我是谁。诗人说，我和老扁是老相识了，我一直在等老扁，要不是听说老扁会来，我早就动手了，我在等他，却等来了你。老扁似乎被戳穿了。他找了地方坐了下来，点起一支烟来，想想该怎么对付眼前这个难缠的家伙。他继续想下去，也许他只是为了唬唬他。诗人接着说，你第一天来的时候，我就想来找你了，想问问你老扁为什么没来，你究竟又是谁。老扁还在假装镇定，说，你又是谁。诗人说，三天过去了，现在我一点也不想知道老扁为什么不来了，也不想知道你究竟是谁，我是来找你帮忙的。老扁被诗人的话弄得心烦意乱，不知道他究竟想说什么。诗人很想大声疾呼，但又不得不压低声音，以防被人听到。老扁说，你想让我干什么。诗人说，救太太出去。老扁说，你不是在和我开玩笑吧。他说，你根本不明白这里的一切，这就是一座牢房，更重要的是，如果你不帮我，他们就要对你下手了，你只有一条路，那就是帮我们逃出去。老扁说，如何证明你说的是真的。他说，有没有发现太太的那条腿受过伤，她差点死了，是莫先生把她推下悬崖的，我亲眼所见。老扁想到太太的那条腿，她走起路来是有点跛，可这仍旧无法证明他说的是真的。

诗人突然跪在床上，说，我求求你，求求你。老扁说，别这样，千万别这样，你让我干什么。黑暗中的诗人让他有恍若隔世之感。平常他眼之所见的诗人高高在上谁也懒得理的样子。他竟以为诗人真的是诗人，出口成章口吐莲花。诗人说，你开车带我们走，远走高飞，去哪里都行，只要离开这里。老扁突然想起陈阿姨还有个儿子，就说，太太不是还有个儿子吗，我们是不是多此一举。诗人说，太太想出去，就是为了找她的儿子，找她的亲生儿子，这个人根本不是她的儿子，他们有一点点相像吗。作为老扁的他开始想象母子之间的相似度。老扁问，太太的儿子在哪里。诗人说，我们要是知道，还需要到处找吗？老扁又问，这一切和你又有什么相关。诗人说，我能不说吗，你迟早会知道的。老扁说，我怎么帮你。诗人说，我们会给你一笔钱的，放心好了。老扁说，我不是这个意思，我想问我该怎么帮你们。诗人说，开上你的切诺基，带我们离开。老扁说，我没有钥匙。诗人说，他们果然开始对你下手了。老扁说，我该怎么办。诗人说，早点弄到钥匙，去找小雨。

　　老扁突然意识到诗人说的话极可能是真的。他想知道更多，接着问，他们为什么叫你诗人。老扁这么问，像是离题了，不过他想离题一会儿，也许这样可以让眼前的诗人冷静一下。诗人说，他们在嘲笑我，他们也在嘲笑你。老扁问，他们是怎么嘲笑我的。诗人说，他们说你裤裆里的家伙很大。他因此想到小雨的手，也许她是想试试老扁是否人如其名。诗人接着说，他们在背后里喊你老龟。他开始将记忆里的老扁和诗人说的老龟对上号，并意识到自己根本不了解老扁。他们认识这么多年了，他发现从没走近过老扁。老扁比他更加孤独。想听他弹钢琴只是个美丽的借口，那些阔太太就想知道他是否有个异于常人的老二。这让他又点起一支烟来，他想很快见到老扁。诗人突然问，你真的是老扁吗。他果真是为了唬他。老扁说，我不是。诗人说，不要和我开玩笑了，我觉得你是。他这么一说，老扁就笑了。

　　他们又密谋了一阵，定下了出逃的时间和路线。诗人和老扁紧紧握手，说，成败在此一举。诗人蹑手蹑脚地离开了老扁的房间。房间里只剩老扁一个人了，他又看了会窗外灰蒙蒙的大海，感觉刚才发生的一切多么像一场梦。天快亮了，他才睡过去。

6

又是一天。在老扁看来，这一天除了宁静之外，还有一
丝怪诞，怪诞大概是老扁看人的眼光使然，起床前他还在想
昨晚诗人的突然造访是否是一场梦呢。他起床后就发现他的
床上有人坐过，自此证明诗人的确来过。他对于自己的床有
异乎寻常的敏感。

第一个见到的不是人，是圆堡里人见人爱的叫二黑的狗。
它一身油黑，两只眼睛深不可测，二黑和老扁对视，让老扁
感觉如临深渊。他再也不去理那条陈阿姨最爱的狗了。接着
他就遇到了那个司机，和老扁打招呼，笑容满面，他早就将
老扁当成自己人了。他还开了一句玩笑，具体说了什么，老
扁没听清楚，不过还是笑了。这时老扁一转身就看到了诗人，
白天的诗人并没有表现出一丝异样，仍旧是爱答不理，从他
身旁匆匆走过。老扁想与他有些眼神交流，诗人并没给他机
会，就擦肩而过了。老扁很失望，后来想想也许是诗人为了
掩人耳目。

莫先生也出现了，远远喊，今天是个好日子。老扁问，
什么好日子。莫先生微笑不语，后来老扁才知道今天是小雨
的生日，圆堡里想热闹热闹。老扁一直在想，小雨对于圆堡
究竟意味着什么，或者说对于太太和莫先生又分别意味着什
么。他想不通，小雨似乎生来就和圆堡密不可分，没有小雨
的话太太和莫先生像是失去了共同的话题，小雨是他们之间

的纽带。想到这里，等老扁再次见到小雨的时候，他忍不住想对她动动手脚，将那天未尽之事翻转过来，不是小雨勾引他，而是他想要小雨。午饭过后，圆堡陷入死一般的静寂，老扁闯入了小雨的房间。

小雨并没有表现惊异，她像是一直在等着他。老扁有一种落入陷阱的感觉。这样一想，让老扁又开始重新审视这是一座牢房的判断，这句话最早出自小雨之口，后来诗人也说了这样的话。老扁开始思索二者的不同。

小雨突然说了一句，你今天很不一样。这一句把老扁吓了一跳，他的伪装轻易被识破了。老扁仍旧是那副死样子，淡淡地说，哪里不一样。小雨说，你比以前更加紧张了。老扁说，你觉得这里好吗，你为什么来这里。老扁变得咄咄逼人。小雨说，这里不好吗，可以不用想明天，太阳会一如既往地从海里升起。老扁说，很想听听你是怎么来到这里的。小雨说，我已经忘得一干二净了，有些事你一辈子也不愿提起，我在这里，既没有明天，也没有昨天，只有现在，你和我。老扁说，你来这里只是为了端茶送水。小雨说，你要不说，我都不知道我在干什么。老扁说，我不知道你在说什么。小雨说，不知道自己是谁，不是很好吗，这里会让你忘了你是谁。老扁说，不知道自己是谁，也不知道别人是谁。小雨说，你不是个好人。老扁说，你是个好人吗？小雨说，我们这里的人都在帮助别人，而你眼里只有自己。老扁说，怎么才能忘了自己。小雨说，什么都不要想。

老扁竟无话可说了，他不知如何提起那把大切诺基的车

钥匙。他并不急于说起那串钥匙，或许感觉还不到时候。在
没说起钥匙之前，他是自由的。他想聊聊关于陈阿姨，小雨
眼中的太太。他又有两天没见到这个女人了。他来这里的唯
一目的就是给她弹几首老掉牙的钢琴曲子。在他弹钢琴时，
他并没有发现陈阿姨对音乐有丝毫关注。她只是保持一个听
的姿态，看样子根本没有听进去。老扁确定她在想别的。她
只是装装样子给别人看。难道真如诗人所说，她是给莫先生
看的吗。想到这里，他感到自己的多余或者是古怪。他也许
也是莫先生的一颗棋子。老扁感到头皮发麻，小雨的笑容也
像是正在扭曲。

　　小雨并不想谈及陈阿姨，也许在背地里议论太太这个人
让她有不适感。她问老扁，那些老女人的手在摸你的时候，
你在想什么。她想问他是怎么做到的。小雨反客为主，他故
作轻松，说，你根本不懂她们身上的温柔。他这么说很像一
句玩笑，是此地无银三百两。小雨接着问，她们嘴里的味道
你也受得了吗。老扁的舌头在口腔里像条蛇似的绕了一圈，
小雨的话似乎让他嗅到了老女人嘴里的怪味。老扁说，说这
个有劲吗。小雨说，我一直想问你，你没来之前，我就准备
好了，头两天和你还不熟，没敢问，你快说说，我好想知道。
老扁说，你会不会因此嫌弃我。小雨说，我不会让你亲我的
嘴的，我不让任何人亲我的嘴，我受不了别人的怪味，那些
年我也从不让别人碰我的嘴。老扁感觉机不可失，马上说，
连莫先生也不可以吗。小雨突然瞪着他，老扁也迎着她的目
光。这似乎是他们之间一次真正的较量。这一次较量以小雨

落荒而逃而告终，老扁由此断定，莫先生属于小雨心中难以启齿的部分。他并没有深究，而是放过了小雨，又问起他们这些人为什么都不使用手机。小雨说，有必要吗，我有一年多没离开过这个地方了，我也不想离开，离开了也不知道可以去哪里。老扁说，不想离开和不知道去哪里是截然不同的两种状态。小雨说，你知道得越多，你就陷得越深，还不如得过且过。老扁说，我想走也走不了，我没有车钥匙。小雨笑了，说，你的车钥匙一直在门后挂着呢，你没发现吗。老扁又被小雨这一句话弄得心慌意乱，他忙跑出小雨的房间，又急速下楼。他的车钥匙果然在玄关的侧墙上挂着呢，也许它一直在那里挂着。没人想对老扁做什么，他只是一个人胡思乱想作茧自缚。之前的如临大敌，让他陷入荒唐可笑的地步。他被戏弄了，不是被别人，而是被自己。这时司机却意外出现了，见他手里有钥匙，问他是不是想要离开这里。他的脸上并没表现出丝毫惊诧，也就是说老扁的去留，没有人在意。老扁忙说，没有。司机说，那就和我去游泳吧。说起游泳，老扁也来了兴趣，遂说也想去游泳，只是没有泳衣。司机笑他，说，从来都是裸泳。老扁因此想起小时候。司机又笑他的迟疑，其实是在笑他的娘娘腔。

　　他们一路说笑来到了海边。老扁很快从方才的沮丧中恢复过来，大海像是给了他一个大拥抱。海的近处和远处是两种绿，远处的绿混沌厚重，而近处的绿清澈晶莹，这和老扁的心境如出一辙。太阳早已高悬，海平面上波光闪闪。司机动作迅捷，很快脱光了自己，一跃而下。他扎了个猛子，很久才从海平面露出个头来。他在海里大喊，老扁没听清他在喊什么。老扁对于在人眼前将自己脱光，而且是光天化日，还是极不适应。最后还是穿着一条内裤，缓缓下水。海水冰凉沁骨，给了老扁一种豁然的感觉。海水很快包裹住了他，他也很快适应了海水的温度，而且感到了某种温暖。他在海里撒欢，和那个司机打水仗，似乎忘了岸上的一切。他来圆堡难道只是为了下海游泳。

他游累了，爬上岸，又去晒太阳，太阳也凉凉的。司机躺在他身旁，通身赤裸，有时还用手拨弄一下下体，接着就看着老扁洋洋得意地笑。老扁佯装无动于衷，仍旧面向太阳。司机突然说，那里有个海底小隧道，我们可以下去玩玩。老扁想，这家伙也许是想捉弄他。不过还是跟着他下水了。

海水被一处断崖隔开，司机说断崖下有个五米左右的溶洞，他可以潜水钻过去。老扁想看看热闹，用挑衅的语气说，只要他敢他就敢。司机一猛子扎进去，不见踪影。海水不深，老扁站在海水里，注视着海平面的动静。过了好大一阵子，司机从断崖那一侧游了过来，说，该他了。他也碍于面子，下水了，海水铺天盖地涌过来，他在断崖下摸索，终于摸到那个洞了。那个洞很小，他已经开始喘不过气了。他放弃了，从水里探出脑袋来，发现司机不见了。周围一个人也没有，老扁突然感到恐慌。后来才发现司机跑到隐蔽处拉屎去了。他还问老扁有没有钻过去，老扁点了点头，糊弄过去了。

回去的路上，司机说起太太和莫先生，说她们曾经都是医生。令老扁颇感意外的是，莫先生竟是生殖整形医生，在那个叫卅城的地方，赫赫有名。莫先生因给一个男性表演者的下体镶满了珍珠而一炮走红。说到这里，老扁也跟着哈哈大笑了，说这是真的吗。司机说敢对天发誓，说完对天发誓。老扁喜欢他，他是个好玩的胖子。

7

到了下午，圆堡里才热闹起来。所有人聚集在一楼的客厅，说是给小雨过生日。老扁坐在钢琴旁边，翻来覆去地弹着《祝你生日快乐》。太太现身了，也许是为了应景，穿了一身红。头发披散着，像是从《封神榜》里走出来的，有几分妖气。她心情愉快，和每个人打招呼。音乐声响起，她甚至想翩翩起舞了。等一落座，就说起了小雨的一桩旧事，老扁没听清，后来就听到一群人在哄笑。老扁有一种被抛弃的感觉。他用余光打量这里的一切，透过姿态和光影，他发现他们是一群活在过去的人。

在弹琴间歇，他仍躲在暗处观察这群人，这让他有种置身事外的隐隐快意。正在思量时，被重重拍了下肩膀，是陈阿姨的儿子。他们相互看了一眼，并笑上一笑，像是从来没发生过什么。老扁想，他是不是把悬崖之上的下跪给忘了。那人想和老扁聊聊。老扁也知道他想聊什么。关于老扁缘何讨阔太太们的喜欢，是这些人最想知道的。还有一种可能，他是来嘲笑老扁的，想将那天的颓势扭转过来。老扁对他毫无兴趣，他抽身离开了。去卫生间的路上，他迎面碰上诗人，诗人想和他说两句，却被小雨的几声叫喊给打断了。

老扁复归其位，坐在钢琴旁边弹那些熟悉的曲子。弹到酣畅处，他也有些出离了，正在这时，一声凄厉的喊叫打断了激越的琴声。老扁也慌忙停下了，发现太太那张脸开始扭曲，紧跟着就是号啕大哭。他从没见过一个女人竟然可以哭得如此歇斯底里。不像是哭，而是在哀嚎。哀嚎声在圆堡大厅里回荡。老扁除了心惊肉跳之外，又感到快意。他感觉这样的哀嚎才属于圆堡。

身旁的莫先生镇定自若，示意小雨扶太太上楼。太太在楼梯上，回头看，目光注视着老扁。老扁意识到目光里有求救的意思。莫先生站起来了，走向老扁。她上身白衬衫，下身一条运动裤，这样的装束穿在别人身上会不伦不类的，但对于莫先生来说却恰如其分。莫先生淡淡地说，还是弹完这首曲子吧。莫先生脸上盈盈的笑意除了告诉老扁弹得不错之外，就是根本没把太太的号啕大哭当回事。老扁继续弹奏那首曲子。弹奏时，他一直在想诗人也许是对的。莫先生是那个把太太推下悬崖的人。

晚餐后，莫先生带着老扁去看望陈阿姨，他对于太太的称呼总是不习惯，会让他觉得有一丝虚幻。为什么带着老扁，老扁还没想通。陈阿姨喝了点酒，早就从刚才的窘境中摆脱出来了。不过那张平凡的脸仍旧显得苍白。她还特意为刚才的事情向老扁道歉，说是琴声让她想起之前很多事来。莫先生说她多愁善感，并让老扁过去抱抱她。老扁吓了一跳，为什么要抱抱她呢。拥抱中老扁感受到陈阿姨温热的胸脯。太太说，谢谢你，说完示意老扁坐在她旁边。没过一会儿，莫先生就借机离开了。老扁突然感觉这是有预谋的，也明白了莫先生的用意。他身陷囹圄，只能见机行事了。他不是老扁，他一遍遍在想。可是他却作为真实的老扁坐在一位阔太太的旁边，接下来大概要使出浑身解数来赢得人家的好感。想到这里，作为老扁的他很希望有个人闯进来，比如诗人。那扇门却像冷冰冰的一张脸。陈阿姨说，你喜欢这里吗。老扁终于等来了这句话，或者说任何一句话。老扁说，这里像个迷宫。陈阿姨说，那就是不喜欢这里了。老扁，说不上不喜欢。陈阿姨说，也说不上喜欢。老扁不知道该说什么。陈阿姨接着说，你是不是很好奇。老扁说，感觉这里的每一个人都像个谜。陈阿姨示意他接着说下去。老扁说，我不清楚你们究竟想要什么。陈阿姨说，你是说我们都是行尸走肉吗。老扁说，我不是这个意思，我想说这里的每个人像是因为过去才活着。陈阿姨摇了摇头，将左手伸过来，抚摸老扁的脑袋。这是老扁没想到的，可他又不忍拒绝。抚摸仍在继续，那只手看似并没有什么目的，只是有节奏地上下。就在某一瞬间，在他的心底滋生了一种奇怪的情绪，让他想哭。他好久没被人这么抚摸了，渐渐迷上了这种感觉。他不想那只手那么快离开。陈阿姨接着说，我们是一样的人，从第一眼看见你，我就看出来了，我喜欢你的这双眼睛。老扁还沉浸在那只手的触感里，因此没有接话。陈阿姨继续说，我们都是缺爱的人，就像我，真希望能谈一辈子恋爱，有时我特别羡慕小雨，她有一张好看的脸，总有人会喜欢上她，我却不一样，想让人爱我，我却不小心就爱上了别人，你懂我的意思吗，我总是轻易爱上别人，比如现在，我就爱上了你，我特别期待你也能这么说。老扁抬头望了望眼前的人，她老极了，像个老丝瓜那样老，可仍然是个女人，这一点让他只想作呕。陈阿姨接着说，为了让他们说爱我，我宁愿成全他们。老扁说，你是说诗人吗。陈阿姨笑了，说，人是熬不过时间的，我住在这里就是为了等死，不过最可怕的是我总想起之前的事来，时间让我觉得一切都很不真实，你说得不对，我永远在期待接下来要发生的事，比如现在，我正在期待你。老扁说，我有什么好期待的。她摸着他的脑袋，痴痴望他，充满怜爱，像是一个母亲看着自己心爱的孩子。老扁吓坏了，忙把话题支开，说起了别的什么来。

陈阿姨由此说起了自己的过去。从她的只言片语里，老扁像是错过了很多。他迷上了她的叙述，又感觉其中经不起推敲，比如她说起和一个男人的相逢，那是一段刻骨铭心的爱情，她如泣如诉。说起爱情这两个字来，她就会哭个不停。那个男的是个寺庙里的和尚，当然不止是个和尚，陈阿姨没有说此人出家的具体原因，可能感觉没有必要，她的重点是为了说相逢的戏剧性。那天陈阿姨去了寺庙（究竟为什么去寺庙的呢，又和莫先生有关，太太没说太多），反正她就去了寺庙闲逛，一条蛇的突然出现把她吓得丢了魂。她生平最怕蛇，因此像青蛙似的一跳，就跳到了一个和尚的背上。那条蛇多像伊甸园里的蛇，陈阿姨从此就出家了。那是陈阿姨眼里最幸福的一段时光，说起来泪光闪闪。那个和尚死活不想放她下来，一直背着她，哪里僻静向哪里钻。老扁认为此处存疑，寺庙里的一个和尚怎么可以光天化日下背着个女人四处乱转呢。老扁对寺庙素有好感，但在陈阿姨的讲述中，寺庙成了另外一个存在，和他的想象南辕北辙。陈阿姨出家并剃度，法号常秒，开始了像模像样的寺庙生活，她是为了爱情，从此和那人就经常在后山上约会。说到这里，陈阿姨还摘下了自己的假发，以此来证明过往的经历多么不容怀疑。她仍然没有蓄发，光头在灯下显得油光可鉴。陈阿姨也像变了个人似的，显现出一种意外的庄严。

在接下来的讲述中，她没再把假发戴上，而是想让老扁了解最真实的自己。后来的故事更为离奇和不可思议，陈阿姨摇身一变竟成了神医，也因此发了大财。尼姑的形象让她走了运，她成了一个妙手回春的人。她本来就是个妇科医生，学的是西医，当然也是半瓶子醋，眉毛胡子一把抓，后来接触了中医，研习《黄帝内经》子午流注，再加上一点天分，竟治好了几个富商，因此也就在寺庙周围搞了个养生馆，人来人往络绎不绝。她说有些人和事说来就来了，让她应接不暇。她对于男科和妇科尤其独到，很多香港的富商和阔太太点名要找她，养生馆后来竟像个奇怪的所在，她开始做另外一种营生，这让她的身份又有了戏剧性的转变，她成了个老鸨，她说起自己是老鸨时，并不讳言，反倒开怀大笑来自嘲。她为香港的阔太太介绍年轻力壮的和尚，又为那些男性富商介绍尼姑，当然大都是些三陪女，扮作尼姑的样子，比如小雨。小雨在她的讲述中又一次出现，说到小雨，她又将自己的故事停住了，开始专注于说小雨，说她身世飘零，是个可怜人。因此又提到莫先生，说到这段时，陈阿姨欲言又止，感觉说出来不太合适，可她还是选择说了出来。她首先说莫先生也受过创伤，后来就像个男人了，陈阿姨似乎不想说得过多，她说莫先生某一日灵机一动，找到了修补处女膜的最好办法，简单易行，灵感的来源就是粘假睫毛。小雨因此可以随时做回处女，也就赚到了更多的钱。说到这里，老扁不停地想象床上的小雨如何假扮处女。陈阿姨后来的话让老扁更加震惊，不得不起身在屋子里乱转，说怎么会这样。陈阿姨说到小雨后来的每一次修补都是为莫先生准备的，她爱过莫先生。陈阿姨开始总结，说他们都是一群很脏的人，然后对老扁说，你也是。这么说，有了点相逢何必曾相识的味道。老扁笃定这是她邀请老扁的真实动机，她对音乐并没什么兴趣。在她看来，老扁弹钢琴也只是个美好的托词。两个人突然都不说话了。老扁想要走，他意识到陈阿姨能说这么多，就是为了这样的沉默。他必须逃之夭夭，正在准备溜之大吉的说辞时，陈阿姨却又一次失声痛哭。老扁无处可逃，只好挨在陈阿姨的旁边，低声安慰她。老扁拍着她的背，陈阿姨因此钻进了她的怀里。此时门开了，那里竟有一扇门，老扁未曾想到。一面完整的墙，突然开了一扇门。诗人走进来了。他像是可以随时走进来。

8

老扁还没来得及细想这扇突然洞开的门，就想溜之大吉了，诗人给了他离开的完美理由。诗人送他到门口时，问他钥匙弄到了吗，老扁点头，他也不知道为什么会点头。他完全可以撒个谎的。诗人郑重地说，去车里等我们。老扁诧异，说，现在就走。诗人说，现在就走他们才不会怀疑。老扁愣住了。诗人说，你别无选择。他像是被这句话吓坏了，只得转身下楼。

他回了房间，开始思索这一切。突然想起忘了什么。等他收拾好东西走出圆堡时，才发现他竟忘了问陈阿姨和她儿子之间的故事。他错过了最为关键之处，却被一场虚构的爱情弄得忘乎所以。

他在夜色里找到了那辆大切诺基。它自始至终一直在那里，像是永远在等着他。他拍了拍车门，像是某种安慰。他钻进车子里并发动。发动机嗡的一下，老扁也因此想起什么来了，可又不清楚那究竟是什么。为了能够恍然大悟，他一遍遍熄火，又一遍遍发动。他又开始笑自己，感觉自己像个笑话，意识到这点，他突然很想哭。他不知道自己是谁了，这时他想起小雨的话来了。他舍不得小雨，想到这里他心头一惊。等他抬头看车窗外时，发现诗人和陈阿姨正颤颤悠悠走过来。他们是从圆堡后门出来的，老扁从未走过后门。他知道有个后门，是可以接通地下室的。地下室总是上着锁，

老扁再也没机会去地下室看看了。正这么想着，诗人已将后
车门一把打开，他给老扁的感觉总是过于粗鲁。

　　车子缓缓移动，开始离开圆堡。陈阿姨说，我们去哪里。
诗人说，哪里都可以去，只要离开这里。陈阿姨说，你怎么
知道我想离开。诗人说，是你说的。陈阿姨说，我又后悔了。
诗人说，这座牢房只为了关住你一个人。陈阿姨说，这里不
是牢房。诗人说，你忘了你说过的话了，我的全部努力就是
为了今天。陈阿姨说，我是逃到这里来的，你还想让我往哪
里逃。诗人说，他们想让你死。陈阿姨说，你爱我吗，说你
爱我。诗人哽住了。老扁不知道诗人究竟想干什么，他想要
什么。难道他果真爱这个老掉牙的女人。

　　切诺基沿着海岸线疾驰。陈阿姨突然大喊，给我停车。
她说，我哪也不想去了，你骗了我。车子唰地一下就停下来
了。一团团灰尘让车灯射出来的光更加具象。诗人抓住陈阿
姨的双肩，开始摇晃，说，你不想找你的儿子吗，我知道他
在哪里。陈阿姨淡淡地说，你撒谎。她说，我从来没有过儿
子。诗人一脚踢向老扁的座椅，大吼，给我开车。老扁迫于
他的淫威，再次挂挡，缓缓前行。诗人又来一脚，吼了一声，
开快点。陈阿姨说，我们能去哪里。诗人说，我们想去哪里
就去哪里。陈阿姨说，放我回去，我要我的二黑，它不能没
有我。陈阿姨说起了那条狗，她舍不得那条狗。诗人说，我
们顾不上那条狗了，如果我们现在回去，他们不会再放我们
走的。陈阿姨大喊，我要下车。诗人说，你那个找不着亲妈
的孩子多可怜呀。陈阿姨说，阿良就是我的儿子。诗人说，

你明知道他们为了愚弄你，才找来那个吸血鬼。阿良就是老扁在悬崖上遇见的年轻人，月色下颤抖的脸仍历历在目。陈阿姨又大喊，我要下车。她开始拼命地砸玻璃。车子又一次停住了。老扁在后视镜里看他们。诗人抱着她，嘴里开始嚷，我爱你。这样的话果然奏效，陈阿姨安静下来，并哽咽不止。老扁开始后悔答应诗人这个差事了，他很想甩脱他们一脚油门想去哪儿就去哪儿。

　　正在这时，一辆车倏忽冲了过来，并在大切诺基的正前方猛地停下。老扁还没来得及细想，有个高大男人就下了车，并急匆匆走了过来。老扁在他没下车之前就已经猜出来了，司机走路的样子像个钟摆。车门被他一把拉开，有一只粗壮的胳膊横进车里来。陈阿姨扶着这只胳膊就下了车。整个过程谁也没说一句话。陈阿姨见到司机时，像是在说，你怎么才来。莫先生也从那辆车上走下来了，白衬衫在车灯映衬下像是一面投降的旗帜。她在和老扁打招呼，样子与那天去钓鱼时并无分别。她总是这样从容自信。那辆车随着莫先生的飘然而入而急速掉头，并很快消失在黑暗里。诗人让老扁继续向前开。

　　老扁没有违拗他。除了不想让他过于伤心之外，老扁还希望从他嘴里知道更多。那个叫阿良的年轻人对老扁来说还是个谜。诗人也没有让老扁失望，他说起了关于陈阿姨的一段秘史。陈阿姨年方二八的时候，有个剧组去她家乡拍戏，在陈阿姨的一生里随处可见这种戏剧性的相逢，她和同样年轻的男演员困在了某个山洞里。外面电闪雷鸣下着大雨，究

竟为何被困在山洞里，诗人语焉不详，或者说根本没必要弄
清楚，事实就是一男一女两个年轻人同处在黝黑的山洞里，
干柴烈火，该发生的自然就发生了。后来陈阿姨慢慢大了肚
子，连她自己也感到惊奇，后来去了医院才得知怀了身孕，
她才想起有那样一个山洞和那样一个演员。自始至终她都不
知道演员真名究竟叫啥。这时就表现出陈阿姨的异于常人来
了，她作别家乡，赶了几天几夜的火车去了京城，千里寻夫。
茫茫人海找个人谈何容易，她就在电影厂附近终日溜达，四
处打听，后来竟遇上一个好心的尼姑。诗人这时问，你知道
这个尼姑是谁吗？他这么问，就说明老扁也认识这个尼姑，
定是莫先生无疑。老扁假装猜不出来，这给了诗人一咏三叹
的机会。他正好要在这里停下，可以抒发一下人生何处不相
逢的喟叹。诗人后来说出这个尼姑就是莫先生的结论。老扁
早就猜出来了，因此并没有表现出惊诧。诗人笑出了声，老
扁在后视镜里观察他阴晴不定的脸。他开始继续接着叙述这
段不为人知的历史。更为离奇的是这个尼姑带着陈阿姨回到
庵里，帮她顺利接生。陈阿姨生了个大胖小子，这个孩子就
是诗人正在说的那个消失的儿子。诗人说，和陈阿姨在一起
的时候，她每次说起这段经历就泪流满面。诗人也因此陶醉
在哀伤的情绪里，不过很快又被对莫先生的控诉所替代。老
扁开始对这些故事信以为真了，他觉得这一切极可能是真的。

9

诗人开始骂陈阿姨是个臭婊子，说她骗了他。老扁停车，诗人拉开车门，但似乎还有话没说完，又停住了，冲老扁嘿嘿一笑，说，你相信我会爱上她吗。老扁不置可否，他不知道该摇头还是点头，这让他陷入惶惑中。诗人说，她身上有一股魔力，我离不开她了，起初我感觉是她离不开我，后来我错了，大错特错，她就是个婊子，而且还是个丑八怪婊子，你从没见过这么丑的女人吧。老扁点了点头，他也没想到自己会点头。诗人看他点头，就把矛头指向了他，并伸手勒住他的脖子，喊叫着，莫先生请你来就是干这个的，你这个老龟，他们要你和那个丑八怪上床。老扁感到窒息，心想会不会死在这个人手里。他竟然没有反抗，任凭诗人对他下手。他也不知道为什么，只是感觉这人可怜极了。诗人因他的不反抗而感到懊恼，很快放了手。他说，我告诉你一个秘密，太太不是失足坠落悬崖的，而是有人背后痛下杀手，这人就是莫先生。诗人说完就向黑暗里疯跑。他要跑去哪里，没人知道，老扁也懒得想知道。他想忘了他，将切诺基开得飞快。

事已至此，他仍对莫先生有莫名好感，即便她和小雨之间有过难以启齿的过去。他一次次想起莫先生说话的样子，回头看向圆堡的眼神。老扁实在难以想象莫先生会干出他们说过的那些勾当。他决定掉头回去，对着副驾驶上的虚空说，老扁，我要回去，我必须回去。

他又一次走进圆堡。门开着，一个人也没有。也许所有人都在太太房里，可门为什么开着呢。难道他们这些人早就料到他会回来。他蹑手蹑脚，终于爬到了三楼，在太太房间门口停下来。他听到莫先生的声音。莫先生像是在哭，这个女人竟然也会哭，这让老扁感到震惊。哭的人应该是太太，而不是莫先生。听到这样的哭，他开始为自己竟然回来了感到庆幸。老扁很想闯进去探个究竟。

他发现还是置身事外好，想到这里，脑袋又向门前凑了凑，几乎碰到那扇门了。可他什么也听不到了，房间里一丝声音也没有。方才的哭声也像是老扁的幻听。他慌忙逃了回去，回到房间四仰八叉躺在床上，仍心有余悸。这里什么也没发生，安静得像是所有人都死了。他究竟害怕些什么，又该害怕些什么呢。他可以听到海浪撞击岩石的声音，这种声音让他感觉到很多事情无力挽回，只能听天由命。

第二天老扁醒来，圆堡外鸟语花香，又是个好天。凭窗而立，他又推翻了昨晚临睡前要一走了之的想法。他仍决定留下来，连他自己也不清楚为什么，他就是想留下来。出了门，就听小雨说今天是太太的生日。太太和小雨的生日竟只差一天，真是个不可思议的好消息，圆堡又要热闹一天了。这多么像这群人的阴谋，他静观其变。午饭前，老扁竭尽所能弹了几首太太爱听的曲子。太太坐在钢琴旁目光炯炯，看样子像是什么都没发生过。老扁很想从中分辨出蛛丝马迹，后来一无所获，太太和平常比没丝毫改变。要说稍微有些不一样的话，那就是她望着他的眼神，更多了一丝怜爱之情。

午餐时，小雨端上来一锅肉，每个人都吃得分外尽兴，尤其是太太，像是很久没这么大块吃肉了。她胃口不错，而且话也不少，说起音乐来，没完没了。没人问这究竟是什么肉，大家都在埋头苦吃。只有小雨没吃，她说她吃素，看着大家吃，其他人还嘲笑她吃素，老扁也参与了嘲笑，说人类进化了几百万年终于爬到食物链的顶端，竟然不吃肉，委屈了祖先这几百万年的奋斗。说到这里，哄堂大笑。

莫先生一直未现身，老扁向小雨打听。小雨说她身体不舒服。她也许身体果真不舒服，毕竟昨天晚上太太的逃跑对她来说是个不小的打击。老扁一边这么想，一边还若有期待，想让圆堡再闹点乱子。这里太平静了，每个人都对人笑，把"爱你"常挂在嘴边上。小雨蹦蹦跳跳的，她像是从一开始就是蹦蹦跳跳的。老扁问她，你为什么这么开心。他是冷不丁地和她说了这么一句。小雨说，有什么让人不开心的吗。他倒是被问倒了。老扁也没什么不开心的。这里的每一个人都喜欢他，或者装作喜欢他。他成了一个大受欢迎的人，想想就不可思议。他这么想的时候，司机正远远对着他笑。这些人到底想从他身上得到些什么呢，他又有什么呢。司机走过来，摇摇摆摆，像一只海鸟。他憨态可掬的模样，让老扁想笑。司机又一次约他去游泳。老扁没细想就答应了。他想跳进海里，给自己醒醒脑。

在去悬崖的路上，老扁谈起了太太和莫先生的关系。司机笑而不语，不过在老扁的坚持之下，他还是透露了一些重要的历史信息，比如她们俩爱过同一个男人（在老扁看来，

这个男人也许就是诗人嘴里的男演员），那个男的选择了太太
（唤醒了莫先生的嫉妒，这可能是抱走那个孩子的真实动机），
过了很多年，她们又相逢了，一起行医等等（嫉妒因为爱而
产生，并不一定因爱而消失），再后来就遇上了小雨，三个人
住进了这座圆形城堡，这是莫先生的主意（小雨的出现，让
太太和莫先生之间的关系更加扑朔迷离，甚至是难解难分），
阿良又来了，一来就喊太太"妈妈"（阿良有可能是莫先生的
亲儿子）。老扁在悬崖之上发现了阿良，他坐在一块石头上，
背对着他们。司机也看到了。他们正在谈论他，就看到了他。
司机说阿良找过他，想学开车，又不想让其他人知道。司机
的意思是阿良也想过逃跑。

　　司机说起莫先生小时候，竟突然哽咽。在老扁看来，他
们的童年经历似乎有相通之处。莫先生在童年里看到了妈妈
作为一个婊子的全部，这让莫先生恨男人，更恨女人。想到
这里，老扁回望圆堡，似乎在某个窗口看见了莫先生，用兀
鹫似的眼睛看着他。他感到毛骨悚然。

　　司机在下水前，又说了个事情把老扁吓坏了。在此之前，
老扁一直沉浸在对她们三个女人神秘关系的想象中。司机说
中午吃了狗肉，需要发泄发泄。昨晚他把二黑给宰了。一群
海鸟鸣叫翻跹，老扁木在海边，被海风一吹颤抖不已。一声
声鸟叫让他再次感到惊悚，他也有个新发现，鸟叫声也许从
来都是让人惊悚的。老扁问这是谁的主意，司机慢悠悠地说，
当然是太太的主意，要不是太太发话，谁敢杀她的狗，说完
就跳进了海里。老扁想起昨晚大切诺基里的太太了，坐在后

排上颤颤巍巍地讲起二黑，说她不舍得走就是因为二黑。想到这里，他差点呕吐出来。

他不能待下去了，有了这个想法，他并没表露出来，而是将自己脱个精光，跳进海里。早就在海里撒欢的司机嘲笑他，说他裤裆里的东西怎么那么小，真是耳听为虚眼见为实。他在司机眼里一下子渺小下去。老扁不以为意，深深憋了一口气，一头扎进了隧道里。隧道只有五米，对他来说却像一辈子那么长。时间像是突然停下来，他卡住了。卡住的是老扁，他不由一阵窃喜。

10

像是有一个世纪那么漫长，老扁才穿过那个海底小隧道。他还因此吞了几口海水。他一脑袋钻出海平面，就看到小雨在岸上喊他。她高举着他的衣服喊他。他又一次被戏弄了，不得不光着屁股回圆堡。他实在难以再见人，很想一气之下一走了之。可这样走又太没面子。他想起自己蜷缩着身子双手捂住下体的狼狈模样，就气不打一处来。他想，老扁总不至于此，他有的是办法，从来都这样。他是老扁的影子，有了老扁他才知道该怎么办。他这一辈子都会活在老扁的阴影之下。想到这里，他不想再当老扁了。他有一股想把小雨压在身下的强烈冲动。不过这和老扁一点关系也没有，他就是他。他想让她知道他的厉害，想让他们知道他的厉害。他不是那个人人想捉弄的老扁的影子。他猛然想起，老扁最后看他一眼的模样，很像是在说有他好看。老扁让他来是为了捉弄他。那一眼早就算准了他会光着屁股跑在路上。

终于有了机会，小雨被他逼到了一处角落。他像只熊似的覆盖住了小雨。老扁不会这样，他才这样。他们近在咫尺，像是随时会咬彼此一口。小雨的镇定自若伤害了他，他上去咬住她的嘴唇，并把他的舌头伸了进去。听小雨说过，她从不和人接吻。这下果真激怒了小雨，反过来咬了他一口，这一口咬出血来了。他嗅到一股浓烈的血腥气味。他不顾一切，小雨的嘴唇都被他的血染红了。他因此感到快意，像是在报复老扁。

小雨凑到他耳朵边，咬牙切齿地说，不怕莫先生会杀了你吗？她说得也许有道理。不过他根本无所顾忌了，他的身体正硬硬地指向小雨。小雨又凑到他的另一个耳朵边说，我要是从了你，太太就会杀了你。不是莫先生要杀他，就是太太要杀他，他们这些人都是杀人魔头。不过她说起太太来，他却缩回去了。他想让她说清楚。小雨没什么好说的，只说了一句，你是莫先生带来的人中，我最看不上眼的一个。他不知道她在说什么，不过还是反问一句为什么。他不知道自己在问什么，这句为什么只是个应激反应。他喜欢问为什么，这样他好有个反应时间。事情变化太快，他根本来不及思考。小雨说，忘了自己是谁，才不会被别人代替。老扁说，你在说什么？小雨说，忘了你是老扁吧。老扁一直觉得她有点喜欢他，说，你想让我无可替代吗？小雨说，我不想让你活成孤魂野鬼，说完就从他身边溜掉了。他想，像鬼的究竟是他，还是他们。

他一直没见到莫先生，不过这也没什么不好。圆堡没了莫先生，看上去也没少什么。他想从太太身上下手。等他将目光聚焦在太太身上的时候，他才明白早该如此。他就是来对付这个女人的，绕了一大圈又回来了。他开始喜欢太太摸他的头发，拍他的脑袋。太太话少得可怜，可她那么看着他，也无需多说。他想找到最合适的时机给太太来那么一下，让她知道他是他自己。他不想应了小雨的话，忘了他是老扁，才无可替代。

他还没准备好，太太就来了。当太太的大脑袋在他两腿之间起伏的时候，他还不知道发生了什么。他想知道如果他是老扁，接下来该做什么。他必须反着来。他一把推开了她，太太一个趔趄摔了下去。她蜷缩在地上，盯着他的一双光脚。他说，你这一身脏肉，让我感到恶心。他没想到自己会这么说，只是感觉温文尔雅的老扁不会这么说而已。他还踹了她一脚。她一身的脏肉在地板上抖个不停。她不是在哭，而是在笑。她的脸从假发里脱颖而出，已经笑得扭曲变形了，让他感到惊悚。她想让他继续。他给了她一脚就跑出去了。不过等他站在窗前看着外面的海时，他还是不准备离开。他想在走之前，见一眼莫先生。从莫先生开始就应该以莫先生结束。

到了夜里，太太又来找他了，那眼神像是要吃了他。他知道他已经被她吃了，他成了猎物，从一开始就是，而现在这一刻，他被咬住了喉咙，丝毫动弹不得了。令他自己也感到意外，他并不想挣扎。也许猎物在被咬住的刹那，也有莫名其妙的快感吧。

是小雨推着她来的。她端坐在轮椅上，就这么死死盯着他。她不会放过他。不过这次和上次不一样，她像是有话要说。他们在他的房间里面面相觑。外面似乎有乌鸦在叫。小雨走之前，看了他一眼，这一眼很像老扁最后的那一眼。他因此更加忌恨老扁，像是所有的耻辱都来自于他。那个叫老扁的人从一开始就没把他当回事，他从来就是供他取笑的。如果老扁在身边，他很可能会杀了老扁。想到杀了老扁，才想起自己正面对着含笑不语的太太。这些天，他不知道究竟在他身上发生过什么，他竟然有些不认识自己了。他似乎成了另外一个人，这个人不是他，更不是他认识的老扁。

过了很久，太太才说出一句话来。太太说，我爱你，说完就泣不成声了，她又在说爱他。她一提到爱，就哭个没完。他回应道，你和多少人说过这样的话。她很快从哭腔中转换过来，这样的转换能力令他惊叹。她说，难道你希望我这辈子只说给你一个人听吗。他说，我不知道你是人是鬼。她说，我咬住你的时候，你说我是人是鬼。她的确很有手段，他又想起被她一口吞下去的感觉来了，他从来没有享受过这样的美妙感觉。令他感到失望的是，这种美妙的感觉却来自于一个丑八怪。

老扁说，莫先生呢。他说起莫先生，想让他们之间还有莫先生，也许这时候提起莫先生会让她有所收敛。她说，莫先生跑了，她经常想跑，和我一样，可我跑不了，她却想跑就跑，这个没良心的人，把我一个人丢在这里。他说，你也可以跑，没有了莫先生，你还不是想走就走。她说，她都跑了，我还跑什么，何况我现在爱上了你，离不开你。他说，你知道我是谁吗，你就口口声声说爱我。她说，我有必要知道你是谁吗，我就是想爱你，想感受你在我身体上的跳动，我已经感觉到了，说完贼贼一笑。她贼贼一笑的样子，猥琐不堪，却让他很受用。他现在突然明白有很多美妙的源泉正是不堪的。

他说，我不知道我为什么来，我被人捉弄了。她说，你后悔了。他说，不是后悔，是他为什么捉弄我，我为什么老是让人捉弄，你也在捉弄我。说完他就后悔了，这么说就像是从了她。他在撒娇。她说，别人喜欢你，才会捉弄你，你没发现，大家都很喜欢你吗，要不是喜欢你，你早就被撵走了，很少人能在这里待到第三个晚上，你已经熬到第九个晚上了。他脊背发凉，看来不止他一个人，他问，还有谁。她说，和你没关系，知道了还不如不知道的好。他不接着问了，太太这么说，让他放松下来。也许她说得没错，他挺讨人喜欢的，那些人看他的样子，甚至是他光屁股的样子，都是怀着怜惜之情的。而且这没什么不好，一个讨人喜欢的人，就应该享受被人喜欢的感觉，而不感到一丝丝罪责才好。

他问，那我要熬到什么时候。她说，直到你想走为止，别用熬这个字好吗。他说，我现在就想走了。她说，你在撒谎，你喜欢这里，你一点也不想走。他没话说了，过了好长时间，他们都没有说话。他忍不住了，说，她说的是真的吗。

他指的是莫先生。她说，你不觉得这么问很愚蠢吗。他说，

你既然这么爱我，为什么不让我知道所有真相。她说，你想

知道什么，我的过去吗。他说，我想知道这是为什么，这里

的一切是为了什么。她说，这里美好吗。他说，有时候美好。

她说，那就够了，没人能知道所有的真相，连我也不知道，

这里就没有真相。老扁说，这里只有爱和自由。连他自己也

为说出爱和自由感到害臊，不过圆堡却是为爱和自由而建立

的。她说，你说得对。说完她指了指窗外的海，说，你看，

那一片海，看看海，会不会让你觉得一切没什么大不了呢。

他说，这片海让我害怕。她说，有我，你怕什么。他说，有

你，我才害怕，你为什么杀了那条狗。她说，为了你。他说，

为了我，你发什么神经。她说，我下决心要和你在一起了，

只有杀了它，才能证明我的决心。他说，你这个疯子。她笑

了，笑得很像个孩子。她说，我在撒谎，你听不出来吗。她

接着说，每当我想逃的时候，我会损失一件心爱之物，这是

对我的惩罚。他说，没人要惩罚你。她说，自己不惩罚自己，

别人就来惩罚了，与其让别人来惩罚我，还不如我惩罚我。

说完猫哭耗子假慈悲了一番，又泪水涟涟了。老扁说，你那

一回坠落悬崖，是莫先生下的手。太太竟笑了，她是说笑就

笑说哭就哭，老扁没见过这样的人。她说，本来是我想推她

下去的，她一闪身，坠落悬崖的那个人就是我了，我以为我

要死了，我没死，有时候想想，还不如死了好。老扁惊诧，

说，没人比你活得更好，天天无忧无虑。她说，没人爱我，

没人会真的爱我。老扁说，爱没那么重要。她说，没有爱，

人就不要活着了。老扁又想起小雨的那番话来。他豁然明白小雨为什么会说出那番话了。

她有些累了，站起身，说回去休息了。她说，我会想你的。说完就走了。她的梨形身子摇晃着出去了，像是一尾胖头鱼。他差点笑出声来。他在他身后喊，我不是老扁，我不是老扁。没人回应。

他去圆堡上上下下转了一圈，想看看莫先生回来了没有。没碰到莫先生，却遇上阿良了。阿良没打算和他说话，被他扯住了。阿良说，你想要干什么。他说，莫先生呢。阿良说，我怎么会知道。他想说为什么，可不知道怎么说。阿良临走时，说，别忘了你只是个演员。他拉住阿良，非让他说演员是怎么回事。阿良说，你是来演老扁的，我是演儿子的，这有什么不好懂的。老扁说，我不是演员，我没有演。阿良笑，又是那种嘲笑。他总是面对这样的嘲笑，他不知道自己究竟是怎么了，这些人都在取笑他。不过他竟不可思议地接受了，也对着阿良笑，就像在说，一切没什么大不了。他喜欢上这里了，他想住下去，永远住下去，像小雨那样。一想到这个，太太一口吞掉他的强烈感觉直冲上来，让他不能自已。他迷上了那种感觉，有点等不及了。因此他向楼上望了望，不过除了空空荡荡的走廊，什么也没看到。

那天晚上，他就见到了莫先生。更重要的是，他还看到了另外一个人。他们是从地下室出来的，像是这些天一直被锁在里面。他们出来后，地下室又上了锁。那个人和莫先生形影不离，他从没见过这个人。莫先生为了他，把所有人都

喊到了大厅里。大厅里灯火辉煌，像他平日里给大家弹琴的
时候。

　　老扁一直感觉这个人有点像谁。像老扁吗，他撇嘴的样
子倒是有点像。老扁站在太太身后，一只手搭在她的肩膀上，
还在想该怎么形容眼前这个正在画画的男人呢。他回头和他
对视了一眼。老扁或者作为老扁的他突然紧张得发抖。他看
向莫先生，莫先生没把他放在心上，还在专注地看那个人画
画。莫先生喊来了一个画画的人，这人正在画他们，他和太
太。这人正在凝神看他，想把他的脸描摹下来。

　　他发现自己不是老扁了，他是那个诗人了。诗人也许也
是莫先生带来的。每一个人的到来都会让圆堡热闹两天，仅
此而已。他的手用力按了按，太太以为他想和她说点什么，
他什么也没说，只是和她相视一笑。他猜太太很快会爱上这
个画画的人。

　　莫先生一直看着那人作画，猛地抬头看了他们一眼。他
像是知道接下来会发生什么，又低下头看那人作画了。

海那边儿

一

　　面对这扇不易察觉的铁门，我犹豫了一下，还是推开了。五年零三个月的牢狱生活让我对什么都不放心，任何一个差池都有可能彻底改变我。我一直在想这扇铁门的不同寻常之处，它藏匿在高墙之中如此不显眼，看上去锈迹斑驳，让人误以为从来没被打开过。也许这正是李彩凤突发奇想为我一个人洞开的。随着吱嘎一声响，门开了，我走了进去，和三个月前从监狱的高墙内走出来一样，感觉像是又一次迎来了新生。扑面而来的阳光把我的影子毫不犹豫地拍在墙上。

　　眼前恍若隔世，一条暗灰色的人工河向远方延伸。死水微澜，泛着粼粼的白光，仿佛有什么东西就在这一刻被轻易确定下来。光在河水上摇摆，这一切明亮晃眼，我却想起那个被判无期徒刑的狱友来，他对我说，好好活着。我反复念叨这句话，想他说这句话时的忧伤表情。他嫉妒得想杀了我。我这么快就刑满释放了。他送我的时候远远对我戳中指。

河水在我脚下停住了，或者说从这里开始。我正站在一条河的尽头，举目眺望这条河。没错，那条船就是我想去的地方。我想大声喊，李彩凤。她正背对着我，瘫坐在空船的船头，白的船，黑的水，她和她水中的影子融为一体，在那之外是高低起伏的土丘，更远处是个大塔吊，正将一大篮混凝土摆渡到未完工的楼房上。她也许已经陷入到她的心事中去了，或者故作姿态，只是要我看到她沉默的背影。我还不想这么快打扰她的沉思，或许她也是这么想的。我在想我们多久没见面了，对我们来说这就是个谜。她一直在，又一直不在。即使她决定和我老死不相往来的那一次，我也感觉她不久就会来找我，像什么都没发生似的出现在我面前。不过在我走向她的时候，她又会一阵风似的飘走。

她说上船吧。说话时仍背对着我，让我错以为还有另外一个人。我上了船，和她在一起，最好是听她的。我从她身体的一侧走过去，坐在她对面。没想到我们会以这样的方式重逢，我感觉这更像是个圈套。我刚想说话，她就做了闭嘴的手势。其实我应该说一声谢谢，从监狱出来后，人人都躲着我走，只有李彩凤给我打过电话，还给我找了份工作。她不是那种乐善好施不求回报的人，这个我知道，她脑子里全是她自己。她看我的样子就像从来不认识我，她正在酝酿着什么。我们也许从没真正认识过，她也不像曾经那个李彩凤了。她不经意间流露出的那股子漫不经心才让我有几分确定，眼前的人正是她。

那条人工河在不远处转了个弯儿。我不知道它会把我们带向哪里。船桨隐没在灰黑的河水里，河面上有白气氤氲，散发着一股甜腻的气息。李彩凤划船的动作异常熟练，看来这条水路，她是来去惯了。她并不看我，目光越过我，专注于我头顶上方的虚空。我不知道她在看什么。她脸色苍白，似乎心事重重，像是正在经历着无法言说的苦痛。我一直在努力回想她过去的样子，用来分辨她究竟哪里变了。她变老了，那种老并不是时间在人身上留下的烙印，而是她有意为之，她似乎很得意自己这副样子。那张脸好似一张旧抹布，一根麻花辫松垂下来，落在胸前。她不像是会束这种发型的人，这让她怪模怪样，不过却有一种别样的美。她从前总是花枝招展的，即使她过得不好，也不想让人轻易看穿。她究竟为何要把自己变得老气横秋呢。她每次找我都是她麻烦不断的时候，我想她又遇上了特别棘手的难题。

　　我们在船上对坐，就像多年前在床上对坐。她停下来，用食指拨了一下刘海，我蓦地想起李彩凤炒菜时的样子来了。二十年前，她就在我们那个高中的食堂里炒菜，她是个女厨师，那时她还不到十八岁，就出来挣钱养家。锅底下窜出的小火苗把她的小脸炙烤得像个红富士苹果。她有时会用食指拨一下遮住眼睛的刘海，我喊她凤姐，我就是那时候迷上她的。她比我大，她听到我喊，就会抬起头来冲我挤眼睛。二十年过去了，我还想看一看她那样挤眼睛。她有时还会偷偷跑到教学楼上，在教室的后窗上张望，我知道她很想和我们这些高中生一样。她很早就辍学了，她究竟经历过怎样的家庭变故，我们都不敢问她，她这人说翻脸就翻脸。她看过不

少书，还因此嘲笑我们的书白念了，不过我们都知道她是怕
被瞧不起才这样的。后来她离开了那个食堂，不告而别，没
人知道她去了哪里，有人说她嫁了人，也有人说她当了别人
的小三，我没问过，那是她不想说的一段日子，她不想说的
还有很多。这可能也是她常会想起我的原因，我在她眼里自
始至终是个知趣的人，不该问的从来不过问一句。

　　我的左手边是垃圾处理厂的外墙，右手边是一大片高高
跃起的土丘陵。丘陵荒草丛生，随风高低起伏，像是有什么
怪东西一直藏在暗处。这里曾经是个老村子，人丁稀少，后
来就被征地建了垃圾处理厂。李彩凤给我打电话说她就是这
家工厂的厂长时，惊讶之余又让我感觉庆幸。她说她说了算，
我就听从了她的安排，进了工厂成了工人。和垃圾打交道就
是在和人打交道，在处理那些垃圾的时候，你就像在审判那
些人。你知道他们干了什么，这个世界的一切不会凭空消失。
我在那里干了一个多月，却从没见过厂长李彩凤，她像是一
直躲着我。直到某天深夜接到她的电话，说让我去找她。我
去了，不过并没有见到她。那天夜里她在墙里我在墙外，我
们就隔着垃圾处理厂的外墙说悄悄话。她说老是能梦到一群
羊在追她。我还嘲笑她羊有什么可怕的，羊多可爱呀，像白
云一样白。她问我究竟有没有仔细观察过羊的眼神。我没有，
我从没想过羊如何看人。她说，就像诅咒，它们在诅咒你。
我倒是被她吓了一跳，不过很快又清醒了，问她让我在午夜
时分去找她只是为了说羊的眼神吗。她说想说的话有很多，
只是突然不想说了。她这人总是难以预料。

　　我不住地向右看，就像时间在这些荒草上滑过。李彩凤像变戏法似的在我记忆里流转，从她炒菜时的神秘一笑到最后一次见她时的冷漠一瞥。上次见她大约是在十年前，我们一起去唱歌。她很喜欢唱歌，我陪她进过无数次的KTV，最后一次也是如此。那一次似乎仍是久别重逢，我们一起唱了不少首歌，后来就搂抱在一起。那种地方很容易让人得意忘形。在我唱得忘情的时候，她打断了我，让我去外面接听电话，她说她的电话一直在响。我望着李彩凤发呆，她也回望我，四目相对，这是她在不容分说，让我别乱问。我总是能想起她那样盯着我，她的眼神就是某种可以溶解我的化学物质。我说，谁的电话。她说，是一个老男人打来的。我问这个老男人是谁。她不告诉我，当然不告诉我也就告诉了我。她说，废话少说，只说你就是你这个人就好了。她让我接电话就是为了让那个老男人确定是我。我竟然是她情史中最让她毫无顾忌去说的那个男人，这让我惊讶不已，拿手机的手都有些颤抖。我对着手机的听筒说我是谁谁谁。他说，我知道你。对方嗓音沧桑，听上去像是历经世事，可是我又觉得他特别可笑。他问，你怎么证明是你。我说我自己在哪所高中毕业，和李彩凤是怎么认识的，后来如何变成好朋友的，说到李彩凤在食堂炒菜时，那个人及时打住了我，要不然我会和盘托出的。其实我在叙述的过程中突然有了强烈的欲望。我也不知道我正在干什么，可我就是想说。他说，别说了。我才停下来，并意识到我正坐在包厢旁边的厕所马桶上。他懒洋洋地说了最后几句话，不过似乎用尽了他全身的力气。

他拼尽全力就是为了懒洋洋地说，要是你敢碰李彩凤，我会做掉你，让你生不如死。他就是这么说的，我一点也不害怕，反而激起我想碰一碰李彩凤的一股冲动来。等我们再次四目相对时，我又确定这辈子不会再碰她了。我无法形容她的眼神，但我知道我在她眼里已经一文不值了。我的感觉没有错，从此她就杳无踪迹了。不过我听说她去了台湾省，住在一个叫高雄的地方，她在那里嫁了人，成了个真正的台湾人。她如愿以偿了，我知道她一直想出去，总是想去更大的地方闯荡。她去过好多地方，这是我从她在网上发表的"说说"上看到的。对于她突然又回到我们这个小地方来，我还是不理解，更不可思议的是，还干上了出力不讨好的垃圾处理工作，这一点也不像她。不过就在这艘小船转过弯来驶向未知世界的时候，我竟想和她聊聊那些过去。她先开口说话了。

她说，以后你就叫马牛了。

我说，你在和我说话吗。

她说，还有别人吗。她是个天生的好演员，我想起头些天她给我打过的那些电话了。她声音迷人，是这些声音陪我度过了这段难熬的日子。她说过的每一句话都让我觉得世界并没那么糟糕。

我说，为什么。我在问我为什么会叫马牛，马牛又是何许人也。

她说，我还想问你为什么呢，让你来，为什么不来。她已经和我说过一次了，我没有推开那扇铁门，就回去了。那扇铁门总让我想到监狱。

我说，我怕这是个陷阱。

她说，没错，这就是个陷阱，你现在还可以后悔，如果你后悔了，我现在就送你回去，送你到垃圾堆里，我觉得那里才真正适合你。我已经在她所在垃圾处理厂上过一阵子班了，只是从未见过李彩凤。

我说，那就放我回去吧。

她说，你他妈的还真想回去。她又让我想起过去的某个瞬间来了。

我说，你让我叫什么。

她说，马牛，猪牛马羊的马，猪牛马羊的牛。

我说，李彩凤，你为什么这么喜欢捉弄我。

她说，不要喊我李彩凤。

我说，李悠悠，你为什么这么喜欢捉弄我。她后来叫李悠悠了，也就是说，是那个叫李悠悠的人嫁到了台湾，而不是李彩凤。这个名字像是她人生的另一个注脚，她注定了要悠来荡去，不得安宁。

她说，我他妈的叫大雁儿，喊我大雁儿，这个世界上再也没有李彩凤这个人了，更不会有李悠悠。

我才不管她叫什么。我说，大雁儿，你为什么这么喜欢捉弄我。当我叫她大雁儿的时候，突然感觉很悲伤，有一种想流泪的感觉。也许大雁儿正在陷阱里，她需要我帮帮她。我害怕她说出不该说的话来，就接着说，你是不是觉得我活得还不够悲惨。

她似乎有了笑意，说，为了找到你，我几乎让全城的人都知道我在找你，找到你以后，我就发现自己错了，你再也不是原来的你了，你看看你都活成什么德性了，像一条落水狗，丧家之犬，你还是那个拿着刀子对着一群人的好汉吗。

我曾经为她打过架，为她打过架的人还有不少，这也是她引以为豪的。她身上的不确定性，让她始终处于被保护的境遇。她越说越激动，我也被她说动了。她总是几句话就会让我哑口无言。我说，是，我还是。我想大声喊出来，我还是一条好汉。想起监狱来，我又力不从心了，接着叹了口气。没人知道我在那里受过什么罪，那里真不是人该待的地方，我想活得像个人。我泄了气，像个气球一样瞬间就瘪了。

李彩凤看出了我的颓相，说，瞧你这副尿样。

她激怒了我。我一撸袖子，让她看看我胳膊上的伤疤，一道道像蚯蚓似的乱爬。她看了一眼就看向别处了。她说，你根本不知道我突然想起你来的那天晚上有多激动，我拼命想找到你，我想让你站在我身后，那时我感觉你是这个世界上唯一能让我相信的人。

我说，我让你失望了。

她说，一切全都变了，再也回不去了。

我说，你究竟要我做什么。

她说，做一个叫马牛的人，去报仇雪恨。

我说，马牛究竟是谁。

她说了声小心，我们的小船就滑进了一个桥洞里。我背对着行进的方向，因此没有注意到前方还有一座小桥。我不需要低头，桥洞的上壁距我头顶还有一尺，我不知道她为什么会让我小心。这句小心打动了我，感觉她不会害我。我想陪她一起玩下去，也许还可以帮助她干成她想干的。

二

船靠了岸，我们进入了李彩凤说过的那个墙里面的世界。她说那扇铁门不是谁说进就进的。她指着眼前的一切，说，你看。我从没想过在这喧嚣的城市森林中还有这么一块世外桃源，可这一切并没让我感觉美好，反而多了一丝忧虑，我知道这一片安详背后定藏着什么见不得人的隐秘。

河边有垂柳，柳条依依，在风里摆动。再往前走是一条小土路，我还看到一株大槐树，我跑到树下，向上仰望，感觉天空在旋转，让我想起小时候。继续向前走，就是个小院落了，这大约是整个村子的中心所在，或者说这一切正在围绕着它，所有的存在都是为了它。远远望着，我们可以看见一排土坯小屋，深灰色的房顶，似有炊烟袅袅。三面围墙，土制的，棕黄色，我上去摸了摸，又回头看李彩凤。她冲我笑了，第一次对着我笑。她似乎对这一切很满意。她像是在说，没错，这里一切都是我的。

我们在一扇柴门前停住了。柴门歪斜着，将倒欲倒，我又一次想起那道铁门。铁门和这柴门遥相呼应，他们这些人究竟想干什么，垃圾处理厂的后院竟是这样的光景，让人感到费解。李彩凤有些犹豫不决，不知道是进去好还是不进去好。我们没进去，可我还是向里望了一眼，看到了一株歪脖子石榴树。沿着土墙，一直向下走，走着走着就发现了一处古井。我小时候见过这样的井，现在几乎绝迹了，也许在某些景区还能看到。这是一口可以汲水的井，李彩凤突然上前，给井上的轱辘来了一脚。她像是恨死这口井了。我很想上去摇一摇，看是否真能打出一桶新鲜的井水来。正当我下手要去摇那井轱辘时，李彩凤又来了一脚。她说，这不是你该干的。我怔怔望着她，想让她告诉我接下来该干点什么。她白了我一眼，并不打算这么快告诉我。

一声驴叫刺破了村子的宁静，我感到错愕不已，李彩凤却问我，马牛，听到羊叫了吗。也许是驴叫声让她想起了羊叫，或者在她心里总有一群不放过她的羊。更不可思议的是，她真把我错当成马牛了。我不知道马牛是干什么的，可我似乎预感到马牛和这头驴或者那群莫须有的羊有着不明所以的联系。我说，我只听到了驴叫。她说，马牛，你仔细听。她又在喊我马牛。

我走向了那头驴。那头驴正在拉磨，被蒙着头，一圈圈转下去。驴嘴前有一大撮永远也够不着的草，这是它永远的动力，为了一口近在眼前却咫尺天涯的吃食。我想到自己，也许正像这头驴一样，被人蒙上了双眼，一圈圈瞎转。我走上前去。李彩凤远远看着我，想看看我究竟想干什么，她对我的放任，让我感觉一切尽在她掌握。驴尾巴来回甩着，像是很高兴，我也高兴起来，我开始有点喜欢这个地方了。尽管我对它还一无所知。就在我刚想回头和李彩凤说说这头驴的时候，我发现这家伙正拉着一个空磨。磨盘滚动着，可里面一无所有。我指着空空如也的磨盘大叫。李彩凤疯跑过来，让我别喊。院子里随之响起此起彼伏的羊叫声，一声声像小孩儿在哭。李彩凤看了我一眼，像是和我说，她不会骗我的，这里的确藏着一群羊，又像是在解释更远的过去，曾经骗过我也是迫不得已。

这时从磨坊里走出来一个驼背老人，身后插着一根鞭子。鞭子高高在上，抖动着。他看了我一眼，又扭头走了，像是发现是我就放心了。我喊他一声，又喊了一声，他仍旧我行我素，片刻后消失在磨坊里。他是守护这头驴的。他全部的意义就在于这头驴。我望着那扇扭曲的磨坊门，想我作为马牛又是干什么的。李彩凤说，他是个聋子，这个地方只有聋子能活得下去。这句话让我脊背发毛，我充满疑惑，面对着她。她不说话，像是在说以后有我好瞧的，慢慢来吧。她扭头走了，向那口井里吐了口痰。

我走在李彩凤身后，像一头被蒙上双眼的驴，乖乖俯首就擒了。她带我转了这么一圈，究竟为了什么，我一直没搞明白。这个地方正是一个完整的圆圈，可以永远一圈圈转下去，怪的是，你不觉得正在转圈，每一圈似乎都是新鲜的，并有所发现。后来她在一间棚屋前停下了，我站在她身后，她比我想象中要矮小一点。

棚屋方方正正，上面铺着长条形木板，拍上几抹泥巴，像个岗哨似的矗立在小河边。李彩凤命令我，马牛，请把那套衣服换上。马牛在她一次次喊叫中，竟有了别样的意味。马牛于我而言更像一个老朋友了。

　　棚屋正中央的一张空床上放着一套国民党军服。屋内空空荡荡，只有这么一张空床，而空床的上面也只有这套军服。这么大一间棚屋，就是为了安放这套军服。军服被摆放得别提多整齐了，而军服似乎就应该如此整齐。李彩凤说，穿上吧，说完就出去了。军帽高高上扬，整套军服被摆放得像一条听话的狗，正呆呆地望着我，等我发号施令。李彩凤在外面喊，别他妈的磨磨蹭蹭。

　　我换上了那套军服，原来的垃圾厂厂服被我随手扔在了那张空床上。她说让我把那套旧衣服扔到河里，我感到可惜，不过还是听了她的话，我想我的工人生涯大概要结束了。出了棚屋就走向了码头，等我站定了，风吹着我的衣服呼啦啦响，想也没想就把那身厂服扔了出去，这让我如释重负。我回头看李彩凤，想要问这下她满意了吧。我穿上军服，估计就是她说的那个马牛了。李彩凤站在我身后，让我面向她。她喊，向后转。我向后转。她说，立正。我已经立正了。她让我稍息，我就一条腿随便向前伸了伸，稍息了。我成了一个怪模怪样的大兵，比成为一个垃圾厂工人更加可笑。她说，向后转。我又继续向后转。我面向那条河，河水黏腻腥臭，灰黑的水一动不动，更远处的城市变得幻影重重。她说，齐步走。我只好向前走，没有几步就到河边了。我停下了，她说，别停。我刚想说点什么，就挨了一击。我掉进河里的一刹那仍在想，是不是李彩凤给了我一脚。我在河里挣扎，看李彩凤在笑我，我才知道定是李彩凤无疑。我骂她是个混蛋。

　　我很快游上了岸。她不让我上岸，说让我游到对岸去。

水有点冰凉，我说，我不玩了。她说，由不得你。我突然想哭，甚至有想溺死自己的冲动。这让我又一次想到了监狱生活。刚走进监狱的那道铁门时，我就有被人一脚踢到冰水里的感觉。我一猛子扎了进去，能扎多久扎多久。一个会游泳的人想要溺死自己并没那么容易。我在水里扑腾开了，并乖乖向河对岸游了过去。

我上了岸，想一走了之。可我一上岸，又想再一次跳到水里，并对自己古怪的想法感到诧异。也许是很久没下水的缘故，或者是想看着李彩凤对着我笑。她总是会把我扔在岔路口，让我选。我在想，要是她嫁给了我，她不可能嫁给我，我的意思是万一，万一嫁给我，那究竟是一种什么生活。纵容这样的想象，对我是一种抚慰。

她总是能抓住我的什么把柄，又让我没得选。李彩凤在河对岸大喊，让我去找一个黄色手提包。手提包挂在一株小树的枝头，一抬眼就能发现。这个枝头的存在似乎就是用来挂包的。我取了包，继续听李彩凤的驱使。她让我游过去，我又跳下了水。这次跳水和上次迥然不同，竟然游得自得其乐，并愿意再游个来回。李彩凤让我戴上那顶军帽，军帽在水里漂着，像条死狗。我戴好帽子，爬上岸，一身水淋淋的，冷得我牙齿直打战。李彩凤说，快跑，跑着喊，我是厦门人，我回来了。她说，快点。我没听清，她又说了一遍。我才弄明白，她让我喊"我是厦门人，我回来了"。她就是让我干这个的。让我在水里游一圈，举着手提包，一边跑一边大喊。马牛就是来干这个的。

　　我是个奔跑着喊"我是厦门人，我回来了"的马牛，这一点也不难，也没什么好怕的。我变得轻飘飘的，越跑越轻，轻得似乎可以飞起来。我已经是马牛了，这让我不吐不快，我大喊着，一圈圈围着李彩凤旋转，像是围着一个空空如也的磨盘。

　　李彩凤没见过我这般疯了的样子，她连连说，够了，够了。我还是没喊够，仍旧喊着，我是厦门人，我回来了。我喊这些话，并不知道我在喊什么。我冲李彩凤怒吼，她从包里竟然掏出一把黑色玩具枪来，指着我，让我闭嘴。我被这只黑枪吓坏了，这让我想起曾经拿枪对着我的警察，他们也像李彩凤一样面无表情。我总是对她的突如其来没有什么准备。枪口对着我，我鸦雀无声了。我慌忙蹲下，抱着头，这把枪又让我回到曾经的监狱岁月，那段日子我老觉得身后有一把枪正对着我。李彩凤说，瞧你这副尿样，马牛从不这样。她在说马牛才是条真正的汉子。我已经是马牛了，马牛正在激励我，给我勇气。我才不管他究竟是谁。我站起来，盯着那把黑枪，像是一把真枪，闪着冷冰冰的光。她用枪指着我，让我向前走。

　　我们都没有说话，我能听到她在我身后浓重的呼吸声。她似乎比我还紧张。她的紧张让我放松下来，她也和我一样没准备好。这让我想起我们有过那么一次，唯一的一次，她在我身下急促地喘着，她并不是我想象中的样子。也就是说在我们鱼水之欢之前，我已经无数次想象过她是那种特别会叫的人，她又一次出乎我的意料，除了呼吸急促她几乎面无表情，这让我感觉她极不情愿，那一刻我才知道她不可能爱我。她能和我好只是对我的投桃报李。我一直对她无怨无悔地好，她才会这样。有一度我以为她不可能爱上任何人，在她的世界里，人也许只分两种，一种是恩人，另一种就是仇人。

她的紧张不安让我想起多年前的那一次，我也因此兴奋得难以自已。

拿枪的女人是最迷人的，况且她还冷冰冰地拿枪对着我。正在我想入非非的时候，黑暗一瞬间笼罩了我，我可能被什么黑布袋套住了脑袋，像头驴似的被蒙上了双眼。我想动手摘下来，被李彩凤喝止住了，说让我乖乖跟她走。我说，你们究竟想干什么。我说了"你们"，我知道还会有人在等着我，就是她在桥洞里曾说过的那个牧羊人，既是马牛的仇人又是大雁儿的仇人。大雁儿和马牛因此同仇敌忾，是一条船上的人。大雁儿正带着马牛去复仇。这样一想，我已经迫不及待想要见到那个牧羊人了。这一切似乎都和那群羊有关。

这时，李彩凤抓住了我的手。我知道那是她的手，连我也意想不到，我对她的手仍旧存有记忆。她的手像男人的手，干巴而粗糙，要不是她一把抓住我，我已经忘了她有过一双这样的手，就是这样的手端过炒菜的锅。我曾和她扳过手腕，她那只右臂因长期颠勺而变得粗壮有力。她这辈子都逃不过这条结实的胳膊了，即使她现在有多贵气逼人。

我差点被突然的光亮蛰瞎双眼。李彩凤一折身坐到了我对面。我们之间横着一张条桌。条桌之上是那个旧得发黄的提包，提包敞着口。李彩凤托着腮，那把枪放在她的手边，随时可以拿起来对准我。她说，好玩吗。我说，好玩。我整了整军帽，想让我在她眼里更加神采奕奕，更像她眼里的马牛。她说，玩多了就不好玩了。我说，我会这么一直玩下去吗。她说，这要问你。我重复道，这要问你。她笑了，这样我才又一次看清她，她笑的时候最像我认识的那个李彩凤。她说，从今以后你就是马牛，而且是一九六八年的马牛。接着她说起了马牛，说到一九六八年的秋天，那年秋天被她说得秋风肃杀，似是世界末日，李彩凤有时候竟像个诗人。那年深秋的某一天，一个叫马牛的国民党军官抱着一个大轮胎下了海，决定横渡台湾海峡。经过一夜的漂泊，他落汤鸡似的上了岸，他以为到了厦门，茫然四顾，只有多年未归的思乡人才能理解突然站在故土之上的复杂心情。令人意外的是，海上突然东风转西风，一个大浪将他卷回了金门岛。他是站在金门岛之上，想象自己已经回到了阔别二十年的厦门，他开始在沙滩上疯跑。李彩凤开了句玩笑说，马牛不是诸葛亮借不来东风。他上岸后，边跑边喊，我是厦门人，我回来了。显而易见，马牛没有好下场，他被自己的战友抓了回去，成了他们的阶下囚。他从一个战斗英雄沦为一个囚犯，我一直在想象他看到战友举着枪对准他时，他究竟有多绝望。他是个逃兵，后来就作为逃兵被枪决了。我一想到他被枪决了，心头随之一紧，看了看放在李彩凤手边的手枪。那把手枪也许是为我准备的，不是为几十年前的马牛。

李彩凤说到马牛死前一直背在身上的皮包，死也不放手的皮包。她说马牛睡觉的时候也是包不离身，他活着的全部意义就是它。我看着桌子上那只泛黄的怪东西，开始真正思考马牛这个人。皮包在不停地渗水，水漫了一桌子。我指着那个皮包，说，这是真的吗。我想说这真的是马牛一九六八年时背在身上的那只皮包吗。李彩凤说一模一样。她不可能知道几十年前的事，她也是听那个牧羊人说的，据他回忆皮包就是这副旧得泛黄的样子。看来那个牧羊人是个亲历者。她说这么多，只为了说两个包如何相像，她费了九牛二虎之力才找到这么一个。这只皮包在李彩凤的不断叙述中越发阴森可怖了。

　　她打开皮包，从包里掏出一提溜更怪的东西出来，开始讲述关于马牛的故事。李彩凤说，这是草药。她一说，一股怪味就直冲了过来，不过我喜欢草药的味道，这种味道会让我想起美好，想到所有的疾病都正在痊愈。她说这是马牛为他生病的母亲买的。马牛就是在回家的路上被国民党抓了壮丁，手上还提着这样一提溜草药，从此再也没回去。

　　此时此刻，我就是那个被抓走的马牛，开始想象李彩凤口中的那一天，那天的厦门街头天寒地冻，冷风肆虐，一个人抱着这样一皮包草药，被一群扛枪的残兵剩勇驱赶着，不知去向何方。我知道，那个李彩凤身后的牧羊人想看这样的马牛，想审判这样的马牛。马牛其实就是牧羊人眼里的迷途羔羊。我作为马牛正落汤鸡似的坐在大雁儿的对面。就在这时一个老人无声无息地走了过来。我想他就是李彩凤嘴上说的牧羊人。他一直躲在我们身后，这让我开始想象他是一个卑鄙的人。

　　他伸出一只哆哆嗦嗦的手，和我握。那只手像是一截枯死的树干，这说明他已经老透了。他说，我叫梁宏志，很高兴认识你。声音洪亮，一口台湾口音。他来自台湾省，我在想李彩凤会不会嫁给了这个人，他那么老，足可以当李彩凤的爷爷，可我知道李彩凤什么都干得出来。梁宏志的手一直向前伸。我有点慌，慌忙站起来，伸手出去，紧紧握住那截树干。我们的手在条桌上摇了摇。他没有随即松开，像是要一直摇下去。我说，我叫马牛。听到马牛两个字，他便随即松开了我的手，缩了回去。我怎么说了我是马牛，说完就后悔了，这让我显得没骨气，或者说更像一个卑鄙的人。他说，你不是马牛，马牛已经死了，是我给了他一枪，脑袋开了花。那截枯死的树干似乎枯木逢春了，做了个开花的动作。一个人的死对他来说这么轻描淡写。我被他正在开花的手惊着了。他说，你吃惊的样子，有点像他。他说我像那个马牛，这让我感觉怪怪的。他和李彩凤的不同之处在于，他像是可以说到做到。他坐了下来。李彩凤站着，站在他旁边，他们一起面对我。他们是来对付我的。

　　他说，以后我天天都会在这里等你。我看了一眼他的脸，他正面对一扇半开的窗。窗是旧的，又像是新的，不仔细看，看不出这种新的旧，或者旧的新。因他正对着这窗，脸上便落满了光。他是个干净的老头，连鼻毛也打扫得很干净。有一对招风耳，会给人一种反应仍旧敏捷的错觉。牙应该是假牙，洁白透亮，这让他不笑的时候也像是在笑。他是那种看上去就睿智慈祥的老人，至少很容易让人这样以为。我总感觉哪里不对劲，大概是眼神。我一直在想那种眼神像哪种动物呢。后来我猛地一惊，是老鼠。

他对我这个人没有丝毫兴趣。他也不问我从哪里来，是个什么人。他关心的只是马牛和马牛的故事。他想让我表演马牛所经历的一切。他真是个疯子，这对他究竟有什么好处，他有什么放不下的，究竟我该怎么样，他才会满意。李彩凤没告诉我，也不会告诉我，她也一直处在紧张不安的情绪中。

梁宏志突然问我，薪资还满意吗。他是台湾口音，说薪资这两个字时，让他更像个台湾人，可我知道他是个台湾老兵，而台湾老兵会有一个毕生放不下的故乡，在那一刻我有一种突然弄懂了他的感觉。这一切也许只是因为他的怀旧情绪在作祟。李彩凤说，他不在乎薪资。我反驳说，我为的就是薪资。这个小插曲迅速引起了他的怀疑。他开始怀疑我们之间有鬼。在我发现他盯着李彩凤的眼神时就意识到了。他是个警惕的人，也许是多年的戎马生涯让他变得疑神疑鬼。我说，我们还没谈薪资，我想我会满意的。他说，没错，你会满意的。

他问我，为什么要逃到大陆。他已经进入角色了。这个世界上竟还有这么一群人，一群宁死也要回家的人。不过刚刚谈过钱，我不想让他失望。我开始胡编乱造，说是因为想念老母亲。他说，你母亲已经死了。我越说越乱，不知道自己在说什么。他说，你为什么不自杀。我说，我为什么要自杀。他说，你不自杀就要被人杀死，自杀不更显得悲壮吗，

你明知道逃不过一死。我后来知道那么多逃跑不成功的人都
会选择自行了断，马牛是第一个活着被审判的人。我说，我
怕死。他笑了。他又让我讲讲怎么去的台湾，我就根据李彩
凤的交代断断续续地说到那些过去，那个冷风肆虐的厦门街
头，我背着一提包草药迎风疾走。也许我说得不够好，或者
情绪拿捏不到位，梁宏志对我不耐烦了，他说他累了，不想
再听下去，连李彩凤也对我表达了失望。她挽着他离开了那
间屋子。

　　我突然对着他们的背影喊，我恨我的母亲，我们已经五
年多没说过一句话了。在我坐牢期间，她从没去看过我，她
对我早就失望透顶。我不想提我的妈妈。也许是马牛身上那
包缠在身上足有二十年之久的草药伤害了我。梁宏志和李彩
凤一起回头看我。梁宏志略显激动，下巴颏颤抖着。他问，
为什么。我不知道该怎么说，我就说，我不知道和她说啥，
我和她没话说。我发现这么一说，我竟很思念我的妈妈，想
到曾经的她，可我实在想不出她的模样来了。

　　他扭头向外走。李彩凤还在看我，没想到我会这么说。
我闻了闻提包里的草药，药味浓烈扑鼻，继续想象马牛这个
人，背着一提包草药，一背就是二十年。我因此站了起来。
站起来似乎才能想得通。

三

　　接下来的几天，我仍旧没能让梁宏志满意。他每次都在

我说到关键处时，说自己累了。我的每一次供述似乎都是在折磨彼此。我想尽早说完，而他连听完的耐心都没有。不知道他究竟想听到什么。有时我会对李彩凤说，放我回去吧。李彩凤说，你真的想回去吗。她这么一问，我就心虚了。也许我根本不想回去，不想这么灰溜溜地回去。更重要的是我还被蒙在鼓里，我想知道更多。马牛越来越让我感觉憋闷，他就像个不怀好意的老朋友。我站在院子正中央，面对着那株歪脖子石榴树，一直思索他这个人。

李彩凤还给我准备了其他衣服，仍旧是马牛的。等我脱下那一身湿漉漉的军装，换上了马牛疾走在厦门街头时的长袍，我突然想起了另外一个人。他是个来自南方的木工，在我家里吃住过一个来月，那时我还很小，对一个突如其来的中年男人充满无限的好奇，我喜欢看着他刨一块木头，或者煮熟一根竹子，接着将它弯曲。这根竹子会在他那双大手里慢慢变成凳子的四条腿。我们相处得不错，在他闲暇之余还给我做过一柄木剑。他很腼腆，会对所有人略抱歉意地笑，像是说他做得还不够好。不过在他离开后的三十多年里我竟一次也没想起过他，这让我难过得想哭。

马牛的这身长袍让我想起了他。那张脸渐渐浮现出来，我想马牛大抵就有这样一副面孔。当我能感知到马牛的那张脸时，我突然感觉马牛不是李彩凤口中的马牛，他是另外一个活生生的人。我身着长袍，怀揣着黄色提包，在院子里转来转去。越过墙头的冷风拂过我，吹得石榴树的叶子哗啦啦响。我环顾四周，想这样的院子和正挑水走过来的大雁儿，这里的一切美好得难以置信。大雁儿笑意盈盈,我也对着她笑,并想把无意间回忆起的那段过往说给她听。她没看我,我才知道她不是笑给我看的,我的笑落寞而难堪。我回头看,看到了颤颤巍巍的梁宏志。她是笑给他看的。那一刻,我嫉妒身后这个老家伙,我转过身面对他,就像那个被判无期徒刑的家伙面对将要刑满释放的我。他下巴微扬,哆哆嗦嗦的,显得如此骄傲。

李彩凤挑着水,颤颤悠悠,一步步逼近。只有会挑水的人才会颤颤悠悠。随着扁担一起一伏,人也跟着摇摇晃晃。这正是梁宏志想要看到的。梁宏志突然问我,她挑水的样子好看吗。我说,好看。他就是为了看李彩凤挑水。也就是说,李彩凤对于他而言,就是来挑水的。更不可思议的是,李彩凤似乎很享受挑水的过程。

李彩凤作为大雁儿每天要挑十几桶水,走过去又走过来。院子里有一只突兀的水缸,缸没多大,却永远也灌不满。她灌满了一缸的水,接着再将其放空,第二天又灌满,周而复始。李彩凤就是这么做的,在我看来,这就是她的每一天。她过的是大雁儿的每一天。她不是垃圾处理厂的厂长,或者说那个厂长只是用来掩盖她作为的大雁儿的身份。我想问个究竟,却一直没找到和她好好谈一谈的机会。

她在太阳落山前就会送我出去,在船上对坐时,我们会偶尔聊几句。她似乎不想说太多,刻意想和我保持距离。她尽量让我们两个人更像大雁儿和马牛。有天我突然问她,你是不是嫁给了他。她说,你管得着吗。这才是真正的李彩凤,我喜欢她说"你管得着吗"时的蛮不讲理。我说，你就是梁宏志的宠物，一只可怜兮兮的猫。我激怒了她，我就是为了激怒她才这么说的。她的脸涨得通红，就像是被炒锅下乱窜的小火苗映红了。她举起划船的桨给了我一下，让我闭嘴。我说，在我和梁宏志说话的时候，总感觉正和一个死人说话。她说，你根本不了解他，你就乱下结论。她这么说，让我感觉她打算和我说下去。我说，你了解他吗。她说，至少比你了解。我说，为什么，你为什么要这样。她说，你会知道的。我说，你还记得我们过去的事吗。她不说话了，我们又陷入了沉默。她也许有话要说，只是不知从何说起，或者说这就像她的家庭变故一样，不能提及，一旦提及就让她没脸见人。她不喜欢我说起那些过去。她想和那些过去一刀两断，可我就是从她的过去走过来的人。这样一想，我感觉自己不仅仅是为了假装马牛让那个老头满意。李彩凤肯定另有他图，看她闪烁的眼神就能猜得出来。也可以这么说，要不是另有他图，她也不会找我，我们就老死不相往来了，想到这里我不禁悲从中来。

那栋土房子简陋得不可思议，李彩凤竟能忍受下来，也让我想不通。他们都是那种有钱人，要不然怎么会兴办个垃圾处理工厂呢。这样的工厂成本高盈利小，不该是一个台湾商人的理性选择。他们这么做，只能是为了这个假模假样的村子。我终于找到了机会，悄然躲在房子后面，打算偷听他们说话。窗户高高的，我踮起脚尖也够不着。除了断断续续的羊叫声，我什么也没听到。正当我一筹莫展时，他们开始交谈。梁宏志说，你要是累了，就回台湾吧。李彩凤说，我哪里做得不好吗。梁宏志说，我觉得你累了，你挑水的样子没以前好看了。李彩凤说，是你看够了我，不是我累了。梁宏志说，大雁儿每天都会给我笑。李彩凤说，我也在笑。梁宏志说，你笑得很假，我看得出来。李彩凤说，我不想走，我想陪着你。梁宏志说，你还是走吧。李彩凤说，我已经离不开你了。梁宏志说，你撒谎。李彩凤说，我对天发誓。她也曾这么对我发誓过。她还是老样子，一被戳穿就对天发誓。她发誓的时候就是在说她正在撒谎。梁宏志似乎信了，再不说话了。我给李彩凤发了短信息，问她是不是爱上了这个疯老头。她没回我，一直没回。

　　第二天，我仍像往常似的演马牛，我不会错过任何一步：穿好军装，跳进水里，拿上泛黄的皮包。有时我会在水里多待一会儿，游上几个来回，李彩凤在岸上等我。这时候，她早就把一缸水挑满了。这一天和往日略有不同的是，雾气蒙蒙，给我的感觉是一切就要结束了。梁宏志也意外的慈祥，他像是不在乎我在说什么了。他没有说累，一直听着，等着我说完。也许是那个被我想起的木工，让我有了灵感，我对马牛有了更透彻的体悟，我想我说得不错。他还是问了那个老套的问题，你想过马牛为什么没自杀吗，他手上有枪，随时可以了断自己。我说，我一直没想通，或许他觉得还有机会活下去。他说，所有人都知道逃兵的下场只有死路一条。我问，有没有人真正渡过了台湾海峡。他说，这要看运气，有一些人突然消失了，他们有可能逃了回去，当然更大的可能是死在了海里，或者给自己来了一枪。他这么一说，我突然有些难以自已，就像是我竟真的是那一天的马牛。我的心被什么东西揪住了，我愣在梁宏志面前说不出话来。我感觉到了那一股诀别的气息。

梁宏志突然又说到了自己，说他也是其中之一，只是他没有那个胆量，他看不起自己。这是他第一次开诚布公。他说，我也是那天要准备逃走的，只是在我一切准备就绪的时候，有个懂海的人说风向突变，让我别走，你不知道那一刻我有多沮丧，后半夜他们就逮捕了马牛，我感觉就像是逮捕了我，更不可思议的是，他们让我来审判他。我说，你太幸运了，又接着问他，你们为什么拼命想回来，那里不好吗。我感觉自己在装傻，才会这么问他，他笑了，说，你可以问问她。他让我问问李彩凤，问她什么呢。他的意思难道是他不要命地逃跑和她不要命地出去没什么区别。关于李彩凤怎么去的台湾，我一无所知，从梁宏志的言谈中，我才知道她去台湾并没那么容易，甚至比我想象的还要艰难万分。

李彩凤突然开口问梁宏志，你说我为什么去台湾，宁死也要留下。梁宏志说，你到台湾就是来找我的。他想开个玩笑，可这个玩笑一点也不好笑。李彩凤却说，你说得对，我是去找你的。她转而对我说，要不是梁老先生，我可能就死在台湾了。她喊他梁老先生。他们在打情骂俏。梁宏志摆摆手，让她不要说下去了。梁宏志说，要不是大雁儿，我也不会回来。他们是说给我听的，想让我知道他们有多要好。这让我越来越像个外人，更不可思议的是，我还在梁宏志身上看到了李彩凤的影子，比如说话的语气，还有微扬下巴时表现出的那种不屈，反过来，李彩凤身上也有梁宏志的痕迹，那种故作神秘不到最后宁死不松口的劲头，她从前不这样。他们如此相像，像至亲，像知己，我开始怀疑自己的猜测了，她并不恨他，我还曾想过李彩凤叫我来，是想让我帮她干掉梁宏志，接着把杀人的罪责怪在我身上。可看他们卿卿我我的样子，我的推论简直是无稽之谈。这让我感到一身轻松，如果只是扮演马牛讨那个老家伙的欢心，这对我来说轻而易举。只是让老不死的开心，我是有几分不情愿的。

这时梁宏志突然问我，你们想过跳井这种死法吗。没想到他突然说起了大雁儿的死。他终于说起了大雁儿，大雁儿也许才是我之所以能来这里扮演马牛的关键所在。他说，没脸见人的人才会选择跳井，像大雁儿这样的女人就该跳井。他说到大雁儿的儿化音时，我断定他是这里的本地人，只有本地人才会这么发音。

我看了看李彩凤，接着问，为什么。他说，每个人都有个死法，大雁儿这么死就对了，就像马牛的死，就像我的死。他对自己的死有所预见，用这么轻松的口吻来谈论自己的死，让我越发好奇。我说，你会怎么死。说了我又后悔了，这句话问得很愚蠢，而且充满了敌意。他笑了，说，你是不是恨不得我死。我感觉尴尬但并没退缩，说，也许是马牛想让你死。他说，你可能这辈子都弄不懂马牛这个人了。我愤怒地说，每个人都有个死法，马牛就该死在你的枪口下吗。他沉默了一阵，却转而谈论大雁儿。他说，我找了很久，才找到大雁儿跳下去的那口井。我问,不会是那口井吧。梁宏志说,就是那口井。

梁宏志凭着记忆将小时候的村庄又复原了,还想复原一个大雁儿。大雁儿挑着水颤颤悠悠在他家门前走过,让那个少年梁宏志一辈子也忘不了。李彩凤突然说话了,你是不是也想让我有朝一日去投井呀。他伸出手,揽了一把李彩凤的腰。他的意思是怎么会呢。不过他没说话。我忍不住了,问,大雁儿究竟是谁。梁宏志笑吟吟地说,你看她多像大雁儿呀。他看起来对于李彩凤很像大雁儿颇为得意。也许他说了真话,要不是像大雁儿的李彩凤,他不会回来,在这里建造一个挣不到钱的垃圾处理厂。大雁儿才是他回来建厂的真实原因,而不是为了被歌功颂德。据李彩凤说,他远近闻名又深居简出,一个不忘本的台湾老兵回乡出资筹建垃圾处理厂,看得出她对他难掩崇敬之情。我却对这疯老头失望透顶,我开始同情他,他是个可怜的小丑。

梁宏志盯着我,老鼠样的眼睛盯着我,让我芒刺在背。他似乎察觉出了我的灰心丧气。他却转而说,很多人觉得自私就会贪婪,这是两回事。他突然说起这个是为了说我,他把矛头指向了我,从没人这么说过我。他说,很多人是为别人而活的,也为别人而死。他为什么这么说我,我感觉莫名其妙,就问他,你总是这么喜欢评判别人吗。一切似乎也该结束了,我不想当马牛了。他说,人靠这个才能活下去。我说,别人也会在你不知情的情况下得出关于你的结论,想过你被别人如何评判吗。他说,说说看,你是怎么看我的。我说，你是个疯子。李彩凤给我使眼色，让我不要往下说。我懒得理他。我继续说，你觉得世界欠你的吗，让所有人为你服务，你想要一头驴，一个人就得养头驴；你想要一群羊，有人就帮着你养一群羊；你需要欣赏大雁儿的屁股，大雁儿就得挑着水让你看个够；你需要马牛死给你看，你就要找个马牛的替死鬼，你以为你是谁。从没一口气说过这么多话，我也累了。他说，说得好。他说得很平静，就像是知道我会说出什么。他也许想表现自己见多识广，像我这样的货色见得多了。我说，你不用装腔作势，想说什么就说什么，我没什么好怕的。李彩凤说，你给我闭嘴，你以为你是谁。他们是一伙的，我想掉头就走。李彩凤伤了我的心。

梁宏志摆了摆手，让李彩凤闭嘴。他说，这个世界一直在变，你觉得不会变的是什么，你能找到那个不变的东西吗。我没想过，我说我没想过。他说，不变的是，大雁儿跳井死了，马牛被我一枪崩了脑袋，脑浆子流了一地，这是不会变的，发生了就是发生了，我们还能做些什么呢，可我们还是要做些什么，不管有没有意义。我继续说，我不懂你在说什么。他说，你知道马牛为什么没自杀吗，你没想通这个，我就觉得你根本不知道自己是谁。我说，这和我有什么关系呢，你要不说马牛，我就根本不知道这个世界上还有马牛这个人。他说，人还是要知道从哪里来的，是那些过去在塑造我们，我们是从过去那里一步步走过来的。我说，我不想知道。他说，我来告诉你，马牛就是想让我们知道，他怀揣着那包草药，一揣就是二十年，这不仅感天动地，他还把自己感动了。

我说，为什么有些人总是想让别人知道自己有多了不起，这对他有什么好处呢，有些事情就应该被忘掉，永远不要被提起。他来了兴致，他可能一直在想这些问题。他的老鼠眼更亮了，我陡然发现他的眼神更像鸟，锋芒毕现。他说，我也曾这么想过，后来我不这样想了，这是个陷阱，那么多过往说不见就不见了，什么都没留下，我害怕。他像是真的害怕，整个人在颤抖。我也因此想起曾经被我彻底忘掉的那个南方木工，不知道他还活着吗。

我说，我累了。这次轮到我说累了。他有些不情愿，不过还是准备放我走。这次轮到他们看我的背影了。

四

第二天我还是去了，其实我根本不想离开他们，确切地说不想离开马牛。天天穿着他的衣服，说着他该说的话，让我从那个惹人厌的家伙中脱身而出，我宁愿我是马牛，而不是那个刚被刑满释放处处碰壁的人。我没想到会这样，也许他们早就想到了，一直在等着我。他们给我下了套，即使这样，我仍然愿意去做马牛。也正如梁宏志所说，知道了马牛才能更加了解我自己。我从马牛身上看到了希望，他抱着大轮胎横渡台湾海峡的形象一直在我脑海深处萦绕，挥之不去，那股将自己抛向大海的决绝和乐观感染着我。这也是我非去不可的原因，我要穿上那身军装，怀揣着一包草药跳进水里，这样我才感到安宁。

在去之前李彩凤还发给我一张照片，照片显示的背景是一片灰涔涔的大海，一缕被风吹乱的头发在大海前散开，只是看不见脸。那应该是李彩凤的一头秀发。也许这是她在客船上拍下来的，我开始想象她坐着船驶向台湾岛，她站在甲板之上回望，海风包裹着她，她就要去海那边儿了，她可能也不知道自己为什么要去，但又非去不可。我盯着照片上的大海和她的一头秀发，想李彩凤为什么要让我看这个呢。

我又一次推开了那道铁门，李彩凤仍像往常似的瘫坐在船头等我。那张古怪的照片让李彩凤变得更加神秘。我们面对面，我毫无顾忌地打量她。被我这么看着，她浑身不自在。她说，你好像很得意。她瘦了，脖子上的肉略微松垂，让她像个兀鹫。她的眼睛红红的，是那种恶狠狠的红。我说，你根本不知道我经历过什么，你知道待在监狱里的感觉吗，就像是有人扼住了你的咽喉。这番话或许打动了她，她的眼神没先前那么凛冽了。她说，瞧你这副贩样，我就不该找你来。我说，那你为什么找我。她说，我找错人了。我说，你是不是一直在等着我，你知道我什么时候出狱。她说，那你说我为什么找你。我说，我让你放心，我很听话。她说，听话的人很多，有钱能使鬼推磨。我说，你也是为了钱吗，梁宏志说什么你就做什么。她说，没错，我是为了钱，你满意了吧。再说下去，她可能会哭出来。我不想她哭出来，没再说下去。

起风了，黄沙落了满地，整个村子灰蒙蒙的。我没有下水，是李彩凤没让我下水。她说，今天该行刑了。今天是马牛的末日，真为马牛开心，他终于可以解脱了，可却让我魂不守舍。我再也不能假扮马牛了，这不是马牛的末日，反倒是我的。李彩凤换了身军服，她不是大雁儿了。她又成了梁宏志的贴身女秘书。我没见过她一身戎装的样子，就在她向我敬礼的一刻，我知道我会为了她不顾一切的。穿上军服的梁宏志也像是换了一个人，有的人天生就是个当兵的，梁宏志正是这样的人。他八十多岁了，尽管弯腰驼背，可昂首向前看的时候仍然威风凛凛。

在去行刑地的路上，李彩凤问我怕不怕。不知道她是在问马牛，还是在问我。也许她要问的是我，不是马牛。我说，有什么好怕的，又不是真死。她说，你就不怕真给你一枪，像马牛一样。我说，那也不怕，你知道我最厉害的地方在哪里吗，就是随时可以死，没什么遗憾。她不说话了。梁宏志和她耳语，似乎在交代些什么。李彩凤一脸诧异，估计她也没想到梁宏志会说出那些话。他究竟说了什么，我不会知道，也不想知道。我迎着风向前走，一往无前。我想被处决的马牛也会这样的。

我迎着风，背对着他们。我想表现得尽量大义凛然一些。我已经爬上最高处了，眼前可以看见远方的城市和近处的塔吊。我站住了，发现塔吊最高处的驾驶舱里的人也在转头看我们。他那么高，看着脚下的一切，在发现他之前，我从没想过世上还有这么一种人，开塔吊的人。他知道我正仰首看他，他竟然向我挥手。他在和我打招呼。我也挥了挥手。

李彩凤在后面喊了一声，跪下。我没来得及细想，就跪下了。几十年后的马牛跪在塔吊前，脑袋微扬，向着远方的城市，就像向着海那边儿的厦门。那些高楼像是海市蜃楼，如梦如幻。马牛就要挨这一枪了。他们在我身后，也许正准备凑上前来，给我脑瓜子来那么一下，接着我可能需要像马牛一样，歪倒在地。作为临终前的马牛难道就这么默不作声地死掉吗，他会不会喊上一句"我生是厦门的人死是厦门的鬼"这样的话来呢。

李彩凤又喊了一身，站起来，不是让你跪下。我回头一看，梁宏志跪在我身后。我站起来，转过身。梁宏志伏在地上，泣不成声。我只是傻站着，面对一些突发状况，我通常都是这么傻站着。我傻站着，也是他们想要的。马牛多年前就是这么傻站着。马牛的故事远没有结束，或者说，我根本不了解马牛身上究竟发生过什么。他哭得撕心裂肺，我从没见过一个老人可以毫无顾忌地放声大哭。就在那一刻，我开始心疼这个跪在我脚下的梁宏志。他放不过马牛，更放不过自己。

李彩凤从双肩包里掏出一个黑色的陶罐。她让我抱着，我猜这大概就是马牛的骨灰。四十多年过去了，马牛和一个素不相识的我并肩站在风里。在微弱的阳光下，风越来越大，黄沙在野地里起伏，像是在和这个世界对话。梁宏志正在求马牛原谅他。他步伐蹒跚，走路迟缓，我才意识到他是个行将就木的老人。我看着他的脸，干瘪皱缩，这样一张脸让我难过极了。

我一手抱着骨灰罐，一手搀扶着他。我已经原谅了他，更重要的是马牛原谅了他。我们三个人将马牛埋葬在一株松树下。我们三个人都穿着军服，我们把军帽脱下，让马牛入土为安了。我没问，陶罐里究竟是不是马牛的真正骨灰，也许只是一抔土，不过这已经不重要了。回去的路上，听李彩凤耳语说，这是梁老先生从台湾背回来的。我想这不应该是一抔土。她还说，梁老背回来不止一罐，还有一罐摔碎在飞机场，落了一地的骨灰，每一抔骨灰就是一个出生入死的兄弟。她这么一说，我差点掉眼泪。我被这个梁宏志打动了，回去的路上我和李彩凤搀扶着他。我们更像一家人了。

我感觉自己是他们计划中无法替代的一环，可这一切看上去那样不留痕迹。除了他们像神一样精心于此之外，那就是谁也没想到会这样，而这样恰恰是最令人满意的。李彩凤却说这是她的主意，可她在电话里却不是这么说的，她说过讨厌这个鬼地方，讨厌那个牧羊人，简直一天也待不下去了。他们之间究竟搞了些什么鬼名堂，他们是一起的吗，或者说这个可以做李彩凤爷爷的台湾男人和她究竟什么关系。我感到更加疑惑，想知道这些，只有继续留下来。

梁宏志郑重地向我鞠躬，说，谢谢你。马牛的故事就这样结束了，我心有不甘。他说，你可以走了。他以为我很想走，早就受不了他了。他错了，我想跟着他，想作为马牛和他们在一起。我说，我不走。他说，马牛没了，你也就没了。我说，马牛不会没的，他在我们心里。他说，我找你来，就是送走马牛。我说，你以为这样就可以送走他吗。他情绪突然失控，哽咽着说，那你还想怎样。他是在赎罪，想让我作为马牛去宽恕他。我说，我不会原谅你的。我想激怒他，当然我更不想离开马牛。没了马牛，我难过得想哭。他从哽咽中恢复过来，说，我不需要你的原谅，我只是想送走我的噩梦，这些天我睡得很好，梦里再也没有那个血肉模糊的脑袋了。

他像个可怜的孩子。我说，故事可能才刚刚开始。他说，我不想开始，只希望早点结束，马牛就是我的石头，我要把它推上山，它又滚下来，我还要把它推上去，是你让它停了下来。他打动了我，我说，我想和您交个朋友。他说，我这个人没有朋友。我说，马牛不是您的朋友吗。他说，我的朋友都没什么好下场，我宁肯没有朋友。我说，我这个人也没有朋友。他说，真是可笑，两个没有朋友的人注定可以成为朋友吗，更不可能。我说，你可以是我的爷爷，我爷爷要是活着，也和您差不多年纪。他说，我无儿无女，说完看了一眼李彩凤。李彩凤像是和他无儿无女有关似的。我说，我还是想留下来。他说，你去照顾那群羊吧。我很开心，我一下子成了牧羊人。来之前，我还一度在想李彩凤找我来是要干掉那个牧羊人的。

我问，羊在哪里。我突然又想起李彩凤说到羊的眼神时那颤抖的嗓音了。梁宏志摆了摆手，作为大雁儿的李彩凤打开了院子里的地窖。这里还有个偌大的地窖，这也是我未曾想到的。我进了地窖，看到了一群挤挤挨挨惊慌失措的羊。它们向后躲闪，挤在一个角落里。我走上前去，找了一只就开始抚摸它的脖子。我想好好看看这只羊的眼神。它咩咩地叫起来，叫得我心慌意乱。我松开了它，它像是受了极大委屈似的向羊群里死命地钻。我也跟着咩咩了两声，我像逗一只猫那样逗那只羊。它们总是一副受了伤害的样子，咩咩的叫声像是一直在求救。当李彩凤告诉我怎么养这群羊时，我才知道它们的确遭受着不公正的待遇。我每天的工作就是让它们处于饥饿的状态，保证它们时常发出饥饿的哀嚎。梁宏志就想听它们惨烈地叫。我喊了一声，梁宏志这个变态。他给我带来的好感顷刻间荡然无存。我在地窖里大喊大叫，李彩凤说，够了。我们俩面面相觑，在一群羊面前沉默了许久。

天黑了，我和李彩凤走在乡间小路上，一路走下去。没有灯光，可路是灰白的，我们可以一直走下去，不至于迷路。对于李彩凤来说，这条小路也许走过无数遍了。上次去找墙外的我，也是走的这条小路。她没有送我回去，她想让我留下来，作为牧羊人留下来。我的肩膀摩擦着她的肩膀，不是我故意的，就是她故意的。我们谁也没躲开，就让这种摩擦一直发生着。我想和她说说那群无辜的羊和它们无辜的眼神，可我张不开嘴。

她说，我们有多久没见面了。我说，有两个小时吧。她说，你这个混蛋。她想谈一谈我们的过去了。她这么说，就说明她仍旧在意我。沉默要是持续下去，我们还会发生些什么。我已经忘了还有那群挨饿的羊。

我们很快就走到小路尽头，一堵高墙横在我们眼前。她说，这就是我的生活，你满意了吧。我说，我不懂你在说什么。她说，这就是我的生活，你们满意了吧。我更不懂了，我说，你一直活给别人看吗。她说，你们不都想看我活得不尽如人意吗。我想说她不要自我感觉良好，别人并没有那么在意她的生活。我没这么说，她也许更需要安慰，我想伸胳膊搭在她的肩膀上，没想到被她一把推开了。她说，滚远点。这让我想起多年前，她喜欢这么说，滚远点。我还因此想到她手腕上的烟疤，是她故意烫的，烫成个北斗七星的样子。她对自己下得了手。烫最后一颗星星的时候，我也在场，烟头烙在皮肤上，她还冲着我骄傲地笑。我是从那时候开始对她言听计从的。

她说，那天我就是站在那里给你打的电话。她指了指远处，那里有个斜坡，斜坡之上有一团阴影，似乎有个人坐在那里。她指了指，那人就动了动。我说，那里有人。她说，这里到处都藏着人，有什么好怕的。我还是有些怕，走过去一看，发现根本不是人，而是一棵随风摇摆的小树。我放下心来，可又不免失望，本来以为是梁宏志阴魂不散。李彩凤也走过来了，说，你知道我为什么给你打电话吗。

她这么一说让我突然想起大斯太尔来了。我在黑夜里望着那个模糊的塔吊，没来由地想到自己曾开过很长一段时间的斯太尔，往返于几个城市之间运送集装箱。是斯太尔改变了我的人生，我开着这个大家伙撞了人又落荒而逃，以致获刑。没人知道在午夜时分驾驶着大斯太尔的感受，就像我们在低处看塔吊上的人。一坐进那个高高的驾驶舱，就像是被巨兽衔在了嘴里，目视前方，会对路有不顾一切的渴望。斯太尔让我激动不已。我说，你知道我是因为什么被判了刑吗。她说，撞死了人。我说，是我倒车碾死了他。我开始想象那个像怪物似的斯太尔一点点向后退，逼向那个人。她说，那你还是撞死了人。我说，不一样，一点也不一样，我挂了倒挡，碾死了他。我捂住了脸，我无数次梦见那个被碾死的人是我。我接着说，那个下跪的人该是我，不是梁宏志。她愣住了，许久没说话。也许她还不相信我会做得出来。她恶狠狠地说，跪下。我说，对不起。她说，跪下，你这个混蛋。我跪在李彩凤面前，我学着梁宏志的样子匍匐下来，喊着，对不起，对不起。我停不下来，一直在叫喊着对不起。李彩凤让我闭嘴，说，这是你的事和我无关。我说，我要谢谢你，是马牛让我活得像个人。我站起来了，不知道刚才究竟发生过什么，我很少情绪失控。李彩凤说，过去了，一切都过去了。她在安慰我。我倒车碾死了那个人，是怕他半死不活，讹我一辈子。我没和她说这些话，这是我的事和她无关。

我说，那天你给我打电话的时候，我就想起了那次车祸，你让我去找你，我心惊胆战，我猜得出你想让我干什么，那种感觉就像是我刚撞了人，而我必须倒车碾死他，我浑身发抖，可我又没办法拒绝你，我还是去了。

她说，我给你打电话，是我突然怕了，让我想不到的是竟然会想到你，我感到恐惧时，我却想到了你。我说，让我猜猜你究竟想要我干什么，你想让我杀了梁宏志，而杀掉梁宏志最好的办法，就是让我假扮马牛，你让我恨他。她说，那你恨他吗。她这么说，让我突然开始嫉妒梁宏志。我无法和他相提并论。我恨不起来，梁宏志让我无话可说。他身上有让我着迷的地方。

　　过了很久她接着说，这里就像个坟墓。我说，毕竟你没有下手。她说，他已经在我手里死过一次了。我不知道为什么会伸手摸她的腰，我就是那样做了。她说，拿开你的脏手。她说，所有的男人的手都是脏的。我倚着那棵小树，感觉有点无地自容。我也因此想起梁宏志的手，也许是那双手的存在才让她变成这样的。我回想起梁宏志伸手摸李彩凤腰身的场景来了。

　　我们很久没说话，后来她说起了过去，说她怎么去的台湾，还有她在那里经历过的所有遭遇。她过于一本正经，这让我怀疑她是否说了真话。

　　李彩凤没去台湾之前就叫李悠悠了。她摇身一变成了李悠悠，和一个来自南方的有钱人生活在一起，据她说是个有钱人。她说她不爱他，她只是爱他的钱。她被这些钱困住了。后来她在某个饭局上遇上一个台湾人，从此又开始了另外一种人生。听她说他们一见钟情，如胶似漆。也许只有发生爱情，才让她突然的不知所踪说得过去。我一直以为她不会爱上任何人。在我看来，遇上另外一个台湾人，估计也会如此。她只是对自己曾经的生活厌倦了，就像她曾经厌倦我。后来她和那个台湾人漂洋过海去了台北。一说漂洋过海，似乎仍可以感觉到李彩凤当时对于去海那边儿的憧憬。她在说起漂洋过海时，我问了问台湾那边儿怎么样。她没觉察出我话中有话，能真正留在台湾，还是让她充满优越感。没过多久她怀了孕，给那个台湾人生了个儿子，不过事与愿违，那人还是不准备和她结婚。更不可思议的还在后面，那个台湾人竟然也不知所踪了。李彩凤才意识到自己真正上了当。她不甘心，抱着孩子四处寻找，路上竟遇上个好心人，也是个大陆来的，两人很快以姐妹相称。李彩凤没怎么怀疑，还以为是意外的缘分。从这点上看，她真是走投无路了，在我的印象里，她没什么女性朋友，甚至我感觉她不会和女人相处。她唯一一次信赖女人，竟然被当头一棒，在上当之前，也许还会觉得女人更加可靠吧。后来可想而知，她被骗了，那个女人抱着她的孩子消失在茫茫人海中。她想不通，后来想通了，想通了就不会那么难受，至少知道她的孩子还活着，也可能活得挺好。抢走她孩子的女人，应该是那个台湾男人指使的，他不想要她，却想要那个孩子。她说到这里开始哽咽，哭诉着说，你根本不知道我经历过什么。这句话我也说给她听过，她现在又对着我说。

后来她在梁宏志的工厂里打工。梁宏志看上了她，欲罢不能。李彩凤还以为他真的看上了她，没想到他想要的只是大雁儿。梁宏志耽于幻想，遇上李彩凤才有了真正的想象力。他们决定回到大陆，因此就有了如今这个村落。梁宏志说了一句空话，意思是她能继承他的遗产什么的，她知道他无儿无女，这句空话打动了她，她想变得更有钱，她一直想要变得很有钱。有了钱才能找到那个丢失的孩子。她说起那个孩子时伤心欲绝，整个人都在颤抖，我想去抱抱她。不过我没有去抱她，也许我觉得我不配。

李彩凤话锋一转，说到一只乌鸦最近总是在叫，说梁宏志也快到时候了，没几天可活了。她说，他得了重病，他在硬撑着，不想让我知道。不过她接着说，他要真死了，我可能会伤心难过，是真的伤心难过，你也许会觉得不可能。她不想让他死，她问我，懂吗。我说，我懂。她说，懂个屁。她也是在说自己，为了说自己才这么说我。我突然意识到，她是因为这一点，才找上我的。我们同是天涯沦落人。

不过她最后那些话颇为骇人，她说，我找你来是因为我想李彩凤了。是我让她找回了曾经的自己。她不是李悠悠，更不是梁宏志眼里的大雁儿，她是李彩凤。她用食指一直在拨弄她的刘海。我说，你谁也不是，你只是李彩凤。

五

第二天李彩凤又成了笑盈盈的大雁儿。梁宏志还是跟在她屁股后面，蹒跚地走。他不像是要死的样子。等李彩凤挑满一缸水后，梁宏志就躺在了院子里的竹椅上假寐。他知道我走近了，人老了，闭上眼睛，也能知道周围正在发生什么。

他站起来，让我去他的房间坐坐。在进去之前，我去看了看那群羊，并抱出来一只最小的。那群羊被放置在一个宽大的地窖里，才让一声声羊叫似有若无。我要好好和梁宏志说说这群小羊。我怀里的小羊一见到天光就挣脱了我，在院子里撒起欢来。一个撒欢的羊让我感觉世界尤其美好。

我从没走进过梁宏志所在的那间堂屋，堂屋正中央挂着一幅《八仙过海》，侧墙上也贴满了类似的画，诸如《年年有余》《松鹤延年》之类的。我看着那些画发呆，梁宏志说，怎么也不像。我说，不像什么。他说，不像我小时候的那面墙。我还在看着年画上的那条开心的大鲤鱼。他接着说，我实在想不起来这面墙上到底该挂什么年画了，这是乱贴的。他好像因此很羞愧。我看了他一眼，他躲开了我的眼神。我巡视整间屋子，而他瑟瑟地等我说话。他好似在期待我说些什么。我说，这是什么味道。他忙回我说，是腌萝卜的味道，是我小时候的味道。他带我去西屋看，掀开门帘，我就被吓了一大跳。床边横着一副棺材，床很小，棺材也就显得很大。梁宏志说，小时候我最害怕这副榆木棺材，现在却最喜欢它，这里的一切，我只对它满意。我说，连我和大雁儿也不如这副棺材。他笑了，一只手支着棺材的上沿儿，说，进去躺躺吧。我向内探头，并迅速摇了摇头。他接着说，小时候我不理解奶奶为什么一有空就躺到里面，有一次我看着她躺进去，一动不动，以为她真的死了，我就开始哭，你说可笑吧。他一脸孩子气地看着我。我说，我想躺躺看。我翻身跳进那副棺材里。我屈身躺下，并闭上了眼，周围静得出奇，能听到梁宏志在我头顶上的呼吸声。这时候我却又一次想起我被斯太尔碾死的梦，我忙起身，从棺材里跳出来。

梁宏志说，人过了八十，上了床就不一定下得了床。他找了个随便的地方坐了下来。这里给我的感觉不像个有人住的地方。我也坐了下来，面前就是那副咄咄逼人的棺材。李彩凤走进来了，斜倚在棺材沿儿上，若有所思。我很想知道她在想什么，就偷偷打量她。她并没什么异样，不过看得出来，她内心平静，像是已经打定主意了。

梁宏志说，你是不是又偷偷给羊喂草吃了。羊不叫了，就是在吃草。我说，这就是你想要的吗，让一群羊不停地叫唤。他说，善心大发。我说，那群羊是无辜的。他说，有人问过那个十五岁的孩子无辜吗。我不知道他在说什么，我说，哪跟哪呀。他说，我十五岁就被他们国民党带走了，后来就再也没回来。

梁宏志谈兴很浓，说起了他小时候。七十年前，梁宏志就是从这里离家出走的，他说是那一声声羊叫把他逼走的。真正的牧羊人不是梁宏志，而是他的父亲。他的父亲是干羊皮生意的，子承父志，梁宏志没别的选择，也要干这个，他不愿意，是大雁儿的死让他死心了，离家出走。没想到当年他有多讨厌羊叫声，现在就有多想听。听那些叫声，就像是可以听到他的父亲正在呼喊他。梁宏志说，转了一大圈又回来了，人生就是个圆圈跑道。我没弄懂他父亲究竟是干什么的。他说，为了得到上好的羊皮，在羊还活着的时候，就要敲碎羊的骨头。这是他父亲的营生。羊会一声声凄惨地叫，常人受不了那样叫，因此他们家住得也就很荒僻。他的父亲因常喝一种药，耳朵早就半聋了，为了让梁宏志以后能好好干这个，也给他喝那种药。他不想变聋，也不想和这些没完没了的羊叫声为伴，就跑出去了，一跑就是六十多年。说着说着他就哽咽了，说舍不得对地窖里的那群羊下手，像他父亲那样。他的意思是本来要对那群羊下手的，敲断它们的腿骨，让它们死命地叫唤。

梁宏志又说起大雁儿，她比他大几岁，常来那口井挑水，除了大雁儿没人会来。我才知道大雁儿是个哑巴，自然也是个聋子。这也是李彩凤一穿上大雁儿的衣服就不再轻易说话的原因。说到这里时，李彩凤出去了。她似乎听不下去，或者她早就听腻了。梁宏志接着说到大雁儿的死，说她被一个国民党兵糟蹋了，活不下去，就从那口井里跳了下去。她这辈子活着就是为了那口井。六十多年过去了，梁宏志为了找到那口井煞费苦心，不过还是被他找到了，就像他说的，他还是想做点什么。

　　梁宏志似乎有点喜欢我，那种喜欢让我感觉很别扭。他的眼神开始变得温和。他想对我和盘托出，像是要给这一切一个结果。而这个结果和我有关，他想让我看着办，似乎我怎么做，他都不会拒绝。也许是这一点惹恼了李彩凤。她以为我在和她争宠。我想出去找找她，向她做个保证，这里的一切和我无关。李彩凤又进来了，仍旧斜倚在棺材沿儿上，静观其变。我们三个人在一副棺材周围沉默下来，就像有人死了，我们正在哀悼。

　　这时我竟想起多年前的一个电话来了。那个电话是李彩凤的男朋友打来的，他担心她在外面做了对不起他的事。李彩凤就让我接电话，证明我和她在一起，而我是那个让人放心的人。我把这个打电话的故事说给梁宏志听了，说李彩凤那时候真是可爱呀。其实我想的不是可爱，而是可恨，我在她的世界只是个挡箭牌。梁宏志笑了，李彩凤也来了劲头。这通电话打破了我们的僵局。李彩凤提议可以演一遍。梁宏志说，我要演那个男朋友。我们三个人又把那一幕重演了一遍。演得一点也不好，我们继续来。头几遍有些可笑，再往后就变得越来越严肃了，甚至可怖。我们重复的次数之多，以至于让人只能这样猜想，我们在上演一场仪式，这些对话更像是一种咒语。不断地重复有种抚慰人心的效果。我忘乎所以时，站在了棺材沿儿上，我一冲动，就忍不住爬高。我站在高处，突然有一种身处在斯太尔驾驶舱的感觉。我说给他们听，李彩凤说，不如我们去开着斯太尔兜兜风吧。垃圾车里有几辆现成的斯太尔。

李彩凤找人把斯太尔开过来了。我们穿过那道铁门，就看到了那个大家伙。这让我想起过去的那段日子，现在想来就像是发生在别人身上的故事。我跑向了那辆斯太尔。它在黑暗里大得吓人。我走过去，踢了一脚它的大轮胎，硬邦邦的像块巨石。我一把抓住扶手，一步步登上了驾驶舱。钥匙一拧，大家伙就呜呜叫起来。我踩油门，感觉到斯太尔在发抖，我也跟着抖。我对着窗外的他们大喊，快上来。为了把八十多岁的梁宏志弄上车，我不得不又一次下车。我用双手托举着他的屁股，将他推上了车。

我们上了路。斯太尔轰隆隆穿过夜色，让我想到黑夜的大海之上一闪而过的巨鲸，也许横渡台湾海峡的马牛看到过。我猛踩油门，一路狂奔。他们俩坐在后一排紧紧依偎在一起。也许他们从没这么好过，是我的出现让他们再无芥蒂。那一刻，我也希望他们好好的。我想祝福他们，可又感觉无话可说，我眼里只有永无尽头的路。看来李彩凤是真的嫁给了他，他们是一对夫妻，只是看上去不像而已。他们是大雁儿和梁宏志。

我们围着垃圾处理厂转了几圈，我说，你们看。李彩凤说，你说得没错，在斯太尔的驾驶舱里我才懂了你说的那些话。她探头过来，和我一起目视前方。我们又在那道铁门前停下了，我们下了车。梁宏志说，我有话和你们说。他一屁股蹲在了地上，就像是摔在了地上。斯太尔的远光灯还开着，我们三个人如坠云雾。他说，马牛没了，大雁儿也没了，我也快没了，该结束了。李彩凤坐在了他的旁边，抚摸着他的脊背，正在安慰他。梁宏志反手搂住了他，她就像个小绵羊似的钻到了他的怀里。他对她说，你再也不是大雁儿了，你是李彩凤，其实我从没把你真正当过大雁儿，从今往后，你想是谁就是谁了。李彩凤说，我是你的大雁儿，永远是你的大雁儿。她说出这样的话来，我错愕不已。

梁宏志说，我很快就会忘了你们，忘了这一切，我的这些过去再也不会折磨我了。李彩凤不相信，说，怎么会。他说，傻孩子，你不用安慰我，我并不怕死，也没感到悲伤，是你们送走了我的记忆。我问，你怎么了。他说，我的脑子正在萎缩，我不但会忘了你们，连我自己是谁我可能都不知道了。他得了阿尔茨海默病，连李彩凤也不知道。不过我还是听到李彩凤的叹气声，那是一声释然的叹息。

梁宏志说，扶我起来。我们俩搀扶着他穿过那道铁门，走进了他一手营造的世界。我有点难过。我们三个人默默地走了很远的路。梁宏志说，我累了。我们送他回房休息了。他就睡在那副棺材旁边。他很快就睡着了。我和李彩凤站在空荡荡的堂屋内互相打量着彼此。她说，出去走走吧。我们出了屋，又出了院子，外面的月光明晃晃的，亮如白昼。我们走到了那株大槐树下面。她斜倚着树面对我。我知道她难掩兴奋。

她伸胳膊出来，让我看了看那只手腕，七颗烟疤像北斗七星那样排列着。我仔细端详，想要摸一摸最后一颗。李彩凤突然说，抱着我。她让我抱着她。李彩凤又说，抱紧我。我吓了一跳，不敢相信她说的话。我还没来得及准备好，她就开始吻我。她就像是一大片月光落在我身上。她说，瞧你那副尿样。这么多年过去了，她变了。她不再是那个紧张不安的小姑娘了。她知道自己在做什么，她需要我，在这月光之下。她的话像是一把钥匙，拧开了我。我开始配合她，不要命地撕扯她的衣服。她身上伤痕累累，月光下尤为显眼，这都是梁宏志留给她的。这并没让我感到吃惊，我一口口亲吻着那些伤口。李彩凤骑在我身上，发了疯似的大声叫喊，像是要把最后一丝力气在我身上用完。我托举着她，像是正在被一波波海浪淹没，正当我幸福得无法自拔之际，我的余光看到了一个老人。他哆哆嗦嗦地举起一把猎枪，枪管像是一只空洞的眼睛，像羊的眼。

越 鸟

1

　　在一张方凳上放上一张更小的方凳。罗安这样做时唯恐发出一点点声音，生怕打扰到楼上像老鼠咬啮花生皮似的说话声。他站在小方凳上，半弯着身子，尽可能地向那缠绵的声音靠拢。为了保持平衡，他又找了晾衣竿做拐杖，这让他像个踩高跷的人。他精心于每一步，整个过程更像是个庄重不容轻慢的仪式。这种仪式感似乎让他忘记了他为什么这么做。有时，他会觉得这是种无声的反抗，是对白天那个沉默恭顺一口一个夫人的罗安的不屑。他更喜欢这时候的自己，摇摇欲坠又激动不已。

　　他迷上了她的说话声，哽咽声，还有呻吟声。这么说也不确切，他只是迷上了这一刻的所有声音。那是一通漫长的电话，是她打给一个叫小嘎的人。有时罗安会感觉她不是打给那个莫须有的小嘎，而是打给自己的。她自说自话，是为了让他听到。可她又没任何理由这么做。她在电话里一口一

个小嘎，小嘎怎么会不存在呢，这只能是罗安毫无依据的
臆想。

她会一直说下去，慢吞吞的，没完没了，声音甜腻，带
着一丝犹豫和疲倦。怪不得罗安也会猜测她有可能是自说自
话。她说了那么多话，又似乎什么都没说，她说的都是一些
极琐碎的日常，没话找话。她有时也会停下来，在这个沉默
的间隙里，罗安渐渐证实小嘎确有其人。她正在倾听，听电
话那头的小嘎说话，她有时还会附和一声。这样的沉默也能
让罗安放松下来，不用努力分辨她究竟在说些什么。

她也许慵懒地半躺着，想怎么躺就怎么躺，或者像少女
似的俯着身子，双腿弯曲顽皮地上翘，和白天的她大相径庭。
白天的大部分时间她都在打坐，双腿交叠，活脱一尊菩萨。
罗安想象不出晚上的她会像撒娇的少女那样，越是难以想象，
罗安越是难以自已。她比他妈妈还大一岁，不过她看上去并
没那么老，也许是那双灰眼睛的缘故，水汪汪的，有一抹深
邃的幽蓝。有人传言说她有超异的移情能力，能知道别人在
想什么，正在经历什么。她吃斋念佛多年，那些传言极可能
是真的。罗安深信不疑，不过他不是因为这个才对她言听计
从的。他由衷地感激她，是她把他从生活的深渊里救了出来，
不过他不愿提起那些往事。

罗安对她忠心耿耿的另一个原因是，其他人对她也忠心
耿耿。

房子是木质结构的，她不可能不知道罗安能听到她每晚
十一点必打的这通电话。除非她出门了，不在这里住。不过

她很少出门。即使这样，罗安也很少在白天看见她。她终日在三楼的佛堂里。佛堂的门终日紧闭，没人知道她躲在其中都干些什么。佛堂还联通着个二十多平米的天台，从天台上放眼望去可以看见那片海。罗安来这里有一个多月了，只去过一次。站在天台上遥望那片海，感觉那片海更像是一小块脏抹布，不是他想象中应该有的样子。不过那个不大不小的佛堂倒还是让他吃了一惊。他惊讶于世界还有另外一种可能。他蹲坐在她旁边，看她默默读经，这让他体验到从未有过的释然。即使他只是她雇来的一个男保姆，他也感觉他和她是一起的，不分贵贱。那一刻，他忘了自己是干什么的了，不过这感觉倏忽而逝，从佛堂中走出来，那种由心底升起的美妙就荡然无存了。他还是他，是她雇来照顾那个老人的。他只属于那个老人，他要帮他洗澡穿衣，要将手伸向他的大腿深处擦拭，这时候他会假装在给一条狗洗澡。他想，很多时候人是连条狗也不如的。

　　她又和小嘎说起了那只鸟。她叫它越鸟，越鸟的意思大概是越南的鸟，这里离越南那么近，这只鸟很可能和越南有关，这只是罗安的猜测。那通电话里是不能没有越鸟的。它是只黑色的鹩哥，说到它，她和小嘎似乎就心领神会，像是在说他们共同的老朋友。那只黑色的鹩哥于她别具意义，甚至会将之等同于那个老人。罗安第一天走进这栋木房子时，她就说过，要像照顾他一样照顾它。当时她指着那只尖叫着恭喜发财的黑色鹩哥，罗安紧张不安，对那只鸟频频点头。鹩哥也和他一样旋转脑袋。那是只聪明的鸟，双目传神，似乎猜得出别人在想什么。她郑重地说，我把他们交给你了。

　　越鸟似乎很老了，像那老头一样老，也许更老一点。脖子上的毛被它自己啄光了。它也许感觉到了时间的漫长，实在无事可做，才会一根根啄光自己的毛。这让它显得更加丑陋，不过也更像人了。它看着罗安，就像是有个人在凝视他。罗安不太敢看那只鸟。相比于那只鸟，那个总嚷着要去船上开工的怪老头似乎更好对付一些。他得了脑萎缩，记忆正在一点点丧失，他已经不知道自己是谁了，可他还记得要去船上。他总是说，我们一定要在还来得及的时候离开。从哪里离开，要去哪里，永远是个谜。他喊罗安满仔。大多时候，这栋木房子里只有他俩。罗安会故意模仿一个叫满仔的人逗他开心，尽管他根本不知道满仔究竟是谁。到最后，那老头也许连满仔都忘了。什么样的满仔根本不重要，这让罗安感到人生虚妄。他有时会摸罗安的脑袋，像父亲的爱抚。罗安竟体验到了作为满仔的幸福感。

　　她说到那些漂亮的羽毛是被它自己啄光的，看上去像个老头子。她开始哽咽，这没什么好大惊小怪的。她每天晚上都会哭上一阵子，只要打那通电话她总是会找到理由哭上一场的，哭的理由千奇百怪，这次她哭的是那只越鸟。断断续续的哽咽声叫人心碎。罗安很好奇她伤心的模样，白天的她那么端庄大气，到了晚上彻底变了，和罗安一样，他们都有个不一样的自己，在这夜凉如水的深夜变成了另外一个人。

　　罗安也怀疑，她是否真的在意那只鸟，也许这只是她想哭一场的借口。那只鸟的自残是能将她和小嘎的对话持续下

去的救命稻草。这么说，罗安是有根据的，这么多天他从没
见过她逗过那只鸟，甚至都懒得看它一眼。那只鸟只属于他
和那个怪老头。她哭的不是那只鸟，是她自己，是她每天不
得不打的这通电话。

　　她哭着哭着声音就变了，罗安屏息凝听。最让他激动不
已的一刻终于来临了。手中的晾衣竿也随着他手臂的颤动而
抖个不停。那声音从哀伤转至缠绵，她渐渐开始享受那哽咽
的哭腔。他惊奇于她对声音的把控能力，像是那缠绵就是从
哀伤中生发出来的。为了接近那声音，他感觉到自己的耳朵
正在向上生长。她嘴上开始说着，我要我要。她想要小嘎，
想得发疯。她说，我想吃了你，连皮带骨头。电话那头的小
嘎也许正像罗安似的沉醉其中。他能感觉自己像灌满风的帆，
膨胀，膨胀，直至那声音渐渐小了，没了。

　　这栋房子毗邻那片海湾，海涛声会让罗安平静下来，也
宣告着这一天就要结束了。他仿佛从来就属于这里，尽管他
才来了一个多月，他想，她可能知道他在偷听，可她似乎无
所谓。对于她而言，罗安这个人有什么要紧呢，除了会说
"好的夫人"，近乎是个哑巴。他笨呼呼的一张马脸，让人感
觉他什么都不在意，在意了也不理解，像他这样的人到了十
一点早就呼呼大睡了。有时罗安也会感觉到自己的一无是处。
他会对着镜子里那张毫无生气的马脸吐唾沫。

2

　　新的一天又开始了，和平常没什么两样。罗安早早起床，就要帮那老人穿衣洗漱。他喊他巴叔，是她让他这么叫的。不过他很少这么叫那老人。听她说喊他巴叔是为了让他想起那些过往，想起他曾经在大海之上威风凛凛的年月。

　　巴叔一大早就会喊，我们一定要在还来得及的时候离开。他什么都会忘，就这句忘不了。罗安重复一句，我们一定要在还来得及的时候离开。他说，满仔你这个卵仔，学老豆说话。老豆是老爸的意思，罗安是知道的。巴叔是从马来西亚来的，国语说得不错，不过也夹杂着岭南的海边方言。罗安恍然大悟，满仔果然是他儿子。他看着巴叔的脸，那张脸一片空白，面无表情。他除了将罗安误以为是满仔之外，像是什么都知道。罗安牵着他颤抖的右手去晒太阳。路过那只越鸟，鸟叫了一句，早上好。巴叔也附和一句，早上好。

　　她穿了条浅绿色的新裙子，从楼梯上走下来，因疾走而线条凸显，胸脯、瘦腰、若隐若现的小腿，罗安透过余光早就看见了。她像是从空中飘下来的。罗安假装没注意到她的翩然落下。她今天很不一样，像是着意修饰了一番，她从不这样。她从来都是一身素朴又素面朝天的。罗安发现她还涂了红嘴唇，只是一点点，可他确定她涂了。罗安开始想象夜晚那一声声缠绵的轻轻呻吟，他激灵了一下。

　　她大声叫住罗安，说今天有人来访，让他给巴叔换件新衬衫，打上领带，让他精精神神的。他们这栋木房子从来没有过访客，不过罗安也才来没多久，他并没感到诧异。罗安说，好的夫人。他喊她夫人是有些古怪的，这是她的司机嘱咐他这么说的。她说，喊我詹姐，或者詹姨，你喊我夫人，就像是在嘲笑我。罗安急于辩白，说，没有人敢嘲笑您，詹姐，我更不会。他喊了詹姐，语速很快，"詹姐"更像是一个叹词。这句话说得如此之快，也是在说他从来不是个唯唯诺诺的人，即使别人都这么以为。

巴叔究竟和詹姐是什么关系，一直是个谜。不过罗安似乎并不以为意，该知道的时候总会知道的。詹姐也许就是因为这一点才将他留在身边的。她给他的报酬不菲，罗安求之不得。像他这样没文凭又没什么特别技能的外地人还能干什么呢。他初中没毕业就辍了学，工厂里干过磨床，幼儿园里当过保安，还学过理发，因剪发时走神戳破了别人耳朵，而被痛揍了一顿，他在老家真的是走投无路，是传销让他突然血脉偾张，感觉时来运转迎来了新生，没想到又给他当头一棒。

这个海边小城传销猖獗，不少怀揣着发财梦的人聚集到这里，罗安也是其中之一。当时他们所在的团伙被打击传销的突击队端了窝，这群人被赶到了沙滩上，双手交叠抱着脑袋呈半蹲的姿势，一个个接受询问盘查，罗安走在人群中，突然大声号啕起来，哭得撕心裂肺。那天詹姐也去了，本来是承一个远方朋友所托，去找那个落魄的女画家的。她没找到她想找的那个人，却看见了罗安，他在缓慢行进的队伍中

哭得像个迷路的孩子。詹姐和他四目相对，或许是突然想到
离家出走的儿子也和他一样。她和那些人说这年轻人是她的
亲戚，詹姐有个表哥是这打击传销突击队的副队长，他们很
给她面子，她签字画押就将罗安领了回去。从此他就跟定了
詹姐，詹姐说什么他就干什么。他是被骗来的，来到这千里
之外的异域他乡，不过詹姐说，骗来的也终究是个缘分。他
像相信那片海似的相信詹姐。

　　詹姐走过来了，满面含笑，看来她心情不错。也许是来
访的人让她感觉这是美好的一天。三个人站在太阳下，这似
乎是从来没有过的事。詹姐为巴叔系领带，老是系不好。巴
叔表现得极其不耐烦，眼神直勾勾盯着额头上冒汗的女人，
满含敌意。他像是根本不认识眼前的人，想要让她早点走开。
他喊着，满仔，满仔。罗安说，我来。詹姐退后，和罗安歉
意地一笑，说，在你眼里，我是不是特别没用。说到没用，
她神色忧伤。这句话不是玩笑话，她似乎真的感觉自己无用。

　　罗安并不愿意将昨天晚上那个女人的声音和詹姐联系在
一起。可她说自己没用的时候，她们分明就是一个人。想到
这里，他有点胃疼挛。

　　詹姐让他们去天台上吹吹风。罗安领着巴叔上楼。巴叔
很听满仔的话。他似乎有点怕满仔。他们一起上楼梯，罗安
还在想昨天晚上那女人的声音，对他来说那更像是一场梦。
他回头看了一眼，詹姐正望着他们的背影发呆。她似乎没想
到他会回头，猛地一惊，像是瞬间想起什么来。詹姐说，让
越鸟也去透透气吧。她转而疾走几步面向那只鸟。她很少这

么慌里慌张，罗安早就看出来了，她是在掩饰什么。她盯着他们的背影大概是触景生情，想到了过去，而那段过去又让她难以面对。罗安说，詹姐，你先忙你的吧，我等会就下来带它上去。罗安说到那只鸟就像在说一个人，詹姐对他笑了笑，似乎是在感激他。

他们必须穿过那个佛堂才能到达天台。佛堂的门是洞开的。他们走进佛堂，巴叔说了一句，她是谁。罗安知道她问的是詹姐。不过他还是问了一句，哪个她。巴叔时好时坏，今天的他不像得了脑萎缩。罗安想那个病真是个怪病，要是他罗安得上了，就去找辆火车撞死。为什么会找辆火车，罗安只觉得那种死法很酷。可气的是，听说一旦得上这个病连把自己弄死的想法也想不起来。罗安说，她是詹姐。巴叔说，詹姐是谁。罗安知道这么说下去，会是个死循环。他不说话了，故意不理他。他们穿过了佛堂，罗安让他坐在椅子上，说，别动。他下去拎那只鸟上来。

木楼梯被他踩得咚咚响。到了一楼客厅，他发现詹姐仍在面对着那只鸟。那只鸟叫着，小嘎，小嘎。这是头几天罗安教它的。他以为这只笨鸟学不会的，没想到它却突然对着詹姐一声声急促地喊着小嘎。罗安木在那里，僵在詹姐身后。那只鸟似乎看见它了，要向他邀功似的，仍叫个不停。这栋房子里除了他罗安也许没人知道小嘎的秘密。詹姐回过头来，竟假装什么都没发生似的，对他笑笑。她说，它在说什么。罗安说，我也不知道，听着像是叫小嘎。詹姐说，你教它的。罗安说，没有，我没教它。他第一次对詹姐撒了谎。詹姐没再说什么，坐在那张红木椅子上开始念经。手里的念珠像蛇似的游走。

罗安提着鸟笼又咚咚地上楼了。

3

有辆越野车远远地蜿蜒而来。罗安远眺，突然意识到这栋木房子也许是为了巴叔才依山而建的。他的好奇心陡增，迫切地想知道有时连厕所也忘记在哪里的怪老头究竟是詹姐什么人。他们很少单独在一起，詹姐好像有意躲着巴叔。她看他的眼神也怪怪的。他不像是她的长辈，更不像她家的先生，听赵姨说，詹姐的先生还在马来西亚做生意，开了家很大的公司，是个顶大的老板。据罗安猜测，他可能是詹姐先生家的亲戚，如果是这样的话，晚上十一点时的那通电话很可能是詹姐的先生打来的，是詹姐的先生叫小嘎。不过他倒更希望小嘎另有其人，而不是让他倍感失望的詹姐的先生。

罗安回头问正在发呆的巴叔，詹红英是谁。詹姐就叫詹红英。那老头面向他，说，詹红英就是詹红英呀。罗安又想继续问，那老头却颤颤巍巍站起来，说，满仔，快到船上去。罗安看了看那片海，那些渔船小得像越飞越远的海鸟。

越野车里钻出两个人来，一男一女。罗安向下张望，想要看清他们是谁。他不可能认识他们。他只是想知道来的人中有没有个叫小嘎的。他想发现另外一种可能。那一对男女似乎正在热恋中。女的挽着那个男的，还彼此凝望了一眼。

罗安有些失望，感觉那个男的不可能是小嘎。

詹姐的朋友从未来这里看望过她。这里是她的秘密之境。她在另外一个世界突然消失，没人知道她去了哪里。罗安未曾想过詹姐的那个世界，据给他们做饭的赵姨说，她去过詹姐的另一个家。当然，赵姨也有可能是在吹牛。她总试图说明她和詹姐更亲近一些。

这也让罗安想到自己，他是离家出走的，家里人都不知道他去了哪里，但他写过一封信，就是为了证明他还活着。知道他还活着，他们就放心了。有时罗安甚至想，他死了，他们会更放心。不过当他想到妈妈在他生父坟头大哭的时候，他就觉得还是要写一封信。那封信写得很短，他在信里告诉他妈妈说，他已经十八岁了，想走自己的路，他也祝他们幸福。罗安其实很想家，想那一望无际的北方田野，蜿蜒得像秤钩似的小河，他想知道那里发生的一切，比如他的妈妈嫁给那个杀狗的男人后究竟过得怎么样。这也是他离家出走的原因之一，他又有了另一个父亲，这让他感到羞耻。那个中年男人身穿露着棉絮的破旧军大衣四处游荡，佝偻着身子，像一条癞皮狗。他一只手揣在大衣兜里，会对着汪汪叫的狗扔出吃食，没过多久，那条狗就会一脑袋栽在地上一命呜呼，罗安能想象得出这个男人见状后龇牙咧嘴的兴奋表情。接下来他会想到他妈妈和这个野蛮的杀手围在一张小圆桌上一起啃食煮熟的狗肉的愉快场景，想到这里他就会胃痉挛，像是有人不停地冲他的肚子出重拳。那个男人就是以偷狗杀狗为生。

不过他死也不会回去的。

那一男一女和詹姐相继拥抱，他们彼此之间很亲密，似乎是手牵着手向木房子里走去。三个人消失在罗安的视线里。罗安回头去逗弄那只鸟。越鸟又一次叫着，小嘎，小嘎。这只鸟的脖子光秃秃的，很像个小老头。他也跟着越鸟重复，小嘎，小嘎。詹姐也许真如那些人所说的有超异的移情能力，她早就知晓了罗安的窃听。可她面对越鸟时又表现出一无所知的迷惘。他正想着，他们三个人已穿过佛堂，来到这天台之上了。赵姨在后面跟着，搬了一张藤椅。

罗安表现出他那惯常的羞怯不安。他知道，他这样做反倒让那些人放松下来。那个男的体型偏瘦，面色忧郁，又想尽力表现出喜悦来。他说，詹姐，这就是你说的罗安，罗安，你好。罗安根本不知道詹姐还和别人说起过他，他一直觉得自己无足轻重。他也宁愿如此。詹姐会怎么说起他呢，他倒很想知道。

那人走过来要和他握手。罗安局促不安，忙擦了擦手，说了一句，你好。坐在藤椅上的巴叔张口说话了，你们好。他这么一说，把那个男的吓了一跳。他说，你还记得我们。巴叔眯缝着眼，像是在思考。他有一张孩子气的脸。巴叔的过去该是他喜欢的样子，直率爽朗，可能还喜欢捉弄人。巴叔回答，我当然记得你们。那男的说，我是谁。巴叔说，你们这些人呀，别把我当成傻子，谁不知道你就是小嘎呀。罗安心头一紧，瞥了一眼詹姐。詹姐也回看了他一眼。她并没表现出他以为该有的那种慌乱。詹姐说，他是小嘎，你是谁呀。巴叔被詹姐的气势吓到了，说，我是，我是，我是谁呀。他哆哆嗦嗦地要站起来。那男的忙上前安慰说，您老好好坐着。等他复又坐下，所有人不再说话。越鸟突然打破了沉默，尖叫着，恭喜发财。

那男的似乎对罗安很有好感，老偷偷打量他，这让罗安心怀不安，总想找机会溜走。他不想引起别人注意。后来罗安得知他是对他的那段传销经历极为好奇，想知道他们那些人是怎么度过每一天的。詹姐说他是个诗人，正在写当地人的故事，而传销又是最引人瞩目的。他的笔名叫不安，人都喊他安哥。詹姐这么告诉罗安的时候，才突然发现罗安也有个"安"字。詹姐说，你们真是有缘。

詹姐喊他安哥，安哥喊她詹姐，两个人相视一笑，被罗安发现了。罗安想他们这些人总是能特别机警地处理一切，那么游刃有余。他不知道怎么才能拥有这种能力。

他们说到那天的沙滩，所有人排着长队迎候检查。安哥说，难以想象。他果然有一张诗人的脸，会突然拧着眉头，陷入到忧郁之中。他坐在藤椅上，跷着二郎腿，望着那片像块旧抹布似的大海，接着说，那你为什么哭呢，罗安，不就是被人驱逐出境吗，又不用坐牢，根本不值得那样哭。罗安一直站着。他觉得自己没什么资格和他们坐在一起。他早就想溜走了。詹姐不让他走，他背靠远处的大海，斜着身子倚在半人多高的墙上。

能找到罗安这样的人照顾巴叔，让詹姐颇为满意。她想让他们知道他。

罗安说，我一无所有，我不想回老家。詹姐说，你当时
可不是这么和我说的。安哥问，他当时说啥。詹姐说，他说
就像一朵花还没开就枯萎了。罗安，你是不是这样说的。安
哥激动不已，说，罗安，你真是这么说的。罗安低着头，轻
描淡写地说，我忘了。安哥的女朋友一直不说话，突然笑起
来，说，你也是个诗人呀。

安哥的女朋友叫越小越，也就比詹姐小几岁，但看上去
要比詹姐小好多。她扎着马尾，脸色苍白，嘴唇很薄，擦着
橘黄色的口红，亮晶晶的。也许是她说话的样子让她显得年
轻，一说话就眉飞色舞。不过她倒是很少开口，一直托着腮
听他们说话。罗安疑惑这个世界上怎么还会有姓越的人，估
计也是个笔名。詹姐没说，像是她叫越小越天经地义，无需
解释。

詹姐想拿一本旧画册上来，说他们的话让她想起过往的
年月，她想让他们看看三十年前的大海。安哥说他也下去，
去车里拿一本书来，是他的诗集，想送给罗安。他们一前一
后离了天台。天台上只剩下巴叔、越小越还有罗安，当然还
有老是在倒空翻的越鸟。天台上骤然变得很安静，他们很长
时间没说话。罗安扭头看海，用来掩饰无话可说的尴尬。越
小越起身走过来，紧挨着罗安，和他一起远眺那片海。越小
越突然说，安哥头两天来过吗。罗安摇摇头。越小越接着说，
之前来过吗。罗安说，之前不知道，我才来一个多月。越小
越说，你不要骗我。罗安不说话。越小越又说，詹姐常住在
这里吗。罗安说，我不知道。涉及到詹姐，他不想多说话，

他怕说了不该说的话。对于詹姐来说，不少话都是不该说的，这一点他罗安是知道的。越小越说，那你知道什么。这句话是在谴责他，已经充满敌意了。罗安歪过头，回看坐在藤椅上一动不动的巴叔。巴叔像是突然想起什么来了，转瞬又忘了。他的脸阴晴不定，罗安很难感同身受，难以弄懂这个老头正在经历什么。他说，请您不要为难我。他们不再说话，风吹着帐篷噗哒噗哒响。

罗安想去看看詹姐怎么还没上来。也许他们正如越小越猜测的，有什么见不得人的私情。想到这里，他开始同情越小越。她那么瘦，趴在那堵墙上，正向远处看。罗安说，詹姐不常在这里住的。越小越侧身凝视他，冲他挤眼睛，惊奇于他的态度转变之快。她腰肢柔软，长发顺滑，侧过头来的样子很迷人。她很有女人味，罗安想那夜晚诱人的低语应该出自她口，而不是厚嘴唇高颧骨素面朝天的詹姐。詹姐没法和她比，她们也没得比。罗安是不相信那个叫不安的诗人会背着越小越去找詹姐的。

越小越问，罗安，你有女朋友吗。她也许在挑逗他。罗安说，没有，没有过。越小越说，从来没有过。罗安点头。他开始咬拇指。这也是他的老毛病。她说，你多大了。罗安说，二十。他虚岁才二十。他想说二十三的，他不想她看扁他。越小越说，我二十岁的时候，交了好几个男朋友了。罗安没说话。接着她问起了罗安是哪里人，为什么跑这么远来到这天涯海角。罗安没撒谎，他实话实说，说他离家出走。他没告诉过詹姐，不过詹姐也没问过他。说到这里，越小越也叹了口气，说，我还不如你呢，我是个孤儿。

4

午饭过后，罗安搀着巴叔回房休息。巴叔说，我们这是要去哪里。罗安说，去您的房间。巴叔说，哪里有我的房间。罗安没说话，回头看他们三个人。安哥说，等你回来。他是对罗安说的。他想和他聊聊。

巴叔的房间在二楼，就在罗安的隔壁。巴叔颤颤巍巍走进去，不知置身何处，惊讶地环顾四周，问罗安，这是哪里。但他对自己好像没有丝毫的怀疑，罗安想象他的脑袋正在一点点缩小，被弥漫的白色物质一点点侵吞。

罗安帮他解领带，说，你喜欢这条领带吗。这是上一个护工教给罗安的办法，当巴叔执着于纠缠一个问题的时候，就顾左右而言他，他的注意力像一岁半的孩子，轻而易举就被转移了。罗安这么一说，巴叔低头开始观察那条仍旧挂在脖子上的领带，说，好看。他早就忘了他在哪里了，更忘了他还问过他在哪里这样的问题。有时候，罗安会很羡慕他，说忘就忘。那些忘不了的往事总在折磨着罗安，等他差不多再也想不起来的时候，又会在梦里闯进来，捉弄他。

巴叔已经躺在床上了，一躺下就显得更加苍老，双颊凹陷，眼神空洞地盯着天花板。罗安嘱咐他，让他好好睡觉。罗安转身想走。巴叔说，别走，我怕。他像个孩子。罗安回头看他凄楚的表情，很难想象他曾做过一阵子海盗，在这片南海之上横行无忌。

这一个多月，对于罗安来说极其漫长，除了漫长就是不可思议，他就像是闯入了另外一个世界，这个世界和他从前的世界毫无瓜葛。不过他并不觉得难熬，反倒喜欢这里。他从前感觉有钱人是无所不能的，这也是他离家出走又误入传销的动力，他想变得有钱，更有钱，无比有钱。可看到像詹姐这种有钱人的日子，他感到灰心丧气，就像是一朵花还没开就枯萎了，除此之外，他还看到一个英雄的衰老，这个英雄正一副可怜相地求他别离开。罗安的视线转移到那张照片上，那似乎是罗安目力所及的巴叔的唯一一张照片了。照片里的巴叔叼着大雪茄，斜倚在船舷上，一脸困惑，像是有什么人正惹他不高兴。罗安突然感觉人生就是黄粱一梦，转而对巴叔说，乖，闭上眼睛。他会对他说乖，估计詹姐也想不到。不过这声乖很管用，他闭上了眼睛，不多久就鼾声大作。罗安起身，想到诗人还在等他，感觉一切没什么大不了的。人活着，就该想笑就笑想哭就哭。

这种情绪一直持续着，罗安像是换了个人，主动和安哥攀谈，说他其实很想念那段日子，其乐融融，人人互相鼓励，每天都精神振奋。像是这么说还不够，罗安低头沉思，接着说，每一天都是新鲜的。安哥听罗安说出这些话，难掩激动，像是终于找到自己想要的了。他喜形于色，说今天真是没白来。詹姐说，还以为你们是来看我的呢，没想到是来看罗安的。越小越一只手搭上了罗安的肩膀，没人发现她在暗暗用力，只有罗安明白，可他不明白她为什么这样。他不曾注意她是怎么一步步溜到他身后的。

越小越问罗安,要不要詹姐再把你送进去。他们知道是詹姐把他签领回来的,是她救了他。安哥像是突然醒悟过来了,指着罗安说,你们没发现他像谁吗。詹姐说,像谁。詹姐一直盯着安哥,安哥说,总觉得他像一个人,又想不起来是谁。

越小越出去接了个电话。她走路的样子妖娆极了,就像是故意让他们看她扭扭捏捏的背影。詹姐手心里的念珠一直在滚动,和他们聊天的时候,她也不忘做日常功课。罗安不知道詹姐所说的功课是什么,据他猜测就是每天必须要念诵多少经书。白天的她让他感到恍惚,一脸虔诚和慈祥,又像是对什么都不在意。越小越接完电话,招手示意让詹姐出去。她有话和詹姐说。詹姐起身。她已经换上了一身素服,那条浅绿色的裙子不知何时已不见踪影。罗安怀疑早晨见到的那条裙子只是他的错觉而已。还有另外一种可能,那就是她没想到越小越会来,那条裙子是为诗人不安准备的。这是最大的可能了,罗安想到这里感到兴奋。安哥很可能就是詹姐夜里叫个不停的小嘎。小嘎,小嘎,我要你,我要吃了你,连皮带骨头。这些话想来仍让罗安脸红,除了脸红,还有一股激流自上而下在他胸腹内蹿涌。

詹姐出去了。安哥说,你知道你像谁吗?罗安说,我不知道。安哥说,你像詹姐从前的男朋友,太像了,你们都有一张马脸,说完诡异地一笑。罗安不说话了,他不知道该怎么回这句话。他想走了,感觉继续待下去,他会发疯的。他起身想走。安哥呵斥一声，你别走。他复又坐下。罗安没想到他变脸这么快。诗人是难以想象的一种人，罗安从没想过诗人还是一种职业。他讨厌这一类游手好闲的人。他说，你想干啥？他这句硬生生的，他只是想表达他也不是好惹的。这是他面对那些欺负他的人时的一贯反应。他小时候没少被人欺负，见人变脸后，他总是习惯性地这么说。他的心脏怦怦直跳，耳膜都能感到那种冲击。所有的恶意到最后都有可能变成落在他身上的拳头。其实他已经害怕了。他只是硬撑着。

安哥说，詹姐是我的。他这句没头脑的话，让罗安作呕。罗安说，这和我有什么关系。其实安哥根本不关心他说的那段传销经历。他接着说，你不要装了，我知道你就是小嘎。罗安说，你才是小嘎呢，我叫罗安，罗安。他又重复一句罗安，以示他只是罗安，谁也不是。他也只想做他的罗安。安哥恶狠狠地说，我警告你，别想从我手里抢走詹姐。罗安不知道他在说什么。他回了一句，你不是有她吗。越小越猜得没错，他和詹姐有见不得人的私情。那他是小嘎吗。罗安还不敢断定。

詹姐和越小越回来了，一前一后，看不出她们有什么异样。越小越又站在了罗安身后，一只手自然地落在罗安的肩膀上。看上去她喜欢他。罗安身子缩着，詹姐意识到他的别扭。詹姐说，罗安，放你半天假，你出去转转吧。每周六他被允许休息多半天，可以出外走走。詹姐说过，回来得晚一点也没关系。不过他总是会提前回来。可今天根本不是周六，罗安没有说话，起身向外走。越小越侧身闪开，罗安和她擦身而过。越小越似乎看出了罗安的情绪变化，问安哥，你们在聊什么？安哥说，罗安，我们在聊什么呢？罗安仍旧不说话，急匆匆往外走。安哥接着说，我们说詹姐是我们所有人的活菩萨。詹姐满面含羞，说，你们又在嘲笑我。罗安看了詹姐一眼，心想詹姐对他真是宽容。这让他突然有了和那家伙一较长短的想法。

5

　　罗安出去了，把那栋海边的白房子甩在了身后。他回头看了一眼，像是再也不回来了。这种假装的诀别让他开始重新思考詹姐和这座白房子究竟有何意义。他很少这样看这里的一切，对于他而言，他仿佛从来就属于这里，尽管他才搬来一个月而已。他对于詹姐最初说过的那些话仍记忆犹新。詹姐说，我相信你。她说得很慢很轻，就像是可说可不说，现在想来罗安还会记起听到这句话时的惊心动魄。极平常的话在詹姐的口中说出就变得字字千钧。詹姐是在给他信心，当然更是警示，她是在说这里的一切不准告诉任何人，他该把听到的看到的一股脑烂到肚子里。除了惊慌，罗安也觉得兴奋，詹姐将他当成了自己人。他会为了这份信任，一丝不苟地干下去。他知道自己不够聪明，不聪明的人就该更认真。

　　他无处可去。这个城市除了詹姐他不再认识其他人了。那些曾经和他住在一起的志同道合的传销圈里的朋友大部分被驱逐了，就是能留下来的，也走散了。他一点不想找他们。他说给安哥那些话，是为了气他，不过后来感觉像是在讨好他。那一张张因想要发展下线而亢奋的脸让他感到悲哀和厌倦。他去了沙滩上，近距离面对那片海。那么多人为这片海着迷，他走在其中却一直在想詹姐为什么支走他。那个叫不安的怪诗人，也正如他的笔名，总处在焦虑不安的状态里。他怀疑罗安是小嘎，这就说明他不可能是小嘎。詹姐漫不经心的样子，也似乎在证明她和安哥不可能有什么私情。再说了，詹姐也正如安哥所说，她就是一尊活菩萨。这并不是玩笑话，比如像得阿尔茨海默病的巴叔，和她并非亲属关系，她竟然这么无微不至地照顾他。当然不止如此，她对好多人都有求必应。

不过罗安还是弄不明白活菩萨到底为了啥。

罗安突然想到给巴叔洗澡的场景来了。他不愿想下去，可还是不可遏制地想到了那个人的裸体以及他那令人作呕的私处。其实罗安可以不必这么做的，或者说不必这么认真。可能是他信了那些人的鬼话，说詹姐通灵。也许詹姐正附在那老头身上，正疑惑地望着他罗安呢。看詹姐双眼低垂，嘴唇像鱼似的张张合合，谁也不知道她究竟在念什么咒语。那栋白房子只住着他和那个老头，可罗安感觉詹姐的目光随时都在注视着那里的一切。

被猝然一阵叫喊声吸引，罗安转身看见一群人乌泱泱向他斜后方跑去，大喊着救命。人越来越多，他不知道究竟发生了什么。罗安很瘦，不顾一切地向前挤。他站在了一个祖胸露背的女孩背后，目睹了那一幕惨状，因紧张到颤抖不小心贴上了她的后背。那女孩白了他一眼，趁势躲开了，离他远远的，避之不及。

滑翔机撞在椰子树上，撞了个七零八落，一男一女像滑翔机零件似的散落在其中。男的穿沙滩裤，不过已经褪下去一截子，私处袒露；女的脸部朝下，屁股光裸向上撅着，让人不由起疑，他们在滑翔机上是否正如旁人所言，是因为情绪过于激动，才致使滑翔机操作失灵一脑袋栽了下来。有人还在嬉笑，说做鬼也风流。还有人说他们肯定是一对野鸳鸯，家里人很快就会知道，可有热闹好瞧了。后来急救医生和警察都慌忙赶来，人群被驱散。罗安一直向天上看，想象那个男的是如何在滑翔机上进入那个女人身体的。他并没有对那二人的死有丝毫动容，这很不像他。海风吹拂着他，像是在吹着一面风帆。

罗安离开沙滩，漫无目的地走。他没等到太阳落山就回去了。快到那栋白房子的时候，他远远看见了安哥和越小越在树林里争吵，你推我搡。他们没看到罗安。罗安也不愿被他们发现，躲在一株榕树后面偷看。距离有些远，他根本听不到他们在说什么。越小越给了安哥一巴掌，扭头要走，又被安哥一把抓住。罗安猛地想到詹姐，就顾不上看他们吵架了，忙跑向白房子。一走进房门，只见詹姐和巴叔正坐在一起。他们彼此对坐，像是已经沉默了很久，很久。是罗安的突然闯入，让他们在这死一样的沉默中缓了口气。詹姐缓缓地说，你怎么这么早就回来了。说完叹息一声，仿佛松了口气。她的嗔怪是责难，责难罗安怎么才回来，不过这责难也有见到罗安的欣喜，他终于回来了。她缓缓起身，想要离开这半明半暗的屋子。每周六的后半天詹姐也许就是这么度过的。她得替出外走走的罗安照顾巴叔，监视他，让他不要乱走。

罗安急不可耐地想要和詹姐说那架天外坠物，说到那一男一女的惨死。他因为过于激动而吞吞吐吐。他想要说的其实不是他们的惨死，他也不知道自己想说什么。后来他只准确表达了那对男女死于非命。

他这么快回来，在詹姐看来，也许只是因为恐惧。可罗安知道事情并非如此，他一点也不害怕。他是想告诉詹姐，一切没什么大不了的，每个人都用自己的方式在活着。

詹姐连说阿弥陀佛。这是她的习惯。她对很多事的评论不过就是一句阿弥陀佛，像是这样可以应付一切。阿弥陀佛也许真的能够应付一切。

罗安又想起在树下吵架的安哥和越小越，就说，我看到他们了。詹姐说，他们看见你了吗。罗安说，没看见。詹姐似乎还停留在那一对男女惨死的哀伤情绪中，或者说她因此想到什么，想到自己的过往。

他接着说，他们究竟是谁。他问的不是那对惨死的男女，而是不安和越小越。詹姐知道他在问谁，慢吞吞地说，我也想问他们是谁呢。罗安笑了，詹姐有时会说一些怪话，赵姨说修行的人都这样，和我们这些凡人不一样的。她也想跟詹姐念佛，早晚念一通经，心神安宁。不过听詹姐说她们不一

样，赵姨是真信，她是假信。她信了这么多年，连她自己都
迷惑了，自己有没有在信，在信什么。她说她不信的时候，
让罗安感到惊恐。詹姐说完那句话又随之一笑，罗安这才释
然，他知道她在开玩笑。

　　罗安感觉詹姐是向着他的，他才这么说。他想把他知道
的全部告诉她。他说，那个安哥说詹姐是他的。说出来他又
后悔了。他以为詹姐会大惊失色。没想到她像是早就猜出来
他会说什么似的。詹姐笑着说，你们都把我当成活菩萨了，
抢着供起来。罗安不明白她在说什么。他的意思其实不是想
告诉詹姐真相，是想探究真相，想知道詹姐怎么看他们俩。
他没能得逞。詹姐接着说，这是在嘲笑我，你们所有人都喜
欢这样，不过我已经习惯了，你不用担心我。罗安感到惭愧，
他是想看热闹的。他还想说什么，被詹姐打断了。詹姐让他
去问问赵姨，饭做好了吗。

　　巴叔喊着，我要吃饭。他茫然地看着罗安，一双眼睛像
两个空洞。

6

　　晚饭吃到一半的时候，越小越哭了。她在毫无征兆的情
况下突然哽咽不止。等她意识到自己的失态以及所有人从惊
慌转而想要安慰她的时候，她又摆摆手笑了。她说，我想我
爸爸了。她从没见过她的爸爸，说竟然毫无来由地想他，还
因此想到他的模样和神态，栩栩如生。海风吹进来，窗帘摇

曳，似有人影。罗安感觉气氛悚然，像是越小越正在言说的那个战斗英雄真的随海风闯进来了。她爸爸是个烈士，死在那潮湿酷热的南方森林里了。他们家得了一笔抚恤金，他爸爸的名字也刻在了烈士陵园的墓碑上。越小越成了烈士遗孤，她这个名字是她成年后给自己起的，用来纪念那场战争以及在战争中死去的像她爸爸一样的人。战争结束后，她妈妈跟随一个北方人去了北方，再也没回来过。她从小跟着爷爷奶奶过日子，对妈妈的离家出走毫无感知，她都不记得生命中还有过这么一个女人。这都是爷爷奶奶后来说给她听的，他们恨她，那个女人在他们的叙述里是个披头散发的疯女人，也许这只是他们哄人的把戏。她不知道命运对那一对曾经的年轻人做过什么，随着爷爷奶奶的相继离世，她再也无从得知了。

说到这里，罗安突然问，你妈妈再也没回来过吗。越小越似乎预料到他有这么一问，说，她也许被人贩子给害了，死在荒郊野岭了，我老是做这样的梦，梦见我妈妈从一个很小的山洞里爬出来，一身脏兮兮的，满脸无辜地望着我，像是根本不知道她为什么会这样。罗安扭过头，去看那扇半开的窗户，窗外墨黑。他胸腹剧烈起伏，正极力制止自己的悲伤情绪。他竟然强烈想念自己的妈妈，那个被人贩子拐来的女人，也是来自这南方之南。他知道，他妈妈和越小越说的那个女人不可能是同一个人，但在他的感觉里，她们就是一个人。他妈妈总是想要走，想要离开，可从没离开过那个北方村庄。他就在这一刻，突然弄懂了那个嫁给杀狗男人的南方女人。他想听到她的声音，接着会告诉她他有多么想她。罗安做了深呼吸，又转头凝视正在说话的越小越。

那个叫不安的诗人，有些坐不住了。他说到她和越小越的相识也是因为她的一场痛哭。那是在老兵联谊会上，他也去了，那时候他还不叫不安。越小越说，他叫黄永强。他们因为这个平凡而普通的名字不约而同地笑了。黄永强继续追忆他们的相识。他说，她哭得停不下来，我就一直拍她的背，那是我们第一次亲密接触。越小越打断了他，说，我那次哭，根本就不是哭我的爸爸，阿弥陀佛。她也说阿弥陀佛。她像是在学詹姐，詹姐被她逗笑了。黄永强说，那你在哭谁。她说，我失恋了，我在哭我怎么会这么惨，那个甩掉我的家伙是个彻头彻尾的大混蛋，和你一样。说完她面向黄永强，耸了耸肩。黄永强大叫一声，他妈的。詹姐双手合十，念阿弥陀佛。越小越说，那天我才突然感觉自己是个真正的孤儿。

她沉吟了很久，猛地抬头说，我爸爸不是死于他们说的榴弹袭击，而是死于自己的同情心，这是我爸的战友亲口告诉我的，他救了那个陌生女人，她却趁他不注意，开枪击中了他。她说不下去，泣不成声。她又摆摆手，说，对不起，是罗安说到那架滑翔机的事，才让我想起他，可恶的同情心。她不想再说下去了，托着腮陷入沉思中。

巴叔也为这个故事动容了，他竟然在流泪，泪光闪闪。他说，囡囡，快点跟我上船，再不走就真的来不及了。他是对着詹姐说的，那么詹姐就是他眼里的囡囡。她僵在那里，说不出话来。罗安就坐在正对面，能感觉到詹姐的慌乱，她的嘴角一直在颤动。这似乎是他第一次见识到詹姐的惊慌失措。他不想放过她表情的丝毫变化，他正在期待着什么。詹姐逼视着正在盯住她看的巴叔，像是不相信他会叫她囡囡。她终于伸出手，猛地搭在巴叔的手上，轻轻抚摸，充满爱意。她说，好的，我听你的，小嘎，我这就跟你上船。她的小名竟然真的叫囡囡，他认出了她。他还记得她。更不可思议的是，那个她口口声声的小嘎竟然是巴叔。

巴叔说，囡囡我等你。詹姐说，小嘎，你要去哪里？巴叔说，我要回船上去，满仔，跟我走。罗安慌忙起身，绕过那个大餐桌，站在巴叔旁边，搀他起身。他走到楼梯处的时候，问罗安，你知道这条路怎么走吗？罗安点头。巴叔说，我已经忘了，可我知道他们都在等我。他嘴角的哈喇子落在了罗安的手臂上，像条毛毛虫似的一直在蠕动。罗安又犯胃痉挛，他想把肚子里的东西全吐出来。

詹姐跟过来了。罗安回头看，她像个小女孩似的步步生莲。她抓住罗安的手臂说，他竟然认出我了，他还记得我，阿弥陀佛。罗安不相信面前的詹姐会像个小女孩似的，摇晃他的胳膊。罗安说，功夫不负有心人。他惊诧于自己会这么说。他在安慰她，他竟然在安慰她。詹姐点头，略带哭腔地说，好好照顾他。他们向楼上走。那哽咽的低语又一次在罗安脑海里回荡。

回到巴叔的房间，巴叔又把这一切给忘了。他不知道为什么回去。罗安让他吃药，让他早点睡。他躺在床上，像个孩子似的不住张望。罗安拿着玩具枪，对着他，说，再不好好睡觉，我就开枪了。这招屡试不爽。他怕死，下巴一直颤抖着。他闭上了眼。罗安嫉妒他，像他这么老了，还有詹姐这样的女人深爱着他，把他从马来西亚接过来亲自服侍他。除了嫉妒巴叔，罗安还滋生了对詹姐的崇敬之情。詹姐不仅慷慨仁慈，更重要的是她懂得爱，不求回报的爱。想到这里，他丝毫不愿把那个一到晚上十一点就绵绵低语的女人和詹姐等同。可他知道，她就是她。

罗安想回到那个餐桌上，听听他们在聊什么。等巴叔睡着了，他急不可耐地下了楼。他们仍旧像原来那样坐着，只是谁也没说话，一片沉默。他们在听音乐。那音乐时而低沉，时而铿锵，像是描述战争年月。罗安虽然不懂，但他能感觉到音乐里的气势，像是有成千上万的人扛着枪正奔赴战场。他走路没声，他的突然出现，打破了他们的沉默，让越小越惊呼，说他怎么像鬼一样。詹姐轻声细语地问罗安，他睡着了吗？她就像在问一个婴孩。罗安回应，睡着了。

罗安不知道他走后这些人说过什么。也许詹姐将她和巴叔的旷世绝恋已经说给他们听了，罗安错过了。巴叔才是詹姐的小嘎，真正的小嘎。他惋惜不已，不过仍尽量表现得漫不经心，只是远远靠着冰箱看着他们三个人。詹姐说，不如去天台吧。他们悄无声息地从一楼爬到了三楼，接着推开佛堂的门，一阵风穿堂而过。

天台之上，他们谈到了詹姐的修行，食素多年为什么又酒肉穿肠过了。罗安未曾想过这个问题，对他来说这根本不重要。詹姐说，酒肉穿肠过佛祖心中留。她低眉沉思，不再言语，她的样子就是一尊菩萨，却轻而易举地否定了自己二十余年青灯古佛的生活。越小越揪住不放，说，詹姐，你吃素这么多年，突然又吃肉，是什么感觉。詹姐正在远眺，海岸线的那条白边像是一动不动，罗安知道那是海浪，一浪又一浪，消逝又出现，仿佛从没有消逝过，也没有过出现。詹姐回头和他们说，有一天我突然想吃肉了。她这么说，没能让他们满意。罗安想，越小越就是想让詹姐出丑，他开始讨厌这个女人了。

詹姐说，不如我们跳舞吧。这更是他们想象不到的，不过纷纷赞成。罗安听了詹姐的吩咐，去佛堂搬音响。

天台上乐声四起，詹姐说，来，罗安。罗安说，我不会。詹姐说，我来教你。詹姐扑面而来。他和詹姐从未这么亲近过。詹姐的腰很软，罗安的手轻轻搭着。她身上的佛香味悠悠而来，罗安微仰着头，想要避开那种气息。他瘦高，比詹姐高整整一头。詹姐的脸面对他的脖颈，他能感觉到她呼出的气息。罗安的屁股向后撅着，不敢向前。

一曲终了，他们换了舞伴。越小越和罗安在一起跳，罗安踩了越小越的脚，她嗔怪了一声。越小越跳开了，说不跟罗安跳了，要和詹姐跳。她不会跳男步，詹姐会。她们在天台上转圈，罗安站着看，黄永强坐着抽烟。越小越说，我们完蛋了。罗安离得近，他听到了。她们转过来了，罗安能听得更清楚了。她们像是故意让他听到。詹姐说，为什么，你们那么好。越小越说，我打算和你一样准备出家。詹姐说，别和我开玩笑了，我可不想出家。越小越说，你撒谎，你这么说，对得起佛祖吗。她们又转到另一侧去了。罗安没听到后来她们说什么，反正是一起笑了，就像出家是个笑话。黄永强喊罗安过去，罗安便过去了。黄永强递烟过来。罗安说不会，黄永强执意让他抽。他就接过来点上。他像是抽过多年烟的老手，像模像样。

黄永强说，我和詹姐认识十几年了，你知道吗。罗安说，我不知道。他接着说，我发现她变了，她从前不这样。罗安不说话，不知道说什么。他不想卷进去。他猜得出这群人关系混乱。他从小就学会了置身事外，只有这样他才能保护好自己免受其害。罗安不想和他聊下去，转而去关注跳舞的女人们了。她们搂抱在一起，轻轻摇摆旋转。黄永强没放过他，接着说，咱们不能让詹姐这样。罗安更不知道他在说什么了。别忘了，他是个诗人，罗安这么劝自己。

越小越下楼上厕所，詹姐让罗安陪她跳，罗安说，还是别跳了，老踩你的脚。黄永强说，我来。詹姐和黄永强一起跳。黄永强说，没有我，你就这样自甘堕落吗。詹姐说，过好你的日子就好了。黄永强说，我当初拒绝你，不是因为越小越，是因为你，你怎么就不明白。詹姐说，阿弥陀佛，再也不要提那些旧事了。黄永强仍不罢休，猛地紧紧搂住詹姐，说，我不让你跟这个小混蛋在一起。罗安估计自己就是他说的小混蛋。詹姐说，你放心好了，你想要的我都会给你的。黄永强说，我的活菩萨，说完就放手了。越小越上来了，坐在佛堂正中央，喊了声，罗安。罗安走过去。她把剪刀递过去，让罗安把她长发剪了。罗安摇头。越小越趁着酒劲，大喊一声。罗安不知所措。越小越说，求求你。罗安在佛堂里把她的长发给剪了。她对罗安说，从今天开始，我就不叫越小越了。她们到了天台上，继续跳舞。黄永强和詹姐对她的长发变短发并没感到惊诧，像是早就预料到了。詹姐说，短发好看。

这时候，巴叔端着冲锋枪冲过来了。那把玩具枪在他手里哆哆嗦嗦的。他说，你们这对狗男女，还不快滚，再不滚我就开枪了。巴叔的突然出现，让他们三个人惊慌失措。明知道那是把玩具枪，罗安还是从他手里夺了过来。巴叔嚷道，你们给我滚。他气势汹汹的样子，让罗安想到了他的过去。詹姐过来了，抓住巴叔的手臂说，小嘎，别这样。巴叔一把搂住詹姐，说，囡囡跟我走，他们都是吸血鬼。詹姐真的跟他走了，穿过佛堂，又接着下楼。罗安也跟着下去了。过了没多久，楼下那辆车就开走了。

7

到了后半夜，罗安醒了，他以为天色已经大亮，没想到窗外仍是一片墨黑。他听到了楼上的响动，詹姐可能还在打那通没完没了的电话。似乎又不像，他听到了另一个男人的声音，难道是黄永强又回来了。他像往常似的把小方凳放在大方凳上，对那个天花板探头探脑。他已经知道怎么做更能听清楚楼上的声音。他不想放过任何一句话。

詹姐说，我不管你，你也别管我。

那个男声说，我怕你吃亏，你这个人一直在吃亏。听上去声音扁扁的，像是刚过变声期，看来是个年轻人。

詹姐说，我不知道什么叫吃亏，也从没想过，好多事都有它的前因后果，不是我们能算计的。

那个男声说，我不知道你是怎么想的，你到底想要什么，难道你就是想让别人说你是活菩萨吗，还是你真的相信那西天的佛祖。

詹姐说，我说过，不想让你来这里找我。

那个男声说，我是来看他的，我想他了。

詹姐说，这可不像你说的话，你不是一直想撵他走吗。

那个男声说，我说过了，我不是想撵他走，我的意思是那些人太不要脸了。

詹姐说，你是不是缺钱了。

那个男声说，没有，你怎么总把我往坏里想。

詹姐说，我给你钱花天经地义，我没把你往坏里想。

那个男声说，我讨厌你对人这么好。

詹姐说，你也讨厌我对你这么好吗。

那个男声说，他们把你抢走了。

詹姐说，没人能从你手里抢走我。

那个男声"切"了一声说，从我手里抢走你的人就是他，他是个废物，你知道吗，他连你都不认识，那群人得逞了，他们就是欺负你，我一想到这里，我就恨他，更恨你。

詹姐说，你不会明白的。

他们沉默了很久，罗安一直在想这个男的究竟是谁。他和詹姐似乎很亲密。

那个男声突然说，她怀了我的孩子。

詹姐说，那是你的事。

那个男声哭着说，黄永强的事是你的事，越小越的事是你的事，甚至罗安的事也是你的事，就我的事不是你的事，我怀疑我是不是你亲生的，他们都说你是活菩萨，你真的是吗，只有你自己知道，你对人有求必应，事实上你比谁都冷漠。

罗安一惊，这人原来就是詹姐那个离家出走的儿子。他回来了，而且是半夜回来了。记得詹姐说过他叫乐乐，和罗安同岁。

詹姐说，你把别人老婆的肚子搞大了，还有脸说我，我可从没哭着找过父母，你根本不知道那时候我是怎么过来的。

乐乐说，你不要告诉我，你根本不知道他有家室。

詹姐说，你打算怎么办。

乐乐说，我不知道。

詹姐说，要是你够胆量，那你就去当着她老公的面，说那孩子是你的。

乐乐说，二十年前，你怎么不当着他老婆的面，说孩子是他的，你的胆量呢？

詹姐不说话了。罗安知道乐乐口口声声的他正是巴叔。

乐乐接着说，我感到吃惊的是，你听到她怀孕的消息怎么一点也不吃惊，难道你已经知道了吗。

詹姐说，我不知道。

乐乐说，我回来就是想告诉你，你马上要当奶奶了。

詹姐说，乐乐，你想让我怎么做，我听你的。

乐乐说，我想带她走，远走高飞。

詹姐说，她愿意跟你走吗。

乐乐说，她肯定会愿意跟我走的，她很爱我。

詹姐说，你不是想知道我为什么没去马来西亚找他吗，没当着他老婆的面承认你就是他的孩子吗，我来告诉你原因，如果他爱我，我就觉得那是勇气，他要是不爱我，连我自己都觉得我无理取闹，是个泼妇，你懂吗？

乐乐说，你是怎么知道他不爱你的。

詹姐说，那是因为我突然发现我也不爱他，我对他在马来西亚的生活毫无兴趣，他究竟有没有家庭，我根本不在乎，就像他对我那样，他丝毫不关心我在这里的一切。

乐乐说，那你还对他那么好，满仔送他来的时候，你应该拒绝的，他们要了他的一切，你却只得到一个老废物。

詹姐说，你能不能别老是一口一个废物，他是你爸爸。

乐乐说，他知道有我这个儿子吗，他根本不是我的爸爸，我还想问你呢，你确定我是他的儿子吗，是不是连你都无法确定。

詹姐说，我在机场见到他的时候，他向我走过来，和原来一样，他和我打招呼，只不过他再也不知道我是谁了，我想扭头就走，那时候我就想到了你，想让你知道父亲是谁，你应该知道他，了解他，即使他现在连我也不认识了，这样一想，我就觉得他特别亲切，他是我的亲人，更是你的亲人，他昨天认出我来了，你知道吗。

乐乐说，我见到满仔了，他假装不认识我，他这个混蛋，来了也不过来看看他爸爸。

詹姐说，你们都觉得他只是个废物，是个累赘，可我以为他是我的佛，他坐在那里一动不动多么像佛呀，我从来没觉得他这么好过，随你们怎么想，我就是要养着他。

乐乐说，你这个活菩萨。

詹姐说，我怎么生了你这个魔头。

乐乐说，妈妈，她让我滚，滚得越远越好，我是从她那里跑回来的，她让我问问你，问问你，这孩子要不要。

詹姐说，乐乐，你先去睡觉吧，好好睡一觉。

接着罗安就什么也听不到了。詹姐和乐乐也许睡在一张床上了，这让他想起和自己妈妈睡在一起时的场景来。窗外天色发白，天就要亮了。

一大早，罗安搀着巴叔出去遛鸟。那只鹩哥显得很兴奋，在笼子里空翻个不停。詹姐和乐乐都在房间里睡觉，也许詹姐已经起床了，在佛堂念经。他们到了海边，面对海上初升的太阳，巴叔又一次激动得说不出话来。他也许连想说的话都忘了吧。阳光将巴叔的脸映得绯红，罗安打量着眼前的怪老头，猛然意识到他竟是詹姐的男人，更重要的是他还是乐乐的亲生爸爸。他开始想象巴叔皱瘪的下体如何进入詹姐的身体，詹姐又会怎样迎合地呻吟。

巴叔叫喊着向大海冲去。他常有匪夷所思的举动，让罗安措手不及。巴叔已经走进海里了，浪头劈面而来，打湿了他的衣服。他拍打着海里的水，说着罗安听不懂的海边话。罗安起初是站在岸上无动于衷，他就那么眼睁睁看着巴叔向大海深处移动。海水已经没胸了，罗安还在岸上等待。他自己也不知道为什么等待，只是觉得有些事已经不可避免地发生了，他正在期待转机。巴叔消失在茫茫大海里了，罗安才意识到他正在谋杀。他慌了，不过他仍站在原地。他现在想的是放了笼子里的那只越鸟，自己一个人沿着海岸线一直跑下去。

大海还是一如既往，既平静又疯狂。也许是詹姐那句他是她的佛，才让他有了杀机。他一屁股蹲下来，盯着巴叔消失的地方。

巴叔又从海里钻出来了，像一个海妖。他一步步从海里走出来，变得焕然一新，罗安感觉他像是从过去穿越而来。他曾是个水手，伟大的水手，詹姐说起过，他曾驾驶着一艘渔船救了那个小岛上的所有人。那里的人正躲在岩洞里避难，是越小越说过的那场战争让他们流离失所。

巴叔上了岸，发现了仍旧蹲在地上的罗安，像是发现了一个闻所未闻的陌生人。他惊奇于岸上竟有一个年轻人坐在那里。他向他挥了挥手，意思是等也没用，别等了。巴叔神情沮丧，嘴上不停嘟囔着，船呢，船呢，船呢。他想离开，他想回家。罗安说，我们回家。巴叔说，没有船我们怎么回家。

8

罗安正给那只越鸟洗澡，这也是罗安最开心的时候。他看着越鸟跳进水盆里抖动翅膀，又很快飞出来，落在高处张望，尖叫着，小嘎小嘎。那只鸟起初是紧张兮兮的，它其实很怕水，可似乎又极其渴望，它尖叫着小嘎，一次次掠过水面，后来慢慢放松下来，停在水中的时间越来越长。这只鸟在水里张开翅膀，小脑袋转向罗安，双眼凝视，罗安感觉不可思议，也许果真如詹姐所说万物有灵。

他被人猛拍了一下，肩膀随之一沉。在这个地方从没人会这么粗暴地对待他。他怒火中烧，回头一看，有个像熊一样的年轻人已经站在眼前了。罗安知道他就是乐乐，詹姐和巴叔的儿子。他并不像他们中的任何一个，给人感觉恶狠狠的，丢下一句跟我来扭头就走了。他看也没看他一眼。他不会把罗安这个人放在心上的。

罗安弓腰驼背跟着乐乐向外走，像个犯过错的人。这让他想起从前上初中的时候，也有一些人总欺负他，那些人就是乐乐这样的人，身上花花绿绿的，文满了奇怪的符号，走起路来摇摇晃晃。罗安似乎比他更像是詹姐的儿子。走到木房子的门口，乐乐停住了，回头勾住了罗安的肩膀，向他脸上吐着热气，说，想和你聊聊。乐乐胳膊粗壮，曾跟人学过摔跤，孔武有力。罗安被紧紧箍着，像是被绑架了，心脏狂跳不止，手脚也跟着颤抖。这有什么好怕的，他不可能对他怎么样的，罗安这么劝自己。

他们出了门，乐乐松开了他，让他上车。那是辆灰色的越野车，像辆坦克。乐乐说，车上聊。罗安不得不上车。他坐在后排，一直在观察乐乐右胳膊上到底文了什么。他对文身的人感到费解。

乐乐车技非凡，快速驶向海岸大道，一路疾驶下去。罗安说，我们要去哪里。乐乐说，带你去兜兜风。罗安说，巴叔没人照顾，我们还是回去吧，有话你就直说。乐乐说，你知道我是干什么的吗。罗安说，不知道。他想说他为什么要知道呢。罗安坐在后排，乐乐回头看他一眼。乐乐说，你到底是谁。罗安没想到他会这么问，说，我是罗安。乐乐说，我知道你是罗安，那你他妈的到底是谁。罗安明白了他要问什么，他也像黄永强似的在问他是不是小嘎。乐乐说，我妈说她已经把那栋房子留给了你，等我爸死了，那栋木房子就是你的了，你说你是谁。罗安不敢相信，他瞠目结舌，惶惑地说，我不知道。乐乐说，我带你来这里，就是想让你知道，你他妈的不配。

车子拐进了一个荒废的船厂里，猛地停住了。乐乐让他下来，罗安还在想詹姐竟然把房子留给了他，他是不能要的，也是不会要的。

眼前有艘巨大的船搁浅了。罗安从没想过一艘船竟然这样巨大。他向上张望。乐乐站在旁边说，我妈有没有告诉过你，她是干什么的。罗安说，我不知道。乐乐说，你他妈的除了不知道你还会说什么，你这个窝囊废，不知道我妈看上你哪一点了。乐乐像是要对罗安挥拳头。

罗安说，我真的什么都不知道。他装可怜，他讨厌自己装可怜，可装可怜已经是他的条件反射了。他面对乐乐，很想和他干一架，让他知道他才是个杂种。不过罗安仍旧是那个罗安，唯唯诺诺，低头哈腰，接着说，我不会要那栋房子的，你放心，我觉得她在开玩笑。乐乐似乎对他的回答很满意，说，你比我想象的要讨人喜欢，跟我来。

船体上垂下来一根晃动的扶梯，自上而下。乐乐向上爬，让罗安也跟着爬。他们一上一下，罗安很担心他会一脚把他踹下去。

罗安从没登上过这么巨大的轮船，大得让人沮丧。他们靠着船舷向远处眺望，似乎可以看见远处的那栋木房子。它小得像个飞虫。乐乐说，这就是他们第一次相见的地方，就在这艘船上。他说的他们毋庸置疑是詹姐和巴叔。乐乐说，这是他的船，他凭着这艘船救了很多人，当然也赚了很多钱，他把那些难民运到香港，我妈妈就是其中之一。罗安根本不知道那段历史，不过他假装知道，不想让乐乐洞悉他的好奇心。罗安在听他讲述的过程中，也发现乐乐并不是他以为的那种人，他只是假装恶狠狠的，其实内心温柔善良，这一点很像她的妈妈。

乐乐从他兜里掏出一个怪东西，说那是罗盘，是他爸爸用了多年的罗盘。他打算送给罗安。罗安说，我不能要。不过他还是接了过来。这个泛旧的罗盘究竟意味着什么，罗安不知道，可他还是清楚这对乐乐很重要，他必须接过来。乐乐说，他把一个十二岁的小女孩送到了香港，又给送了回来，你别看我妈慈眉善目像个活菩萨，她从小就天不怕地不怕，那时我爸爸可是个海盗，名副其实的海盗，她却一点也不怕他，后来又和他交上了朋友。罗安兴致渐浓，问乐乐那时候究竟怎么回事。乐乐说，战争来了，海上到处都是流窜的小渔船，没人知道将来会发生什么，人心惶惶，不过我妈不是因为这个才上那艘船的，你知道因为什么她才离家出走的吗。乐乐还没说就噗嗤笑了，这还是罗安第一次看见他笑。乐乐说，她想去见邓丽君。说完猛拍罗安的肩膀，他笑得前摇后晃，罗安也跟着他笑了。罗安很少笑，几乎不会真的笑，所有的笑都显得假惺惺的。乐乐接着说，你说好笑不好笑，她为了去见邓丽君，就上了那艘运送难民的渔船，她假装成了一个无家可归的难民，其实她出身于干部家庭，我外公是接待并安置那些难民的领导，不过要不是她的出身，她也不可能知道还有渔船能去香港。罗安开始想象三十岁的巴叔听到一个十二岁的小女孩说要去香港见邓丽君该是什么样子，作何表情，这让他想到巴叔床头柜上的那张照片。

乐乐又说到十五年后两个人的戏剧性相逢，也是在轮船上，那是一艘从海城开往三亚的客轮，詹姐竟然认出了巴叔，那个十五年前的水手。乐乐说，他们中任何一个倘若一念之差没上那艘船，就不会有我了。那时巴叔已经是个马来西亚人了，他告诉詹姐仍旧单身，事实上他已经育有一子一女，那个儿子就是巴叔口口声声的满仔。詹姐并不在乎他是否单身。乐乐说，我妈就是那种义无反顾的人，那时候她刚跟一个叫小嘎的人分手。罗安听到小嘎这个名字心头一惊，世界上又多出一个叫小嘎的男人。他很想问那个小嘎究竟是谁，不过他还是没说出口。这一切和他无关，也不该和他有关。

后来詹姐和巴叔就在一起了，乐乐很快出生了，不过他们仍是两地分居，隔海相望。乐乐说，他们每年只见一次，我小时候对我爸没印象。罗安说，为什么。乐乐说，我也不知道，他们都想这样活着，谁也不管谁，不过他们又很相爱，我爸原来信上帝，后来就跟着我妈信佛了。罗安想起乐乐和詹姐的对话，说到他们之间的爱情，似乎和乐乐现在告诉他的稍有出入。乐乐像是想起什么来了，说，我们该走了。他们一起望着那栋白房子，久久没说话。

他们下了船，罗安不知道乐乐为什么带他来这里，并说了詹姐和巴叔的历史。难道他只是想警告他不要接受那栋房子吗。上了车，乐乐若有所思，说，罗安，谢谢你帮我们照顾他。罗安觉得羞愧，没说话，看着车窗外破败的船厂。他从没来过这里，这些渔船让他开始想象乐乐所说的海上漂荡的生活，乐乐说过，有的人一辈子都没上过船。

他们很快回到了家，乐乐并没打算下车。他说，别和我妈说，我带你出去了，她不想我去船厂。罗安点头。四目相对，像是还有不少话没说。乐乐又说了句，本来我以为你是他的野仔呢。乐乐竟以为他是巴叔的另一个私生子，而詹姐又独揽过来养在身边。罗安知道，假设乐乐的话是真的，詹姐会这么做的，这很像她的行事作风。

罗安下了车，乐乐猛打方向盘，说了声再见，一溜烟就消失了。罗安看见了巴叔，他正在房前晒太阳。他一坐就是大半天，面对着那片林子和远方的大海。他像是一直在沉思。罗安有时候会觉得他是个智者，大智若愚。他坐在房前仿佛等鱼儿上钩。

罗安在他旁边坐下来，紧挨着他，这让他感觉自己像条狗。夕阳西下，海风吹着树叶簌簌作响，他觉得一切都变了。他比任何时刻都想家，想他妈妈吃狗肉的样子。那个来自南方之南的小女人究竟经历过什么，他也许一辈子也不可能知道了。他将脑袋塞进了臂弯里，轻声抽泣。他也不知道自己为什么哭，但哭能让他舒服。这时，一只大手竟在抚摸他的后脑勺。罗安知道那一定是巴叔的大手，大手张开就是个铁锚。罗安想它曾经多么结实有力。巴叔嘟囔着，满仔别哭。他还在惦记那个已经将他弃之不顾的儿子呢。

罗安擦干眼泪，去找詹姐。在厨房的赵姨走出来告诉罗安詹姐出去了。赵姨说，她让你好好照顾巴叔和那只越鸟。罗安问，还有别的话吗。赵姨甩甩手，说，没有了。詹姐出去从不让别人给他传话。罗安问，难道她不回来了吗。赵姨说，她没说，我也不知道。见不到詹姐，让他感觉失魂落魄。他跑上三楼，竟发现佛堂的门开着。他冲进佛堂，看到一个光头的尼姑正在坐禅。那人抬起头来看罗安，双眼空洞，嘴角漾着嘲弄的微笑。没错，她是越小越。

9

越小越说出家，真的就剃光了头。不过光头的她怎么看都不像个出家人，长发如瀑的詹姐倒更像一些。不过越小越说，你这个笨蛋，那是假发。她说詹姐的头发是假的，这让罗安大惊失色，连说不可能。他这么惊讶，倒让越小越放下心来。可能她意识到詹姐和罗安之间并没黄永强以为的那种瓜葛。

越小越着一身麻黄的素袍，别有一番韵味。她更楚楚动人了。罗安想象楼上打电话的女人该是她这副样子，慵懒地半倚着，漫不经心地说话。她问，罗安，你知道詹姐去哪里了吗。罗安说，不知道。越小越说，那我就在这里等她。罗安问，你等她干什么。越小越说，追随她，她去哪里我就去哪里。罗安看了一眼她的光头，没说话。越小越接着说，好多人都说出家是走投无路，他们都错了。

天台上的光黯淡下来，天马上就要黑了，罗安该伺候巴叔吃晚饭了。罗安下了楼，在下楼之前又看了一眼越小越，他很想回转身疾跑过去，紧紧抱住她。她像只受伤的小羊。罗安别过头来，咚咚咚下楼了。

吃完饭，巴叔早早睡了。罗安无事可做，又去了三楼佛堂，发现越小越还像原来那样坐着。她似乎一直没动。罗安看着灯光下的光头，难以想象詹姐也和她一样。罗安说，她要是再也不回来了呢。越小越说，不可能。罗安说，她告诉我让我好好照顾巴叔，她的意思是可能再也不回来了。越小越说，她要不回来，我就一直在这里坐着。罗安说，你让我想起传销圈里那些人。

佛堂里香气弥漫，罗安那颗悬着的心也放下了。他能听到天台之上草虫的叫声。

罗安问，你说的那些故事都是真的吗。他想问她说过的那场战争，还有她死于同情心的父亲，更重要的是他想问她那个一走了之并一去不回的母亲。越小越说，我也希望那些都不是真的，只是你说的故事而已。罗安接着就说到他的妈妈。他不知道妈妈的故乡，很可能就是广西某个偏远的小山村，和越小越的妈妈一样，也经历过很多。罗安说完后问越小越，她们不会是一个人吧。他知道自己这么问很幼稚。越小越笑了，说，也许就是一个人，如果这样，我就有了你这个亲弟弟。罗安不说话了。越小越说，阿弥陀佛。

越小越接着问，你给詹姐打电话了吗。罗安说，我不知道她的手机号码，我也不能问，詹姐嘱咐过我，和我无关的什么都不要问。越小越沉默下来，过了好久，她说，黄永强说你很像詹姐曾经的男朋友，听他说，她为那个男的生过一个孩子，不过那孩子没活下来。她忙捂住嘴，佛门清净，她觉得不该在这样的地方说这些话。她不再说了。罗安说，然后呢。越小越说，没有然后了。

这时，天台外一道光一闪而过。罗安冲到天台上，发现有辆车开过来了。起初他以为是詹姐，没想到是黄永强。黄永强在楼下喊越小越，让她回家。越小越置之不理，后来他就上了楼。他扯住她，拼命撕扯她，说她真是丢人现眼。越小越却不顾他的撕扯，死死盯着佛堂廊檐下的那只越鸟。她对罗安说，我告诉你，它就是那孩子的转世。她说的就是那只越鸟。詹姐信佛，信轮回。罗安一下子醒悟过来。那只鸟似乎知道是在说它，尖叫着恭喜发财。罗安说，该说晚安，晚安，晚安。越鸟很快附和，晚安，晚安。

黄永强连拉带拽把越小越拖下了楼，并将她拖上了车。他自始至终都没看罗安一眼。黄永强的粗鲁还是让罗安感到吃惊，他和之前见过那个叫不安的诗人判若两人。罗安感觉也许他们本来就是两个人。

他们开着车离开了。罗安回了屋，周围突然死寂得可怕。仰躺在床上的罗安手里摆弄着那只泛旧的罗盘，脑子里一直想着那只双目炯炯的越鸟，小脑袋会旋转着看罗安。罗安弄懂了，这鸟就是小嘎和詹姐死掉的那个孩子的转世。想到这里，他感觉芒刺在背，第一次感觉到詹姐的可怕。他极力摆脱这样的想象，猛地意识到这栋木房子也许就是那艘风浪中的船，詹姐和巴叔曾经相识又相逢的那艘船。他将自己置身在大海之上，周围全是黑压压的水。他想到一个十二岁的小姑娘踏上那艘周围全是陌生人的大船，甲板上到处都是人，她在人群里穿梭，后来她就见到了那个三十多岁的水手，倚在船舷上，满脸困惑地望着她。

终于挨到晚上十一点了，楼上仍旧没有任何声响。不过要是侧耳细听，会听到巴叔的鼾声。那鼾声和远处的波涛声混杂在一起。罗安似乎一直在期待那通电话。他感觉这也

许是他来这里照顾一个阿尔茨海默病患者的全部意义。那些
声音抚慰了他，他多么需要这种抚慰。没有那些声音，他一
刻也待不下去，感觉有什么东西在他体内燃烧。他变得无精
打采。

罗安仍像往常似的，在一张方凳上放上一张更小的方凳，
一步步爬上去，站在小方凳上，歪着脑袋侧耳倾听。他这么
做似乎不是为了听到什么，而是在回想他曾经听到的。就在
他还停留在对往昔的怀恋中时，电话铃猝然响起，慌得他从
凳子上一跃而下。

罗安复又躺在床上，听铃声尖叫。没人接，铃声又再度
响起。铃声回荡让那栋木房子尤为可怖。罗安猜测，小嘎是
真有其人，这电话应该是他打来的，詹姐的另一个小嘎。罗
安对打电话过来的小嘎极度好奇。他在想象那个人。后来铃
声戛然而止，楼上一片静默，不过感觉静默背后有乱糟糟的
窃窃私语。罗安想这大概是他的幻觉，他太想听到那一声声
缠绵的低语了。

第二天生活如常，巴叔半躺在房前晒太阳，一躺就是多
半天。巴叔似乎有意注视着那蜿蜒而上的柏油小道。他也许
正在等他的囡囡回家呢。罗安像条看门狗似的蹲坐在他旁边。
鸟笼子被挂在廊檐的铁丝上，鹩哥似乎更活跃了，偶尔会说
几句恭喜发财，或者小嘎你好。罗安还意外地发现它脖子上
的毛又长出来了。他不再把它当成一只鸟。他怕它，怕得要
命，给它洗澡的时候，罗安一直在心中默念阿弥陀佛。它会
像个小孩子似的望着罗安。

　　第三天、第四天也是一样。对罗安来说，日子平淡如水，他有时会想到黄永强和越小越，还有给他过警告的乐乐，他渴望见到他们，可他们也和詹姐一样消失了。只有夜里十一点准时响起的电话铃声能给罗安一丝安慰，让他感觉他和巴叔没有被遗弃。

　　到了第五天，电话仍旧顽固地在夜晚十一点响起。罗安按捺不住，决定接听这个电话。他爬上了二楼，推开了詹姐卧室的房门。他从没进过詹姐的卧室。一开门，就是扑面而来的佛香味。他拿着手电筒小心翼翼地走进去，卧室里的光景令人意外，并没罗安想象的那样奢华。在他看来，像詹姐这样的有钱人该是不惜重金地铺张自己那张床，从詹姐四散家财不把钱当回事的行事作风可见一斑。恰恰相反，卧室里的布置比罗安的房间更为简陋，只是一张小床，小小的床头柜上的那只红色的电话一直在响。罗安去摸电话的手一直在颤抖。

　　罗安拿起电话，轻声说了句，你好，请问你找谁。他期待着一个叫小嘎的男人用圆润的男低音说一句，我找詹红英。电话那头没人说话。罗安又问了一句，你找谁。还是没人说话。他猜测那人听见不是詹姐，就不想说话了，或者没必要说。他刚想挂电话。听筒那边传来一声熟悉的声音，罗安，是你吗。罗安忘不了这熟悉得让他发狂的声音，漫不经心又极富感染力。罗安的心脏怦怦直跳，说，夫人，是我。他又说了夫人。詹姐慢悠悠地说，别喊我夫人，你怎么老是记不住呢，你这个小家伙。她从没这么叫过他，竟叫他小家伙，他感到头皮发麻。罗安说，詹姐，你去哪里了。詹姐说，别问我在哪里，我就想问你，有没有想我。罗安惊慌失措，感觉詹姐可能弄错人了，可她分明知道他是罗安呀。詹姐见他不说话，说，你不想我，我可想你，他们都还好吧。他们说的是巴叔和那只越鸟。罗安说，他们都好，巴叔盼着你回来。詹姐说，撒谎。罗安说，我没有，他一直看着那条路，我知道他在等你。詹姐说，越鸟呢。罗安说，脖子上长了新毛。詹姐似乎哽咽了两声，说，你怎么才接电话。她在埋怨他头几天为什么没接电话。

罗安猛地一惊，詹姐找的是小嘎，而她要找的小嘎，不是别人却是他罗安。他一屁股坐在床上。让他感到意外的是，他并没感到害怕，他是她的小嘎这个新发现，反而让他莫名亢奋。那一声声撩人的情话竟是说给他听的，自始至终都是。他想哭，放声大哭，并想让电话那头的女人听到，在他想来，那个人根本不是詹姐，也不可能是她。他感觉那个慵懒半躺给他打电话的女人应该是一身麻黄衣服的越小越。

骰子一掷

1

　　我问她是不是一直在跟踪我。她笑，这笑似曾相识，是我那些越南裔的朋友才会有的笑。这种笑一直在她脸上持续，就像是不断提醒我是谁。这也是我早早搬离那个社区，一路向北来到明尼苏达的原因。这里有漫长的冬季，雪总是下个不停，隔着玻窗往外看，上天像是又给我们开了一扇门。

　　我让她进我的家门，不是因为她的锲而不舍，而是我突然想找个人说说话。我像是有一个多星期没说过一句话了。她也的确锲而不舍，除了给我连续发电邮，还给我电话留言，甚至在我家周围像个侦探似的徘徊。像她这样的年轻人还真是少见，她身上有一股子亚裔人的韧劲。可听她慢悠悠地讲英语，那股子轻佻劲头已经让她美国得彻头彻尾了。

　　她说她叫芙朗，不少东南亚裔的人都喜欢给自己起个法国名字，有些事情真是说不清楚，越是在反对什么，似乎越是想成为什么。她深陷在沙发里，因为身材娇小也就显得楚楚可怜。她的脑袋来回转动，活像一只东南亚鹦鹉，冷不丁一眼捉住我，死死盯着，那样子不撞南墙不死心。我想她为了能从我嘴里套出话来，和我睡一觉也会在所不惜的。我见过很多这样的记者，这倒激发了我身上古怪的斗志，她越是想，我越是不想成全，看她能怎么样。我喜欢欣赏她们这些人气急败坏的样子。

我说："你要没有跟踪我，你怎么知道我今天会在家，即便我在家的话，你怎么就断定我会让你进来？"我的英语说得像本地人一样地道，已经有了明尼苏达口音了。

芙朗说："据我所知，您已经很久没出过家门了。"

我说："你到底是谁？"

芙朗像是和我说了一句越南语。我不是很懂，可我在那个社区住过好多年，他们铿锵的语调就像是鸭子在叫，我已经熟悉得头皮发麻了。

我说："不要和我说那些鬼话，我是个美国人。"每当我这么说的时候，我都觉得自己在撒谎。

芙朗说："我知道你有话说，而且你想让我坐在这里。"

我说："你们真是无孔不入。"

芙朗说："不是我们。是我。我知道你们这些人经历过什么。这么多年过去了，有些东西不会轻易消失，它们一直都在。"说完就从包里拿出一张照片来。仔细端详一番，像是对这张照片还不够自信。她伸手递给我，手指娇小好看，指甲竟被涂成深蓝。

我没看照片，反倒盯着她。她把眼镜顺势摘掉了，似乎刚哭过，眼睑有些红肿。她看上去心事重重，并不是像我以为的那样心机重重。

不看照片，我也知道那个人就是我。我靠在船舷上向岸上的人挥手，周围是挤挤挨挨的人，那时候我多年轻呀。我在一群人中间，莫名其妙地成了镜头的中心。万万没想到，我曾被这样的长镜头定格过，我想应该又是法国人，他们喜欢这么干，更不可思议的是，后来这张照片竟然广为流传，我的脸突然成了一群人的脸，也就是说我的表情代表了一群人，甚至是那个荒谬的时代。每每说起印支难民时，这张照片就是最完美的证据。这张照片在告诉所有人，那个时代正在发生什么。

有那么一刹那，我走神了。这当然没有逃脱芙朗的眼睛。她也许正心花怒放，兴冲冲地等我上钩呢。她在等我说话，我也在等她说话。我看过照片了，也没什么好说的。一张老照片有什么好说的。这么多年过去了，我早就变成了另外一个人。我也不清楚她究竟想知道些什么。这对我无关紧要，我只是想和她说几句闲话。她在我面前其实不过是只可爱的鹦鹉。这让我想起我养过的那只东南亚鹦鹉，它在年前死掉了。是我杀了它，我不想看它活生生地受罪。它已经老透了，老得将自己脖子上的毛都啄光了。

有时我想，我还不如那只鹦鹉呢，它至少还有个人为它收尸。像我这样的人，倘若死在这栋空荡荡的房子里，不知道多久才能被人发现。

她说："泰德。"

她一进门就这么叫我。看来她知道的比我预想的多。她喊我泰德的样子，有点像若琳。我从无人问津的尸体中抽神回来。

她继续说："我见过若琳。若琳说不让我来找你，她说你是个混蛋。"她说若琳的语气，就像若琳是她熟悉的老朋友。

提起若琳来，我就开始心惊肉跳。我以为自己早就忘了这个女人，芙朗一说，我还是难以自已。我说："你到底想干什么？"

芙朗悠悠地说："他们非让我干这个，也许我是最合适的人。我怀疑他们最初会选择我，就是为了让我干这个。"

我说："你们这些人到底是干什么的？这么多年过去了，这些故事早就石沉大海了，即使不石沉大海，也没什么意义了。你们在干一件毫无意义的事。"

芙朗说："我能不能喝一杯？"

她似乎不是我料想的那样，一门心思在我身上，一旦得逞就逃之夭夭。或者说，她的莫名忧郁已经成功骗取了我的信任。我开始想和她说点什么了。我又有什么好说的呢。她们想从我身上得到些什么。一个五十多岁的老不死的越南移民，死在家里不知道多久才会被发现，这样的人除了死还有什么新闻价值。即使死，也像是哗众取宠。

我说："你想喝点什么？我这里到处都是酒。"

芙朗说："看得出来，你是个老酒鬼。随便什么都可以，我只是需要酒精。"

我给她倒了一杯威士忌。她一饮而尽。我又给她倒了一杯。杯里的酒在她手心里摇晃。

她说："泰德，我突然对你没兴趣了。你明白我的意思吗？我不想采访你了。"

她这么一说，我大惊失色，感觉到她身后的墙壁也跟着摇晃了一下。我忙说："为什么？"说完后，我开始后悔，也许这又是她的鬼主意。

她说："我不会再来找你了，若琳是对的。"

说完她就要起身，我忙拉住她。对这样的急转直下，我还没转过弯来。我继续问她为什么。她让我放手，我死活不放开。我也不知道自己为何如此。死死拽着眼前这个陌生女孩，样子像是在哀求她。我这一辈子就这样，不停地哀求，到最后这种哀求仍不放过我。这是我骨子里的东西，我天生轻贱。芙朗只好复又坐下，不过对我早已没了丝毫兴趣。这么多天的努力，我的几句话就让她功亏一篑。她究竟是怎么想的。

我说："你就这么放弃了，值得吗？"

芙朗说："我可以为了一句话只身来到这冰天雪地，也可以因为一句话就不顾一切地放弃，没什么大不了的。"

看我这副样子，她有些不忍，欲言又止。对这种廉价的同情我见得多了。我打算恢复从一开始就保持的那种骄傲姿态，心想她要走就走吧，就像从来没来过。我为自己刚才死死拽过她的胳膊而感到懊悔。我已经撑了好些年了，没想到被这个年轻女孩的几句话一戳击破，可见我又多么脆弱不堪呀。我望了一眼窗外纷扬的雪，不知道会下到什么时候。世

界早就白茫茫一片了，这是我喜欢的世界的样子。我从南到
北就是来看雪的，这样说下去，一切像是真的，或者本来就
是真的。外面的雪蒙蔽了这个世界，雪就是来蒙蔽的。我也
被蒙蔽了，我躲在这冰天雪地里，假装和他们那些人不一样，
事实上，他们那些人一刻都未曾离开过我，我也一刻不曾消
停地想念他们。我的逃是为了证明我在那里。在我人生里，
我不愿提这个字。我这辈子总是在逃，直到逃无所逃为止。
我也许根本不喜欢这没完没了的雪，有时候看久了，还会生
出恐惧来。其实我怕这漫天的雪。

　　我说："你不是想知道我在那艘船上究竟发生过什么吗？
我从来没告诉过别人，我想说给你听。船长是个高棉人，不
知道他是不是船长，反正所有人都听他的，他和我想象中的
海盗不一样。他戴着眼镜，说话像个女人，但所有人都怕他。
他杀人不眨眼……"

　　芙朗说："我不想听了，你不是我要找的人。你说的话也
不是我想听的。"

　　我说："你们这些人像蛇一样，冷酷无情又狡猾多端。你
走吧，滚得越远越好。虽然我还不知道你为什么来找我。"

　　芙朗起身说："对不起。"

　　她向外走，走到玄关处，回头看我一眼。这一眼让我感
到莫名其妙。要是我没理解错的话，这一眼分明饱含深情。
像是情人的眼神，或许是我看错了。像我这样的人，她怎么
会喜欢呢？不过等门啪的一声关上，我仍旧不能从她的深情
回望里脱身而出，年轻女孩的一眼就能让人不能自拔。我死

死盯着窗外，看她走在风雪里。

这真是奇怪的一天。

2

我决定去找若琳。我站在森林公园边界的小径上，想要马上见到若琳。这是我常走的路，不过在这样的风雪天里我还是头一遭。迎着风雪一路走下去，让我有点像林冲。我想起小时候在中国最南端观看地方戏的情境来了。舞台上的雪洋洋洒洒，我一直困惑于那些飞雪究竟是什么东西做的，后来弄清楚了又表现出极大的失望，所有的好奇到最后都不免让人失望。这样一个恶作剧似的戏台一旦在我内心驻扎下来，就开始向四周辐射，让我想起更多来。我不得不向森林深处走去，以此来驱散那些阴霾似的记忆。

我原路返回，深一脚浅一脚，脚下嘎吱嘎吱响，雪的松软让我感觉一切并没那么坚固。路上遇见几个白人，他们在路边堆雪人，用奇怪的眼神看我。也许只是我的臆测，他们那些眼神其实和我的肤色无关。只是因为这里很少能看到人。他们其实是想和我攀谈。我懒得搭理，我的眼里只有若琳，这让我走得更快了。我手里那条假模假式的拐杖也很像林冲的丈八蛇矛。当我走到那辆雪弗兰皮卡旁边时，我就打算立刻上路。我用拐杖敲了敲皮卡的车顶，一声清脆又有质地的鸣响吓到我了，像是来自另一个世界。转念一想，我又为此感到兴奋。没多久，我就上路了。皮卡像是疯了似的，直往前冲，向南方开拔。

一上路，发现这个世界并没想象中那么糟糕，我也没预想中那么老，老得脆弱不堪。我放着音乐，开着暖气，一切正在悄然变化。不知道是不是从芙朗的回眸一看开始的，我只是想变得年轻一点。我一路向南开，从未一口气开过这么久。我像是一下子就从风雪中冲了出来，几个小时过去，世界开始艳阳高照。我又闻到了那种熟悉的南方味道。

我继续向南，在汽车旅馆里歇了脚。那一夜，我乱梦纷纭，梦见奶奶坐在台下听戏，而我却在戏台上表演林冲夜奔。我提心吊胆，不知为何我就被推上台，扮成林冲的样子。所有人在追我，而奶奶只是张着嘴笑，她那没牙的嘴一张开，就是个中空的洞。在我的记忆里，奶奶的嘴总是在咀嚼，在那个缺吃少喝的年代，也许只有咀嚼才能被真正阐释。奶奶张着嘴笑我，笑我一路逃，从没想过自己究竟是谁。我知道她死不瞑目，她死也不知道我去了哪里。而我更不可能知道她的死，虽说我明明能想到她已经死了。第二天醒来，我才意识到奶奶是我生命中唯一的亲人，而我却上了那艘开赴墨西哥的难民船，一去不回。这个世界上，只有若琳知道这个故事。我已经迫不及待要见到若琳了。我又是为什么离开她呢，连我自己都忘了，不过我知道那时我拼命想离开她，她就是我的绳索，我脚下的一团火。她让我窒息，会把我烧成灰烬。

向南，向南。走了这么久，才知道我逃了那么远。我想突然站到若琳面前，没有什么是不值得原谅的。不知道她看到我突然站到她眼前，就这样摇晃着身子，她会怎样。她告诉芙朗的那些话，就是为了引诱我，让我千里奔袭来见她。我把皮卡停在小镇之外，这么多年过去了，这个小镇仍没什么变化。剩下的路我要用孱弱的双腿走下去。我回头看那辆风尘仆仆的皮卡，我就是开着它一路向北的。

这些年我一直在北方辗转，像个流浪汉。我这辈子就是个流浪汉。不过我并不像流浪汉那样身无分文。我拿走了所有的钱，包括若琳的。我拿走了她的一切。在我消失后的很长一段时间里，若琳估计始终不能相信我会如此凭空不见。对她来说，这多像个神奇的魔术呀。就这样把我从她身边变没了。我们之间并没发生过什么，连争吵也是屈指可数的。我们一直相敬如宾，是那个越南裔社区里最模范的一对。有时候连我们也不清楚，我们之间究竟发生过什么。某一天，我在电视里看到了北方的雪以及大兵似的高耸入云的松柏，我就知道接下来我要干什么了。整个计划就在几秒钟内完成。我要逃出去，逃出若琳的手掌心，就像多年前我逃出奶奶的手掌心一样。看电视里白雪皑皑，我突然想换个活法，如果我的人生是个汉堡的话，我想因此把它掰成两半。

我走在这条陌生又熟悉的小镇主干道上，没人知道我是谁。

我没有见到想见的若琳。从若琳家的房子里走出来一个陌生女人。我在敲门时其实早就料想到了，走出来的不会是若琳。不过她倒是有点像若琳，猛一看，还以为是她呢。我心跳加速，站在这个陌生人面前。我摇晃着身子，这已经是我和这个世界打交道的方式了，总是一副醉醺醺的样子。事实上我滴酒未沾。不过当我发现眼前的这个女人不是若琳时，真想来那么一大口。我问她知道若琳吗，她摇头。也许若琳连名字也改了，改了个洋名字，像我一样。看那样子她也是个东南亚裔的。如果是，也许还能接着聊下去。没想到的是，从房子里又出来个白人老头，看了我一眼，就把门关上了。这个社区住进越来越多的白人，还有黑人，看街上玩球的小孩子，我已经看不出他们是些什么人了。

这也曾是我的房子。我摇摇摆摆地乱晃了一阵，寻找我熟悉的蛛丝马迹。它现在早已面目全非，连颜色也被他们这些人给换掉了。那时候是个白房子，我和若琳都喜欢白房子，确切地说，是若琳喜欢白房子。我傻站着，站不稳，猛地意识到自己的荒唐。我是那种一逃到底的人，怎么又回来了。除了羞辱，我还能得到些什么呢。过去了就是过去了，就让它永远过去吧。接着我想起芙朗，她回头看我的一刹那，我方寸大乱。我确定，我是从那一刻才打算回来的。是芙朗让我想起从前的往事来，往事像一阵风，穿透我的身体。我在北方不停地搬家，就是怕这些乱七八糟的记忆，追上我，像狼似的死死咬住我。我还是回去吧，回到冰天雪地里。最好是死在那里，就像从来没有过我这个人。也许这才是我应有的报应。

我往回走，被一个人叫住。我不回头，继续向前走。有人大喊了一声，绍。我意识到我是跑不掉了。我又不得不走进过去。那些记忆是不会放过我的。总有一天它会回来报复的。比如身后这一声熟悉的声音。他又接着喊，绍。这个世界上没几个人知道我叫绍了。我一回头，有个老汉微笑着，是那种越南男人内敛的笑。我喊了声，朗。他就走上前来，和我拥抱。他还是那么健壮，胳膊硬邦邦的。

我只好跟着他回家。

他问我是不是回来找若琳的。

我说："只是想回来看看。"

他说："她早就搬走了，你走了没多久，她就走了，和你一样，再也没回来过。"说完回头看我一眼，看样子有什么不可告人的话，又不方便说。要不是他，我也不会有若琳。是他把若琳带到我身边来的。他这么一说，我就想起初次见若琳的情境来了，一晃三十年过去了。

若琳是为了找绍，才找到我的。那时我已经成了无可置疑的绍。也从未有人想过我究竟是不是绍。上了那艘船，我就成了绍，只有绍才有资格上那艘船，我只能是绍。若琳从来没见过绍，可她知道这辈子都只能属于绍。她是那种因为一句话就厮守终身的人，至少那时候她是那样的人。那天若琳站在朗的旁边，头发乱蓬蓬的，不用猜就知道她刚经历过什么。在太平洋上漂过的人才能真正体会一旦脚踏坚实的土地是什么感觉。有很多人都没有熬下去，死在路上，因此也就被喂了鲨鱼。朗说，这是若琳。朗接着说，这是绍。这样介绍古怪而多余，若琳为了能找到我，死也在所不惜的，不，她是为了绍。

绍叫李文绍，若琳叫陈若琳，绍和若琳都是出生在北越的中国人。若琳从始至终都没有怀疑过我不是绍的事实。我想她后来已经察觉到了，可等到她开始察觉的时候，我是不是真正的绍已经无关紧要了。要不她妥协了，嫁狗随狗，要不就是她爱上了不是绍的我，她宁肯假设我是真正的绍。

　　三十年前，我们第一次见面，当着朗的面。她一直低着头，两只手拼命地揉搓上衣的下摆。我一见她就喜欢上了。我很想一把抓住她，可我猜绍不会那么做。我像绍似的四处乱看，绍在紧张无措的时候，常常茫然四顾。从那天后，我们就没有分开，直到十年前的某个下午，我弃她而去。我们在新奥尔良的越南社区里生活了二十年。她很想要个孩子，事与愿违，我们未能如愿。我偷偷做过检查，是我的问题。后来我就说随缘吧，若琳是信佛的，她除了对着观音祈祷，也无计可施。这是她一生的遗憾，是我欠她的，没让她成为一个母亲。

　　在那之前她从来没见过绍，绍估计也没见过她。他们是媒妁之言。绍像是给她写过信，这个事情我从来没有求证过，似乎也没有必要。绍是她的未婚夫，这没什么好奇怪的。婚前没见过未婚夫的越南女孩大有人在。她们不知道将来究竟会面对什么样的男人。对于她们而言除了祈祷还能做些什么呢。若琳心中有佛祖，她连一只蚊子都舍不得拍死。后来我也跟着她吃斋念佛，只是我总不确信。我这个人对什么都半信半疑，我不光吃斋念佛，还常去镇子上的教堂做弥撒，那时的我只是想让更多的人接受我，事实上我什么都不信，现在我连自己都不信了。

作为绍，我没什么好抱怨的。我想忘了之前的自己。绍就是我，我就是绍。

朗的胳膊搭在我的肩膀上。我感觉承受不住他的重量，很想一把推开他。我没有那样做，只是趔趄着身子亦步亦趋地走。他止不住地笑，看来非要和我喝一杯，他是毫不掩饰的，他是真的开心。他说："没想到，还能再见你一面。早上出门的时候，就看到一只从来没见过的鸟，一定是从北方飞来的。我想可能会有不可预料的事情发生，果然就遇上了你。我们兄弟要好好喝一杯。"

一旦在他那越南风味极浓的客厅落座，我有一种从未离开的感觉。客厅墙壁上挂着他老婆的画像。他轻描淡写地谈起了一个女人的死。说临死前，是他帮她梳头化妆的。这是他们老家的习俗，人死是需要梳洗打扮一番的。他最后总结说，他算是对得起她了。他们是一起来的，在一艘船上经历过生死，算得上生死与共。我想给他老婆上炷香，被他制止住了。他说："人死如灯灭，一了百了。"我记得从前他不是这样的。

我仍揪住不放，问他老婆回去过吗，我的意思是回过老家吗。他摇了摇头，说家都没了，回去还不是徒增伤心。这时候，他的笑脸一变，突然哽咽。我发现他真的老了，下巴颏上的肉哆哆嗦嗦，像食腐的兀鹫。从未见过他哭，这还是第一次。他一边哭，一边讲家乡的海边话。我有很久没听人说过了。他说的是海边的俚语，更像是中国客家话。我继续和他说英语，想止住他的悲伤。我已经离不开英语了。他也

开始说英语了，那些家乡话就像是一种奇怪的呓语，横亘在
我们之间。他说他老婆那个女人一辈子都不会讲英语，人在
曹营心在汉，她根本不知道这是新奥尔良，她就这么死了，
死也不清楚自己究竟在哪里。死前，她说她想吃一口墨鱼饼，
终究也没有吃成。他说的是墙上的女人，她正笑着看我们俩。

　　朗很快从丧妻之痛中走出来，就像是猛地一回头，再一
回头，川剧似的变了个脸。

　　朗说："我们一直以为若琳去找你了，若琳除了找你，还
能去哪里。这里举目无亲，她又能干什么。"

　　我说："我可能再也见不到她了。"

3

　　到了晚上，朗和我都有些醉醺醺了。其间我们说了很多
过去的事。他说的和我说的就像是两回事，我们因此争吵过。
不过这也没什么不好，或者说，我更希望这样，那些过去的
事谁又能说了算呢。他记忆中的那个我根本不是我，连我自
己都搞不清楚我究竟是谁，发生过什么。一个时代会淹没另
外一个时代，我们的时代已经过去了。不过我们仍不肯罢休，
或者说我们还活在过去。很多人活到一定年纪，就开始倒着
活了。

　　朗还有个儿子，去了北方，很久没回来过了。据朗说，
自从在他妈妈的葬礼上匆匆一别后，就再也没回家。朗给他
打电话，据我猜测，朗喝多了，就会给他儿子打电话。我不

想听他们的对话，就借口上厕所。等我回来，电话已经挂掉了。朗如释重负，说非要带我乐和乐和。我知道他的意思。

我们叫了辆出租车，去了另外一个镇子。他在路上告诉我，这几年正是他最开心的日子，一到周末就出去寻开心。他没和我直说，我猜他可能有个老相好。这一点也不像他，在我印象里，他循规蹈矩，是那种从一而终的男人。看来人都会变的。他挤挤眼睛，那副耍坏的样子像是另外一个人。他带我去了一家酒吧，据他说酒吧老板是他同一艘难民船上过来的人。这种情分，一辈子忘不了，要是结下梁子的话，也是一辈子忘不了。看来他们是第一种。朗一进去，好多人都很把他当回事。这里的姑娘大多是东南亚裔的，看上去年龄都不小了。看到搔首弄姿的她们，我就想起报纸上关于她们的评论。那些大个头的美国白人喜欢光顾她们，除了异域风情的新体验，也可能让他们想到了遥远的过去。我们这些人就是供他们消遣的。

我不知道我是来干什么的。脑子里乱糟糟的。看到酒吧里这些人，真想把我车里的那把猎枪拿出来。或者，我只是想一枪崩了自己。这么一想，我倒有些释然了。也许总有一天，我会崩了自己。我和一个老姑娘打招呼。她至少有四十五岁，还在这里卖春。这也是很多没有着落的印支移民的下场。不少从远洋船上下来的女孩子，都干了这个，或者干过这个。这个人比我预想的还要成熟稳重，或者说她也无力改变，这样的生活已经成了一种习惯。她的话很少，没什么好说的，坐在我旁边，安静地抽烟。她让我想到若琳，我因此有点心疼她，接着便随便聊了聊，问她什么时候来的美国，老家在哪里。她的英文有浓重的东南亚口音，也像若琳一样。我们这些人说起英语来拙嘴笨舌，像是喊口号。从讲英语这一点上，我和他们不一样，我很快就学得像模像样，不少人会误以为我出生在美国。

她在说什么，我没听清楚。她凑在我耳朵边说话，看来她是真喜欢我，就像朗见到我是由衷的开心。这个世界真假难辨，可我知道这个女人值得我相信。我拉着她就出了酒吧，后来她就拉着我去她家。她家就是用来干这个的。她们这些人常把客人往家里领，当然更多是去汽车旅馆。从这点上看，我是让她可以放心的人。

我们一路聊下去，路上她说她回过老家。她出生在南中国海的一个小岛上，和若琳的老家不远。我想让她说得详细一点，她似乎有什么难言之隐，不想说下去了。她倒反问我，想打听我从哪里来，怎么来的。我突然想到若琳会不会像她似的回老家了，而且一去不复返。想到这里，我就停住了脚步。她回头看我，问我怎么了。

我说了一句："她真的回老家了。"

她问："你说的是谁？"

我说："若琳。"

她问："若琳是谁。"

我说："你给我闭嘴。"

她就闭嘴了，不过仍在我旁边站着。这些女人不会因为这些话生气的，即便生气，她们通常也会忍着。

　　我不打算去她家了。我没了兴致。一种上当受骗的感觉直冲上来。可芙朗明明见过她，想到这里，我又为自己方才的臆想感到羞愧。羞愧的是，若琳的一举一动对我竟如此重要。这是我始料未及的。

　　这个女人一直跟着我，像是跟定我了。我说："对不起。"

　　她说："你这个人真怪。"

　　我说："我们这些人都有点怪。"

　　她说："没错，我们这些人都有点怪。"

　　我还是没有去她家。我们又回到酒吧。朗不见了，朗去了该去的地方。我坐着喝酒，没有什么比喝酒更值得我做的事了。她仍坐在我旁边，安静地抽烟。她跟定我了。我并不知道她叫啥，或者她说的时候我根本没介意。再说了，即便她说了，也不一定是真名字，这些人没什么真名字。我咬着她的耳朵说："我以后就喊你若琳。"

　　她也咬着我的耳朵说："你让我叫啥，我就叫啥。"

　　我有些激动，后来一想这也是她们惯用的路数。她也许一直在等待，等我这样的人。可我这样的人何其多呀，因此在我看来，只要是这人说得过去，她就是这副跟定别人的样子。我看着她的侧脸，想她是不是害怕孤独终老呀。像她这个年龄，也许每天都在算计后半生。我在酒吧的黑暗里偷笑，我想孤独终老并没什么不好。

　　酒越喝越多，我们似乎更加沉默。常常很久不说一句话。她也跟我耗上了，真希望她去别的地方做做她的生意。另外一桌的白人朋友像是对她有兴趣，偶尔向这边偷看。这些东南亚女人娇小玲珑，头发挽起来扎个髻，煞是好看。我伸手过去摸了摸她的头发。她一动不动，等我再侧过来时，发现她的眼泪滚下来。也许突然想起什么伤心事来了，我拍了拍她的另一侧肩膀。她也就顺势掉进了我的怀里。

她说："谢谢你给我一个这么好听的名字。从此我就叫若琳。"

我搂着她，想起多年前搂着若琳的样子来了。我忍不住亲她的脸。她一口咬住我的嘴唇。我知道她来真的了。我们后来还是去了她家。在她家的小床上，她说起了她是怎么来的美国。也许这样的故事她早已说过很多遍了，可我还是信了。等她睡着了，我一遍遍想象一个十五岁小姑娘的悲惨遭遇。我从她四十五岁的样子去推测她的十五岁。她站在另一艘大船上回头看她们家那艘小船。我不住地想那该是什么样的眼神。寥寥几句，她就被送人了，到了那艘船上过活。她一家人也是为了活命，她说她永远也忘不了全家人如释重负的样子。也就是说要不是她，她家渔船上所有的财产将被那群海盗横扫殆尽，一家人也就没了活路。她说那个海盗和她想象中不一样。她给我描述那个人的样子，一直说他对她不错，他是她的第一个男人，真正意义上的，我根本不懂她所说的真正意义。说到这里的时候，她笑了，是那种苦笑。他对她真的不错，带她去了香港，把她转手卖了，后来再也不见踪影。她还以为后半生会在海上一直跟着他呢。接下来她幸运地得以逃脱，并混迹在一群难民中，成了一个乞丐。她说还不如乞丐，乞丐还能东奔西走，这些难民被关在某个地方没有自由，他们根本不知道自己身在何处。后来她随那些人上了一艘不知去向的船，在海上漂漂荡荡许多天就来到了美国。她说她在船上遇到最有意思的事是看人生孩子，活生生的，她永远也忘不了那股血腥气。那时候她才知道人和动物并没什么区别，说到这里，就悲叹一声，说感觉船上的人就是一群畜生。她说她从来没想过生孩子，可就在我进入她身体的一刹那，她冷静地说想为我生个孩子。她是不是也对别人这么说过。反过来说，在我进入的那一刻，她怎么会如此冷静，让我百思不得其解。

第二天我们三个人开车去了一处峡谷，除了我和她，还有朗。是我提议要去的，朗有些不情愿，不过最终遂了我的心愿。我也是突然想去那里看看。我这个人总是这样，会突然想去干点什么，让人摸不着头脑。

这个峡谷不大，不过已经足以让我们感到兴奋。平整的一块土地突然就裂开了一道缝，像是地狱正在敞开一道门。她一直让我喊她若琳，本来不想带她去的，她像个小孩子，嚷嚷着非要去。况且她一直让我喊她若琳，我哪能拒绝若琳呢。

朗没想到我会带个女的。一路上没怎么说话，心事重重的。我们谈起若琳的遭遇，当然是身边的这个若琳。我们说着说着，就像是在说自己的心事。好在我们逃脱了，并过上了美国人的生活。朗突然说："这是我们想要的吗？"我不知道，若琳也不知道。

那辆皮卡跟了我很多年，带着我们三个人一路狂飙，驶向渺无人烟的地方。进了深山以后，我们停下来，我就把藏在后备厢里的猎枪端了出来。像是有预谋似的，将猎枪对准了峡谷旁边的森林，接着就对准了朗。朗没有想到，我会把枪对准他。我也没想到，我只是想和他开个玩笑。我说过，自从对准一个真正的人以后，我总想端着枪来瞄准。也许我瞄准的那一刻，根本没想我正在瞄准朗。

这也没什么，只是朗的表现大出我的意料。

他突然跪下来。双手上举，做投降的姿势，大声地哀求我。从来没人这么哀求过。我这辈子似乎都是那个下跪的人。现在反过来了，我不知道发生了什么，或者正在发生什么。他痴痴望着我，让我饶了他，他说这是他这辈子最不应该做的事。我恍然大悟，从前的某段记忆涌上来。他说的是他和若琳的事。之前我从不相信，不过他就这么跪着，还有什么值得辩驳的呢。旁边的若琳也吓了一跳，问我们怎么了。朗让她滚，滚远点。我喝住他，说："该滚远的人是你，你这个混蛋。"

这句话脱口而出，朗因此匍匐下来。在朗想来，我是蓄谋已久。来这么荒凉的地方，毫无疑问是为了复仇，过来结果了他。可我为什么还带着个女的呢。也许他也说不清，但当我端着枪对着他的时候，他猜测担心的事情已经发生了。

他说一直等着这一天，知道这一天迟早会来。

也就是说，我的逃离在他看来就是因为他和若琳。其实我已经不在乎了。在我在乎的时候，我还不知道，等到我知道的时候，我已经不在乎了。

　　我仍旧端着那把猎枪。枪口指着他的脑袋，甚至向前一步，将枪口顶住他的天灵盖。这一刻，我突然感觉兴奋，原来不只是我欠这个世界的，这个世界也有欠我的。

　　我让他讲讲他和若琳的故事，从头开始直至后来。

　　等他一讲完，我就让他一个人走了。我看着他的背影，心里很难过。他是我的好兄弟，他帮过我很多忙。等他走远，我喊了一声，朗。他没听到，或者假装没听到，径直向前。他的身影越来越小，后来就不见了。我不愿在若琳面前掉眼泪。她猜出了我的心事，就说去大峡谷吧。我们就向山的更深处走去。

　　我扛着那把猎枪，像是个去打猎的人。

4

　　后来我开着皮卡一路向北，把若琳忘在了一个汽车旅馆里了。像是我早就有了这个心思。事实上我并没有。我只是从旅馆的房间里走出来，才突然决定一个人向北的。我能想象她的失望，可我就是这样。我给不了她什么。

　　她在床上还说了一桩往事，和我有关。我早就忘记了，或许本身就是子虚乌有。她说我和她好过一阵子，她这么说，吓了我一跳。这样一说，我再看看她那双呆滞的眼睛，我脊背发凉。我想她的脑子可能出了问题。她不停地问我，果真不记得了吗？我想了又想，也许有这么一回事。我想起一个女的来了，不过我从来没想过她就是她。我背着若琳，和别的女人也好过，不过屈指可数。她说起从前，说我喝醉了，和她睡了一晚，什么也没发生，第二天给她留下很多钱。她说一看我就是个十足的好人。后来也见过我几次，只是远远看着，从没走近过。这么多年过去了，没想到我又出现了。她见我的那一刻，简直快发疯了。她说那一刻就想过另外一种生活，一见我就想从头开始。

我想她记错人了。不过这又有什么关系呢。她终究和我无关。我一路开，一路笑。

我向着北方去找芙朗。我要问问她在哪里见到过若琳。她们这些人究竟想干什么。我记得她在电邮里告诉我她为一家电视台工作。没什么说的，我就直奔那家电视台。经过几个小时的跋涉，我到了那个城市，很快通过 GPS 找到电视台所在的那栋大楼。我给她打电话。几个小时前，我在遥远的南方不会给她打电话，不是怕打草惊蛇，我就是想让她知道我在楼下。一个怪老头守在电梯门口等她，想想就挺刺激的。

芙朗从电梯里走出来。她说："我知道你会来找我的。"

也许她在接我电话的时候，已经难掩兴奋了。我自动上门，并没让她措手不及。她在守株待兔。我问："为什么？"

她说："你是个喜欢问为什么的老头。"

我说："我有那么老吗，别看我拄着拐杖。我拄着拐杖，只是为了好玩。我从来不需要拐杖。你知道这些年我是怎么活下来的。我是个下水道清淤工人。我在下水道里习惯用根棍子探路，等我离开下水道的时候，我也就习惯了手上有根棍子。你看看有我这么活蹦乱跳的老头吗？"

我不知道是不是真的喜欢她。我想让自己变得年轻。并且丝毫不掩饰让自己显得年轻的想法。

她说："现在的老头都活蹦乱跳。我们还是找个地方去展现你的肌肉吧。"

我屁颠儿屁颠儿地跟着。手中的拐杖有点像卓别林的，在我身体周围上下翻飞。不小心碰了下她的屁股。也许我是故意的。她回头看我，说我还是个脏老头。我连连说对不起。我想我是真的喜欢上她了。我来找她，可能不是因为若琳，冥冥中我真正想找的人是她。也许在我见她第一眼时，我就喜欢上她了。我在她身后继续想下去，我一路向南的真实的原因，是为了她。想到这里，我突然感觉自己骗了若琳。为了抵消这种欺骗的感觉，我迅速将话题回到若琳身上来。

我问："你真的见过若琳吗？"

她笑而不语。我很像她手里的玩具。

我继续发问："你有没有见过若琳？"

她说："这很重要吗？一点也不重要。"

我说："那你是怎么找到我的，找到我又是为了什么？"

她说："你真是个爱问为什么的脏老头。"

说到这里，我们已经在咖啡馆落座了。我拿着拐杖对准她，就像端着我那把猎枪。我说："假如这是把枪的话，我就想扣动扳机，让子弹穿过你漂亮的脑袋。"她算不上好看，但不知怎的，对我来说，她好看得让我不忍直视。我有点怕她，就像多年前我有点怕若琳一样。她好像很享受我对她的无可奈何。

我的拐杖一抬，就像是枪口微微一跳。她做了个中枪的动作，捂住胸口。她的胸很大，大得不像话，长在一个娇小的亚裔女人身上有点怪异。她一捂胸，我还真有些激动。我说："是脑袋，不是胸口，你这个笨蛋。"

她说："我喜欢胸口中枪。我的胸口早该中一枪了。"她似乎也对那对硕大的胸感到懊恼。

我们不正经了一段时间。也许这段不正经，是她故意配合我的。她们这些人比我想象的要复杂得多。我在她那里也许不止是个玩具，还是个工具。她后来严肃下来，说起那些不近人情的话来。她说三十年过去了，她们正在做一系列节目，就是印支难民三十年之现状的调查。我说我不喜欢"难民"，还是"移民"这个词更好一点。她不置可否，继续说下去，说我是那个越南社区里英语说得最好的人，所以才来找我。说到这里，又露出那种熟悉的笑，只在越南女孩脸上才能看到的那种略显羞涩又像是挑逗的笑容。她不忘调侃我，说我的英语并没她想象中那么好。

我说："这是你突然决定放弃我的真实原因吗？"

她说："当然不是。我突然觉得你很适合做我的爸爸。假设我的爸爸是你的话，倒是挺不错的。因此我不太希望我的爸爸去上我的节目。"

我晕头转向，说："没想到你还有这么特殊的嗜好。"

她郑重地问我："你愿意吗？"

我还没来得及细想就答应了她。我问："接下来，我该做些什么呢？"

她说："去见我的妈妈。她快死了，临死前，她就想见我爸爸一眼。"

我说："你在开玩笑吧？难道她不认识你爸爸吗？让她知道你骗她，真是死不瞑目。"

她说："她不是我亲生妈妈。我不知道我从哪里来。听我这个妈妈说，我是在难民船上出生的。后来我的亲生妈妈就把我送了人，你猜后来发生了什么。"

她说完这些话，让我想起那个酒吧女人的话来。她说她在船上见过女人生孩子。

我说："她自杀了。电影里的故事都是这样演下去的。"

她笑了，端详我，望穿我。我想我猜对了。她其实没有看我，她在想那艘船上的事。

她转而恶狠狠说："你以为我在撒谎。"

我说："撒谎也没关系。你说什么我都相信。"

她说："你这个混蛋。"

我说："接着说下去。"

她说："如你所料，她自杀了，从船上一跃而下，跳进了太平洋。她也许根本没想过我会活下来。我几经辗转，最后落到我现在这个妈妈手里，她因为我这个累赘连个舞女都做不成。她这辈子真是不容易，到死还放心不下我。"

我说："你这么一说，我真想见见她。"

她说："别以为她是个好人。她只是除了我之外一无所有。收养我是她这辈子最后悔的事。她不顺心的时候，就会挖苦我，说要不是我，她会过上别人的生活。这辈子马上就要结束了，后悔也无济于事，因此她到死对我还是不放心。她只能把赌注押在我身上。"

我说："你这点倒是和我很像，喜欢给自己找借口。"

她说："看来你已经把自己当爸爸了。"

我说："我从来没当过爸爸。不知道当爸爸究竟什么感受。要是真有个像你这样的女儿，我真不知道该怎么办。我还是很难当自己是个父亲，你在我眼前仍是个女人。你让我开始自责了。"

她说："你和那些人一点也不一样。你和我想象的也不一样。我感觉我没找错人，你就是我要找的人。说说你在北方的生活，或者随便说说什么。我已经不想说我的事了。我现在满脑子都是我妈妈躺在病床上的样子。我受不了那种慈祥的眼神，我很少去看她，并不是不想去看她，我害怕她言不由衷地对我好。你明白吗？"

我说："也许你想错了。她可能感觉收养你是她这辈子做对了的事情。"

她说："有时候我想，什么样的女人会舍弃自己出生不久的孩子选择自杀呢？我想象不出。我可能也遗传了这种基因，有时候我也想象不出我会做出什么来。我的骨子里就有这种疯狂和决绝。"

我说："你天天做采访，难道还没了解那些人和那个时代吗？也许你根本就想象不到，他们经历过什么。"

她说："起初我不愿做这个什么移民调查之类的，在我看来，这是那些人在对付我。或者说是对我黄色皮肤的一种嘲讽。现在我不这么想了，我喜欢上这个事情。我采访了不少人，我喜欢他们这些人。他们比我想象的更加隐忍，他们像是一个个宝藏，我要是个小说家的话，我会写下来。"

我说："我不敢和你说我的故事了，害怕被你写下来。"

她说："我是个记者。我不会乱写的。我只会背叛你。我们记者就是骗子和叛徒。"说完旁若无人地大笑。我没见过我熟悉的那些女人这样大笑过，她是个彻头彻尾的美国人。只有美国人才会露出大白牙，笑给别人看。

我沉默了。我保持沉默，是为了观察她，并故意表现出心不在焉来。

她接着说："我没有见过若琳。从来没见过。我骗了你。可我在你们那个社区里，听说过你和若琳的故事。我不想骗你的。最初我很希望找到你们俩，一起上我们的节目，说说那些尘封的往事。后来我就不想这样了。再说了，我也没找到若琳。你们为什么不要孩子？"

我说："这就是命吧，或者说是报应。不过这也没什么。"

她说："那你为什么突然离开若琳，你们发生过什么吗？"

我笑起来，在我见到朗之前，我会有另外一个答案。我说："她和我一个最好的兄弟好上了。"

她摇摇头，说："好烂俗的故事。"

我说："我也是才知道，比你早知道了几个小时吧。"

她说："也就是说，你离开若琳和这个事无关。"

我说："我想换种生活而已。接下来我就做了十年的下水道工人。我不后悔，没什么好后悔的。这就是我。从前我还做过更疯狂的事情。"

　　这时她的手机响了。她摁掉了，想继续听我说。我不打算说下去了。我从来没说过那些事，而且这样说给她听，总觉得哪里不对。我没说下去。她的手机又顽固地响了。她去接电话了。我想了想若琳究竟去了哪里，会不会回了老家，或者是中国南端那个海边小城。她已经知道了真正的绍在那里，她去找他了。这么一想，我感到沮丧，感觉我这个人是多余的，那些年月也是多余的。

　　芙朗很快回来了。她的样子像是正准备结束一段恋情。果真被我猜中了。我总是能猜中发生在她身上的一些事情，这让她对我刮目相看。反过来说，她觉得我有点危险了。

　　她说："那个白鬼只是想上我，一见我就想上我。我给他提供了所有越南姑娘的想象。和我在一起，能让他像个身经百战的美国大兵。他却从来没想过我要什么。而且他还是有妇之夫。有时我真想杀了他。"

　　我说："我可以帮你杀了他。"

　　她说："你在开玩笑吧。"

　　我说："我从不在杀人这个事情上开玩笑。我可以杀了他。我的车后座上有一把不只可以枪杀野鸡的猎枪。必要的时候，也可以把人的脑袋穿个这么大的洞。"我用手比划，好让她看清多大个洞。

　　她说："我只是开个玩笑。"

　　我说："我也是开个玩笑。"

　　我们笑作一团。我发现我们之间的某些东西正在发生变化。她开始信任我，是那种由衷的信任。我能体会到那种感觉。就像我对朗的信任，即便他和若琳发生过什么，我依然信任他。

5

我去见了芙朗的妈妈。她没几天好活了，样子像是随时会死。我看着她睁大的眼睛，瞳孔似乎正在放大。这当然是我的错觉，医生说她并没看上去那么脆弱。她只是感觉自己要死了。当一个人有这种感觉的时候，整张脸就是一副死相。

其间我一直在观察芙朗。她并不是她说的那样，看得出她爱她。她坐在旁边，整个人时刻为妈妈的情绪所动容。生怕妈妈突然发生什么，让她措手不及。她的警惕来自于对妈妈不由自主的关心。

芙朗妈妈初见我时，表现出的激动不安让我很难受。进门之前，我已经有所准备，可仍感觉准备不足。没想到我对她如此重要。最初我只是以为我的出现只是用来满足一下她的好奇心。她紧紧握着我的手，应该算不上握，是抓，她的手像是鸡爪子，又像是藤条，看上去羸弱，却死死抓着你。她哆哆嗦嗦地说："终于找到你了。"

她一直不松手，我的额头上开始冒汗。开始担心她因我又活转过来，或者一脑袋栽下去一命呜呼。这两种可能都不是我想要的。后来还是芙朗帮我解围，她站在我们中间，就像是站在一对父母中间。我们因她的存在，更像一家人。

好像一切都是我的错，我也该像个犯了错的男人。不过她很快原谅了我。她可能早就原谅我了。只是没想到我竟然不可思议地出现在她面前，就像生活的另外一种可能，放在她面前任她选择似的。她一笑，才有了点人样子。她说："我们找了你很久。你是不是故意躲了起来?"

她的英语说得不错。她的嘴唇一直在抖，我挺担心她和我说家乡俚语的。我想她不会的，英语说得这么好的人，会想方设法来表现她说得好。我说得没错，她没打算说起家乡话。我们这些从海上逃亡过来的人，只要一见面，就想说家乡话。即使说起来南腔北调，谁也听不懂谁说的，但也要硬说下去，像是可以证明自己，也是为了证明别人。这个世界上，没有谁可以证明谁。

我和若琳除了说英语，就是客家话，客家话是中国的地方方言。她喜欢我用客家话读中国诗给她听，她说我们中国的诗歌真是美极了，读每一首都让人想哭。我们从没怀疑过自己是中国人的事实，虽说我们住在越南社区里。要是有个华人来访，我们会高兴得不得了，像是老家来人了。若琳不在的日子，我已经很少说起客家话了。就在病床上的她松开手的那一刻，我想起给若琳读诗时的场景来了。我忍不住掉了眼泪。

三个人陷入沉默。窗外有嗡嗡声，或许是割草机的声音，要不是有这种声音飘进来，我可能会落荒而逃。我不该答应芙朗的。我会情不自禁想起芙朗那个亲生父亲，这让我有点受不了。我不知道该说什么。之前想说的话一句也说不出。

我只是低着头，假装忏悔或者感激。芙朗妈妈说什么，我都会点头。我对不起这个女人。

在芙朗妈妈看来，我可能是个木讷的人。这更符合她对我的想象。一个老实巴交的移民，没有任何想象力，对于突然多出个女儿来，有点无所适从。她为了让我更放松，当然这也是我对她的臆测，她决定单独和我谈谈。芙朗出去的时候，略显不安，她可能怕我露馅。她从我身旁走过，什么也没说。我知道她想要说什么，意思是别让我乱说话。我不想让她失望，也不想让她的妈妈失望。我微笑着扫了一眼芙朗的背影，这样的细节不可能逃过芙朗妈妈的眼睛。她正在沉默中观察我。

整个病房只有我们两个人的时候，我突然放松下来。病床上的女人给了我一种恍若隔世的感觉，像是我的某一种结局。我是来照顾若琳的，我们俩白头偕老了。我问她是否想吃点什么。这只是个开场白，也代表我已经放松下来了。她说让我好好坐着，并认真端详我身上的一切。她问我老家在哪里。我说了绍的故乡，我说我爷爷是中国渔民，当然是绍的爷爷。她说她也是，不过她也记不清楚了，也许更早。她又问我会说越南语吗，我说我不会。她说其实我们都是中国人，不过她会说越南语，芙朗因此也会一点。

她说："没想到摇身一变，我们又成了美国人。而且会死在美国，一想到死在美国，我就难过极了。"

我说："我要好好谢谢你。要不是你，我怎么会想到我还会有个女儿。"我这么说有点像调侃，我这个人就是这样，说什么话都像是在调侃。为这句不假思索的脱口而出，我低下了头。

她说："你不知道吗，难道一直都不知道吗?"

我说："我以为她们都死了。她们也以为我死了。"这是我想好的词，终于有机会说出来了。

她说："其实不怪你，应该怪那个年代。可是那个年代又有什么可埋怨的呢。关键我们也不知道埋怨谁。是谁让我们变成这样的，我一直在问自己。我没有答案。这就是我们这些人的命。"

我说："你说得对。年龄大了就开始信命。我是信主的，愿上帝保佑我们。"这不是芙朗交代我说的，这是我现编的。我突然想变成一个信主的人。我很想和她聊聊上帝。当然连我自己也没想到。

她说："小时候我们信妈祖。我们这些渔民都信妈祖。这么多年过去了，我都忘了我还信过妈祖。"

我说："你想回去看看吗?"

她说："回不去了。我也不想回去。如果我死了，就让芙朗把我的骨灰撒在太平洋里。我早该死了，还能活这么久，是妈祖的天恩。从小我就知道我不是个好命的人。"

我说："你是。你有芙朗。"

她说："芙朗是我这辈子最大的福分。不是她，我撑不到今天。她知道我想要什么，今天就把你带来了。我知道她最懂我。"

我说："你也最懂芙朗。"

她说:"我不懂她。我不知道她天天在干什么,我也不知道她天天在想什么。不像她小时候,只要她看看我,我就知道她想要啥。我第一眼见到她,我就知道这辈子和她分不开了。有人劝我不要领养她,说我还没有结婚,还是好好想想自己的后半辈子。我没想过,我不后悔。"

我没什么好说的了,并想让她好好说下去。她却不说话了,冷冷看着我。她像是有了意外的发现。

她突然问我:"你为什么来这里?"

我猜她的意思是说我为什么才来这里。我猜错了。她在质问我。她说从一开始就知道我是个冒牌货。可她并不想拆穿我,后来忍无可忍,还是决定戳破我。是我不经意间的洋洋自得伤害了她。比如谈论上帝,她说我有什么资格在她面前谈论上帝。我顺水推舟也就承认了,我也并不想这样,只是想帮帮芙朗。

我说:"我喜欢芙朗。"

她恶狠狠地指着我说:"你不能喜欢她。像你这样的人,不配喜欢她。"

我问她:"什么样的人才配。"

她说她不知道,反正我这样的人不配。我说喜欢她,并不是她想的那种喜欢。我希望能像父亲那样喜欢她。她不说话了。

沉默再次蔓延过来。窗外的嗡嗡声也不见了。我受不了这样的沉默,就突然背起王维的诗来了,像多年前我面对着若琳。我用客家话徐徐地背下去:"空山新雨后,天气晚来秋。明月松间照，清泉石上流。竹喧归浣女，莲动下渔舟。随意春芳歇，王孙自可留。"这是我最喜欢的一首诗了。并不是它有多打动我。读它的时候，就像是在念南无阿弥陀佛。这么多年来，我背下来不少诗，说实在的，这些诗的存在也许才是我能撑下去的缘由。比如我在下水道里一步步走下去的时候，我就一首首念这些诗。

这首诗让我平静下来。芙朗妈妈却变得异常激动，问我是怎么认识芙朗的。她对我突然念诗感觉莫名其妙，这种莫名其妙的感觉可能会让她意识到我是个危险人物。

我还没来得及张口说话。芙朗就来电话了。我以为她一直在门外偷听。她给我的感觉就是个很会偷听的人。这首诗我也像是读给她听的。她在电话里大喊，说有个男的想要杀了她。她大声喊 help。最初我猜想是个恶作剧，不过我仍以最快的速度冲了出去。我也没想到我还能跑这么快。我脚下生风，像是从下水道的生活里一跃而出。我奔向皮卡，端出我的猎枪，直奔向芙朗。芙朗和一个中年白人正在对峙。两个人在太阳下一动不动，互相盯着对方。芙朗的个头很矮，为了能和那个男人对视，不得不仰着头。这并没让她处于劣势。男人出手了，推了她一把。她仍不罢休，继续向前，保持原来激扬的姿态。我大吼了一声，并将枪口对准了那个中年白人。

后来芙朗说有我这样的爸爸真好。那个中年白人就是她说的有妇之夫，她爱上的那个人。她为了惩罚他，将他们两个人床照发给了他的老婆。那人因此勃然大怒，嚷嚷着要杀了她。她说她其实早就想这样了，只是见到我之后才觉得非这样做不可。她说从我身上发现这一切没什么大不了。我们又一次笑成一团，不过她是笑中带泪的，我知道她很难过。她的笑比我想象的要复杂得多。

我们一起嘲笑那个白人的落荒而逃。

当我们平静下来时，我们又转向了另外一个话题，说起我念的唐诗，说到我被拆穿，又说到芙朗的亲生妈妈。我说她很可能不是自杀，我只是乱猜。她一下子被我的话击中了。我很想安慰她两句。她却打断我，郑重地问我："泰德，你是叫李文绍吗？"她说她是绍的女儿。没错，她是绍的亲生女儿。她斩钉截铁地重复。我被她镇定的样子弄得哭笑不得，在我看来她这么明目张胆地编造故事，是对我的蔑视。不过我感到温暖，这么多年了，还没有人对我这么好，把我当成个真正的人，刻意靠近我。对很多人来说，我只不过是个脏兮兮的下水道工人，况且我垂头丧气的样子，让很多人感觉我是个不小的麻烦，说不定会对他们做些什么。

芙朗说到一封信，来自遥远的地球的另一面。是她最近才收到的。这封信才是让她寻找我的真实原因。信是芙朗的一个阿姨写给她的，这个阿姨曾在美国待过不少年，后来又回了越南，住在胡志明市。这是信上说的。那人像是知晓芙朗亲生妈妈的一切，不过信上并没提太多。关于这个阿姨明明知道芙朗是个孤儿却坐视不管，并且这么多年过去了才给芙朗写信等等诸多疑点已经变得不重要了，至少目前看来并不重要。重要的是芙朗的亲生父亲真的是绍吗。我见绍的时候，他未婚，而且他的未婚妻是若琳。

芙朗找我，是真的在找亲生父亲。可令她意想不到的是，我根本不是绍。这让我更加想去找绍，三十年过去了，但愿他还活着。他还能认识我。

和芙朗分开后，我突然感觉她不像是在撒谎。她是那种一旦认真就会认真到让人吃惊的人。我想着她的话，因此想起绍，想到绍和我说话时的样子。那么多年过去了，他像是从来没离开过我，一旦想起他来，他就像是正在我的房间里踱步，猛地回头看我一眼。三十年前，我们在中国最南端的海边小城里成了最要好的朋友。我是本地人，而他是从海上漂来的客家人，我不知道他们这些人从哪里来的，他们也操着和我们一样的客家话。可我们这些本地人并不喜欢他们，说他们是外国人，想让他们滚回海上去。绍常常提着一个神秘的手提箱，他是个做生意的好手。箱子里有很多我没见过的宝贝。在那个贫瘠的年代里，我多么想见见箱子里究竟藏着些什么鬼东西。手提箱一被打开，我吃了一惊，那些洋玩意让我觉得世界很大，还有好多我不知道的事情正在发生，从那一刻起，我就暗下决心跟定他了。

他在那个城市里走街串巷，偷偷卖他说的那些宝贝。绍有的是路子，他从朋友那里贩来不少这些东西，都是从越南过来的走私货，我们因此赚了不少钱。这些黑胶唱片还有手表，让我们在小城里很受欢迎。那是 1980 年代初，那个城市正在蠢蠢欲动。我从未想过绍是怎么拿到货的，那时候我感觉他是和黑胶唱片融为一体的，现在想来真是不简单，从这点上看，芙朗是她的女儿是极有可能的。他咧嘴笑的样子和芙朗的确有些相像。我一边想那些过去的事，一边一口口喝威士忌，我很快喝得醉醺醺了。

芙朗在凌晨给我打电话，我从来没在凌晨接过电话。我被电话吵醒，让我感到愤愤不平。可我一听是芙朗，我就没什么好说的了。她说生活在不停和她开玩笑，她睡不着，想和我说说话。我们谈了很久，说起了那个真正的绍。我们已经知道了接下来该做什么了。我们要去中国。

6

再次看到芙朗，已经是去飞机场的路上了。她是绍的女儿，让我觉得怪怪的。我因此变得严肃正经起来，不得不像个父亲。芙朗却分外轻松，她说再也不怕我这个脏老头会做出什么来了。之前她一直把我当成绍，因此特别害怕对我失望。发现绍另有其人，她就不用这样想了。她后来竟然说是陪我去的中国，看我这么老，不忍心让我一个人独自上路，她是慈悲为怀。她表现出对绍的漠不关心来，不知道是不是故意的。不管怎样，这都会让我感到轻松。

我们的飞机在太平洋上空飞翔。我把那辆皮卡和那把猎枪丢在了美国。隔着舷窗向下望，还能看到太平洋里的美丽小岛，这只是我的想象，我不愿向下望。芙朗对我来说就是这样的小岛。我挨着她，胳膊触碰着胳膊。那一刻，我很希望飞机往回飞，飞回美国，飞到新奥尔良。我后悔告诉她我不是绍了。我就是绍，我是她的父亲，我有一个这样漂亮的女儿。让芙朗挽着我，走在那个小镇的主干道上，让所有人都来看看，我有个漂亮女儿。可我现在，却正把她拱手让人。

她坐在我旁边，戴着耳机听音乐，也不和我说话。我们像是一起去旅行，而且早就习惯了这种旅行，让我感觉所有一切都不过尔尔。后来我就睡着了，梦里我见到了绍。绍和若琳在一起，他们一起来接我。下飞机的时候，我却走不动了，两条腿像是别人的。后面的人一直在催我下飞机，可我就是一步也动弹不得。绍和若琳紧紧相拥，仰着头看我。他们的样子像是在议论我，后来就开始嘲笑我了。我不知道是谁猛地推了我一把，我就一头栽下去了，接着我醒了。

飞机一落地，芙朗兴奋地尖叫。她说："中国，我来了。"我没想到她会这样，她竟然说她早想来看看了。还说让我去陪她爬长城，去看大熊猫。好像她来中国是来爬长城和看大熊猫的。她似乎已经忘了是来找绍的。她一路的沉静和她下飞机后的样子判若两人。她对我来说是个谜。她越是这样，我越是感到悔恨，我应该一辈子做绍的。

我没有陪她去爬长城。我想早点见到绍。她说："我一点也不想见他了，上飞机之前，我还有一点好奇心，现在一点也没有了。他在我眼里，还不如一只大熊猫。"她要去看大熊猫了，她说一不二，我怎么劝她都无济于事。她丢下了我。在中国这块古老的土地上，我四下张望，感觉自己孤苦无依。这曾是我的家乡，现在却让我有一种异国他乡的感觉。我又想起一首诗来：少小离家老大回，乡音无改鬓毛衰。我开始练习那一句句生疏的中国话。可我说的客家话，对于习惯了说普通话的中国老百姓来说，简直还不如英语好懂。因此我又只能说英语。

等我赶到那个绍所在的城市，我几乎不认识这个曾经生我养我的地方了。它变得面目全非，我还以为又来到了新奥尔良。甚至我还有一种又去了纽约的感觉。万人如海，想找到绍绝非易事，况且他也很可能改了名字。我们中的不少人到了个新地方总会给自己改个新名字，像是个重新开始的仪式，为自己寻个好兆头。我不得不借助一个叫华侨接待中心的组织，才有可能找到绍。他们说没问题，不过有好几个绍，不知道我要找哪一个。

我浏览了一下这些人的资料。当我看到一个叫黄德泰的名字时，我差点不能自已。要不是旁边还有人在，我很可能会摸摸这三个字，还会掉几滴眼泪。我指了指黄德泰这三个字，说就是他。旁边的人问我确定吗。听他的意思，像是这个人让他们有些不确定，或者说这个人已经死了。当时我别提多紧张了，生怕这个人会说出黄德泰已经死了的话。我的身子开始摇晃，连下巴颏也在颤抖。我在等着命运的审判，等着那个已经被我忘掉的海上之神的审判。

见我再三确认就是这个叫黄德泰的人，那些陪同我的人开始两眼放光。我确定黄德泰没有死，而且情境似乎相反，这个黄德泰很可能过得不错。连我这样和他沾亲带故的人，都让他们感觉到惊奇。后来他们说，黄德泰是个了不起的人，是鱼嘴镇上最有钱的人。说到鱼嘴镇，我的眼眶又是一热，这可是我出生的地方。他们还问我，我和他究竟什么关系。我说是兄弟。他们笑了，开始帮我联系这个叫黄德泰的人。他们似乎不相信黄德泰突然冒出个兄弟出来。

令他们意想不到的是，我才是真正的黄德泰。黄德泰是我爷爷给我起的名字。为了不忘掉这三个字，我给自己起个叫泰德的美国名字。黄德泰，黄德泰，我在嘴里不停默念。

三十年前我叫黄德泰，而黄德泰叫李文绍，我们都喊他绍。我看着黄德泰的资料，就想起二十岁之前的我。上船那年我二十岁，绍比我大两岁。令我意想不到的是，等我走了之后，他竟然真把名字改成了黄德泰，并让更多的人知道了黄德泰，而我把绍带到了美国，成为一个无人问津的下水道清淤工人。这样的对比让我心乱如麻，很想找个机会借此溜掉。我不停去厕所，每一次我都想逃之夭夭。我害怕见到黄德泰，害怕见到他一副洋洋自得的样子。要是芙朗在就好了，那一刻我恨芙朗，我是为她而来的，而她却溜掉了，像是我自己要来见黄德泰似的。在那个接待室里，我无路可逃，我清楚这种无路可逃的感觉迟早会来。

我拿出一只骰子出来。这么多年过去了，这只骰子早就色泽暗淡了，像是被很多人摸过，摸得灰头土脸。这还是我第一次拿出来示人，而且已经到了必须拿出来的时候了。它一直跟着我，没有它就没有绍，没有美国的泰德。我一直对这只骰子耿耿于怀。这只骰子意味着我的失去和得到，我从来就没有放下过。就在一遍遍掷这个三十年前的旧骰子的时候，黄德泰进来了。他轻声喊了我一声，阿泰。三十年没人这么喊我了。我被这一声吓坏了。我回头看他，他像是早就猜出是我来了。我说："是我。"之前我都喊他绍哥。

他说："我以为你死了。来的路上，我一直在想会不会是你。"绍像是一直在说客家话，似乎没学过说普通话，常说普通话的人再来说客家话，就会让人感觉怪怪的。他没给我那种怪怪的感觉，他的话可以让我轻易就回到过去，回到那个荒凉的小渔村。

绍的脸变大了，大了一圈，这让他很像个大人物。他的眼睛仍然像鹰一样，准确凶狠，毫不留情。这也是我一下子就发现进来的人是他的强有力的证据。我一直有点怕他，就是因为这双眼睛。可我知道他事实上温柔得可怕，遇事优柔寡断，常常问我该怎么办。那双鹰一样的眼睛似乎是来对付他自己的。绍曾经说过他倒是有点怕我，说不知道我下一步会做出什么来。我是那种让人提心吊胆的人。我们俩迥然不同，但又像是趋于一致，就是让人不放心，也让我们自己不放心，因此那只骰子就变得异常重要。骰子一掷，事情就变得简单了。他看到桌子上那只骰子，我们相视一笑，接下来我又轻轻一掷，骰子就在桌子上滚开了。大就听他的，小就听我的。四五六为大，一二三为小，世界在骰子面前简单到只有大小。那张船票就是这么归我的。那是仅有的一张船票。我因此成了那艘船上的李文绍，而他不得不成了黄德泰。

那一张船票对我们来说意味着一种不一样的生活。这张船票如同上天的恩赦。绍没有必要和我分享的，它是属于他的，本来就属于他，而且只有他的独特归侨身份才有资格上那艘远洋船。他是真正的移民，而我是土生土长的中国渔民的孩子。海上漂荡的那些船只都是在等他们的，和我们这些人一点关系也没有。那张船票在他手上呼啦啦响，对我是个巨大的诱惑。那些天，我正陷入被人围追堵截中，很想找机会脱身。头几年，我干过不少坏事，一些人还因为我锒铛入狱，后来世界变了，我也没想到会变得如此之快。他们平反了，一些人纷纷出狱。我常常害怕他们会在街角堵我，杀我个措手不及。我太想上那艘难民船了，尽管我不太知道它能带我到哪里。我骨子里就有逃亡的基因，这大概也是我能和绍这样的人混在一起的原因吧。他们的生活让我感觉新鲜刺激，每一天似乎都不一样。绍也想走，他真是个好兄弟，说还是掷骰子吧，让上天来决定究竟谁去。骰子一掷，结果是个小，我赢了。我说再掷一次。轻易就夺取了他该有的东西，我还是感觉说不过去。他说我们从来不掷第二次。骰子在滚动的时候，我就有预感，那张船票会是我的。我赢了那张船票，天知道我有多开心。那时候我一心想走，不管去哪里。我们约好了，只要我在外面混好了，就来接他和我的奶奶。一晃三十年过去了，骰子仍在桌子上滚。

还记得我上船那一天，我让他好好照顾我的奶奶。奶奶根本不知道她再也见不到我了。我不知道她是怎么死的。可我不用问绍，就知道她肯定死了。在那个小渔村我只有一个奶奶，这和绍只有一个爷爷是一样的。我们都是孤儿，我的父母死在了渔船上（我一点印象也没有了），而他的父母是怎么死的，连他也不清楚，至今还是个谜。彼时，什么事都有可能发生。我们相识是在一次本地人和归侨之间的群殴上，本地人和归侨之间总是因为土地而不断纷争。我是本地人，而他是归侨，这算得上不打不相识。从那时候起，我才知道他们这些人和我们一样。我没把他们当外人。后来我们又遇上了，他问我要不要跟着他做生意，他因此把他的魔箱打开了。我被那个新世界吸引住了，那只箱子里总会变出一些奇奇怪怪的新鲜玩意儿。我始终没搞清楚，那些东西究竟是怎么来的。他有不少秘密，那时我并没这样想过。我只觉得他是我的好兄弟，我醉心于桃园三结义或者梁山一百单八将的美好想象中。我们镇中心的戏台上，天天上演那样的故事。

骰子最后落定了，又是小，还是我说了算。我说："我又赢了。"

他说："是的，你赢了，你把我的若琳也赢走了。"

他这么一说，我就知道若琳来过。真让我吃了一惊，可我还是面不改色，说："我还赢了你一个女儿。"后来我说起芙朗。他的鹰眼一闪，我就知道这是真的。芙朗没骗我。这又是一段不为人知的隐秘故事。他问了问芙朗是怎么找到我的。对于突然多出个女儿来，他似乎一点也没感到意外，像是理所应当。这让我感到沮丧。也许是他见惯不惊了。他对什么都不吃惊，让我有点难过。我本来是想吓他一跳，没想到所有这一切都似乎在他意料之中。

他说："我也赢走了你的一切。"

他开车带着我四处转转，不停地问我对所到之处还有印象吗。我没有兴趣，其间我一直在想，他为什么闭口不谈芙郎，表现出令人不安的冷漠来。我很想问问他为什么，始终没找到合适的机会开口。后来我见到他一大家子人，更不能谈起芙朗了。他现在果真是子孙满堂。我这样一个孤苦老人坐在他们中间，显得极为难堪。我被他们簇拥着，无话可说。

有个孩子问我："你真叫黄德泰吗？"

我点点头，他们对我真的叫黄德泰感到不可思议。这孩子是绍的孙子。

我还见到了绍的老婆。她也对我充满好奇。她是不是在想，上船的如果是绍，她嫁的人就会是我，一旦是我，又会怎样呢。

一看她就是本地人，不像是归侨，而且她的普通话说得不错。坐在她旁边的绍，很快就被淹没了。绍这些年的日子因此一览无余了。我更加无话可说，除了对着这个女人笑。我甚至萌生了一种对不起绍的感觉。

那一顿饭对我来说是个不小的折磨。饭后，我和绍又单独在一起了。我们去了码头，一起面对那些来往的渔船。绍哭了，我没想到他会哭。他的哭让我措手不及。我还在感受那些渔船的鳞次栉比，就像是时间在我们面前展开了。他一掉泪，我也难以自已，和他一起哭起来。两个老头对着一片海抱头痛哭。我才知道他一直在压抑中。我又一次想起芙朗，很希望她能看到我们这一幕。

绍说："你走后，我一直想走，一次也没走成。有一次我差点走成了，我已经到了香港，在那里滞留了一个月。他们还是把我遣送回来了。我就永远成了黄德泰。去年，我女儿去了美国，她让我去。我想了很久，决定不去了。再也不想去了。当我发现这一切变得轻而易举的时候，我一点也没兴趣了。还是老死在这里吧。"

为了让他没那么难过，我撒了谎。我说："我也一直想回来，可一次也没回成。"事实上我从没想过走回头路。我接着说："我羡慕你，我现在是孤家寡人。我死在家里，都没人收尸。"

绍让我留下来，说要为我养老。我淡淡一笑。那一刻我突然想到了若琳，若琳才是那个为我收尸的人，当然我要死在她前面。我会死在她前面的。

我问到了若琳。他说若琳的确来过，那也是他第一次见到若琳，不过她很快就走了。绍说她不告而别。我猜她是落叶归根了。我知道她在哪里。这么一想，我变得兴冲冲的。我还是想找她。我的后半辈子不能没有她。

7

我一直在等芙朗。芙朗不来，我没办法离开。我和绍没什么好说的了。他似乎也和我没什么说的。该说的都说完了，不该说的也不会说。后来我们就很少见面了。我们俩不约而同等芙朗现身。

那些天，我去了一次奶奶的坟前，一次就足够了。绍陪我去的，他要不去，我连地方也找不到。路上他谈起了奶奶临终的岁月。他没说太多，我就知道奶奶死得凄楚。绍是怕我过于伤心。我也纳闷自己竟没有想象中那么难过，这让我感到惭愧。

那块黑涔涔的墓碑快要被杂草淹没了，我费了很大的力气才清理干净，让奶奶的名字一点点见了天日。当然，奶奶连名字也没有的，墓碑上只写了个"黄氏"。我并没有哭出来，虽然我在路上酝酿了很久，等我真正面对一块墓碑的时候，我感到了恐惧。像是那座坟里埋葬的不是我奶奶，而是我自己。我很快就仓皇逃离了，绍在后面追我。他不知道发生了什么。他腿脚不利索，我拄着拐杖也比他走得快。

再次见到绍，芙朗已经回来了。也许是芙朗并没从长城和熊猫身上找到她想要的东西，因此显得有些沮丧，或者她对这样三个人围坐在一起的场景感到厌倦。反正，她有些不屑一顾，仿佛随时会离开。当绍说到她的亲生妈妈时，她才有了一丝热情。如果没有芙朗，绍会把这些故事烂到肚子里的。绍的经历比我想象的还要错综复杂，他还有过一个有夫之妇的情人。芙郎的妈妈大着肚子逃出来找绍，如果这个女人没有死在海上，而我已经有了若琳，再来一个，真不知如何替绍收拾残局。绍又一次痛哭流涕，一直祈求芙朗的原谅。那她为什么选择跳海呢，绍也弄不清楚，并说她不是那种一死了之的人。在绍的缓缓叙述中，芙朗像是对他多了几分好感，话也渐渐多起来。可他们是无法对话的，一个说客家话，一个讲英语，我也就显得更加重要。我是他们父女的翻译。绍说了很多话。他像是要把一辈子的话说完。他不止说给芙朗听，更多的是说给我听。我也因此想起那些年月，想起那一张张逃亡的脸。

和绍分开后，芙朗说她没想到会有这样的一个父亲。她一点也不像他，不过也让她看到了自己的内心深处。也就是说她的内心可能住着这么一个人，像绍一样的人。她有可能变成另外一个人的。她说她更像我，总是让人提心吊胆。她本来可以成为一个温柔又安静的人，哪怕有多艰难，她身上有这种基因。我被她的话打动了。她也许只是随便说说，可我还是差点掉眼泪。

她冷不丁地问我："这会不会是假的？感觉像一场梦。"

我说："我也老这么问自己。"

她说："我还是觉得你才是我的爸爸。"

我想让芙朗留下来，和绍叙叙父女之情。芙朗没兴趣，她感觉没有白来就够了，不想节外生枝。也就是说她只是过来看一眼，而且令她欣喜的是，她没有失望，她喜欢他，喜欢这个叫绍的老年男人。她没什么留下来的必要。她要和我一起去找若琳，她想见见若琳。正当我们启程去找若琳的时候，我接到一个电话。

找我的人是另一个若琳。

我说："若琳来了。"

芙朗也为我感到高兴，已经迫不及待想要见她了。

我说："是另一个若琳。"

她说："怎么又跑出来一个若琳。"

我说："这个若琳是个舞女。"

芙朗说："你真是个脏老头。"

　　我把这个若琳的故事讲给她听。我们又一次笑作一团。我们像老朋友那样勾肩搭背。

　　芙朗突然郑重地告诉我说:"你可能再也找不着那个若琳了。你把她弄丢了。"

　　我又想掷骰子了,骰子一掷,世界就扑面而来了。

大巫小巫

一

　　我们约好在万达商场前的停车场见面。那天风很大，北海这个半岛上的风总是很大。像是有人一直在你看不见的地方嘤嘤哭诉。干马来曾说，那是海里的白海豚在叫。她是这么形容的，一片白色的叫声。叫声怎么会是白色的呢？她有很多奇思妙想，常让人摸不着头脑。记得她画过粉红的大海，画过翠绿的天空，画过她妈长着一对驴耳朵。说实在的，我有些喜欢她。但我给她的感觉像是不屑一顾。我似乎对谁都不屑一顾，尤其是她。上小学的时候，我们是同班同学，我是学习委员，常帮老师收卷子。记得有一次，在去办公室的路上，我曾偷偷修改过已封好的试卷。那时手上刚好有笔，见四处无人，随手就改过来了。我是交了卷子后，才意识到自己那道题做错了。干马来恰巧出现，和我擦肩而过。我永远记得她脸上那抹微笑，她似乎一直都在等待那样的时刻。她假装什么也没看到，和我愉快打招呼。后来我是得了满分。

老师发试卷的时候，我不敢抬头看任何人。我能感觉到同学们灼灼的目光。从那时起，我就开始刻意远离她。我始终有一种被她监视的感觉。

小学毕业后，我们都去了北海一中，被分到了不同的班级。给我的感觉是，我们早就天各一方了。我们也常常遇见，不过很少打招呼，大多都是装作互不相识，冷漠地走开。她是那个我恨不得早一点忘掉的人。不仅仅是她曾冲我阴险地笑过，还有一点就是，你根本不知道她在盘算什么。她身上有一股邪恶的气息，叫人难以捉摸。有次我还见过她从男厕所出来，大摇大摆。她就是那种撒谎眼睛都不眨的人。我爸说起和她们母女聚餐时，我吃了一惊，确切地说，吓了一跳。难以想象，她在我爸面前的样子，当然，我也不愿见她妈。我不喜欢和大人们在一起。不过我假装开心，笑得很僵硬，耳根后的肌肉在愤怒地抽动。也许是被我的热情鼓舞了，我爸一把揽住我的肩膀，在风中抱住我，抱得很紧。我起了一身鸡皮疙瘩，从记事起，就不记得他这么亲近过我。那时，我才开始意识到，聚餐的只有我们四个人，我和我爸，她和她妈。为什么是我们四个人？我不明所以。

她们冲过来了，像是被一阵风吹过来的，又呼啦啦把我们也卷走了。我还没来得及好好打量她们，就被干马来团团抱住。我忽然想到，我和干马来也曾有过一段亲密时期。我们在市少年宫一起学过画。那时我们更小一些。她干瘦苍白，喜欢给这个世界涂抹一些奇怪的颜色。现在想来，和我学画的更像是另一个人。她像白海豚一样，身形一闪，倏忽消失了。

　　我们同岁，十四岁，上初二。记得她是天蝎座，神秘，残酷，阴险。她比我高一个头，也比我壮实。她抱住我，就像是我扎进了她的怀里。那一刻，我还是被打动了，恶作剧似的捏了下她的胸。她发育早，四年级时就开始束胸。有些男生给她起外号，叫"大马"。可恶的是，她还姓"干"。尽管她也百般解释，说那是干净的干，不是干活的干。记得她还和我说过，她见她爸的次数伸手都能数得过来，那个男人除了留给她一个遭人嫌弃的姓氏，再也没留下什么。她说她想改姓，姓她妈的姓，姓蒙，叫蒙马来。和她妈提起时，被凶神恶煞地制止了。那时她才知道，不仅仅是"干"这个姓氏，连她的名字马来也是个标记，在讲述她爸是谁的故事。她爸在马来西亚经商，一个"干"姓华侨，她们母女俩一直在海这边儿翘首盼望。她说，从没见过她妈那么可怕过，也从没见过她妈如此难看过。那时她忽然明白，一个女人丑陋的样子太可怕了，让人恶心，让人想跳楼。她就是这么和我说的。她想从她们家的大阳台上往下跳，不是因为她妈恶狠狠的样子，是她竟然这么丑陋，这是她从没想象过的。一个漂亮的女人突然丑得无以复加。难以想象那是怎样一张狰狞可怖的脸。她还说道，这都是因为她妈爱她爸，爱死了，爱得卑贱，让她尴尬。我随后冷嘲热讽地说过一句，也许是恨他，恨死了。记得我们是在小学毕业时的聚会上，有过一次这样的对话。

　　那场聚会是在学校食堂里，好多人围在一起。我们喝可乐喝雪碧，互相假惺惺地祝福。他们十二三岁却像是三十岁的样子。我和干马来莫名其妙地坐在了一起。难道是她想和我坐在一起，亦未可知。后来我们就像是喝醉了，摇摇晃晃相互簇拥着远离了人群。我们坐在食堂里一个不显眼的角落。她说起了她们家。为了不让她失望，我也说起了我们家，我说到我舅。我从未见过他，一个谜一样的男人。不是他，我就不可能叫夏加尔。夏加尔是个画家，画过一幅叫《空中的恋人》的画，让人印象深刻，一个绿衣服男人侧身抱着一个仰躺着的女人在小镇的上空飘浮。夏加尔画里的很多人都在飞。他们表情凝重，像是在沉思。在我想象中，我舅就是那个穿着绿衣服的男人，一直飘浮着，在我们头顶。那幅画最吸引我的地方，不是这对空中的恋人，而是在围墙下偷偷拉屎的人，他特别微小，却像空白盘子里落上一只苍蝇，也就是说，尽管小却分外显眼。就是因为这个露着半个屁股在拉屎的人让我爱上夏加尔，让我觉得能叫夏加尔，是我的荣幸。想到夏加尔，我就想到那个偷偷拉屎的人。当然也想到我舅，一身绿衣服，不爱说话，常常发呆失神。他是个看管劳改犯的警察管教，一个喜欢画画的警察，后来却成了抢银行的凶犯。他是怎么成为一个抢银行的呢？只是缘于一次深情凝视，这是我妈告诉我的。作为一个监狱的管教，却和一个犯人成了铁哥们。在一次审讯中，他们相遇了，妈妈说，就像关羽遇上刘备，看对眼了。说到深情凝视，干马来没懂。我说，就像这样。随后我就死死盯住她，眼睛也不眨，她心领神会，也像我一样，死死盯着我。我很少这么认真看别人的眼睛。

凝视了几秒钟，我问，你看到了什么。她躲开了。她说，没劲。可我知道，不是没劲，是她退缩了。那名犯人出狱后，他们就谋划了一次抢劫。我舅也成了主犯。再后来他就被判刑了，判了二十年，知法犯法罪加一等。我们家里人都对此讳莫如深。记得当时干马来对我舅的故事是很不以为意的，甚至她觉得我在撒谎。可能我们就是因为我说起我舅才不欢而散的。她也许是这样想的，我舅的故事配不上她妈的故事。她说到她妈忽然丑得叫她恶心，而我却胡乱编排一个抢劫犯凑数。也许她还觉得我根本不尊重她呢。

我们又一次相逢，让我想起好多往事。她笑着叫着，我也跟着笑着叫着，直跺脚。我跺脚的样子应该很好看。我偶然瞥见了我们在商场入口处玻璃门里的身影。我心里还在想，我们好会演，在学校里我们还假装不认识。我知道，她其实没把我当回事，甚至是有些讨厌我，可我们何苦要演呢？难道演给他们看。我爸搓着手，手忙脚乱，她妈咬着嘴唇，笑意盈盈。她妈很好看，是我见过的同学家长中最好看的。她让我想起杨贵妃，微微发福，和善慈祥，像一尊女菩萨。不，她其实有些妖气，咬着嘴唇的样子，很慑人心魄。我的注意力一直在她身上。我早就见过她，只是未曾有机会这么近距离地接触。我羡慕干马来，她有个非凡的妈妈。她还不知足，说她丑得叫她想跳楼。

我们一行进电梯的时候，我爸扶了下干马来她妈的腰。漫不经心却步步为营。这下我才恍然大悟，我和干马来才是陪衬，主角是他们两个大人。我爸是为了请她妈吃饭。我爸为什么要请她妈吃饭呢？显而易见，我爸是喜欢她妈，看他急吼吼昭然若揭的样子。不过我爸也风度翩翩，很会装腔作势。他在她们面前温文尔雅，像个欧洲的骑士。你看，他揽别人腰的那只手，多么温柔又多么坚定。不过，他们走在一起，很像天造地设的一对。穿着，表情，手势，像是从来都是一起的，就应该在一起。我忽然有些感动，觉得他们才是一家人。我和干马来在电梯里相视一笑。也许我们都想到了。我们竟沉浸在那种古怪的甜蜜之中。奇怪的是，他们大人们又为什么画蛇添足，带上我们俩这不省心的拖油瓶呢？我快速回想，也可能是我爸受了我那些随口乱说的话的影响。我有时会给他一种我无所谓的样子，对他们的婚姻无所谓，完全没必要在我眼前表演家庭和睦。他渐渐放心了，开始未雨绸缪，让我做好思想准备，他是有可能和别的阿姨在一起生活的。想到我妈被他们蒙在鼓里，我的心里不是想打抱不平，反而有种跃跃欲试的兴奋感。

还有个更重要的理由可能是，干马来她妈想见见我。最初她想见我，也许只是想让我跟干马来重归于好（我们从没好过，当然，在她妈看来，一起学画时彼此要好）。她想让我们俩最好亲如姐妹，这对他们两个大人有利，能更肆无忌惮地做地下情人。她和我爸已经串通好了。也许他们早就好上了，也许比我想象的还要早，在我和干马来学画之前。这让我感到沮丧。在饭桌上，我被她的热忱弄得有些手足无措。我们四个人一起吃火锅。干马来她妈，也就是蒙阿姨，却反常地让我和她坐在一起。随后我爸告诉我，这家火锅连锁店是蒙阿姨的。她是大老板，大股东。我之前也和我爸来过，可他从未提起关于这家火锅连锁店的前世今生。他守口如瓶，滴水不漏。我想他是那个快速删除聊天记录的人。今天他们是打算和我摊牌了。说到她是大老板，蒙阿姨反应迅速，说，别和孩子说这些没用的。她摸摸我的头。我短头发，像个假小子。被她一摸，我有一刹那很想哭。很奇妙，感觉很甜蜜。我妈从不这样摸我的后脑勺。我们相视一笑。我确定，她是真的喜欢我。也就是说，她已经不是单单为了他们大人更方便行事，从我坐在她身边那一刻起，我们之间已经有了一种神秘的关联。这让我想到我舅和那个抢劫犯宿命般的相遇。一瞬间，我也觉得我和她像是认识了很久，相见恨晚。她身上有让我迅速安静下来的东西，我说不清那究竟是什么。我会情不自禁地靠近她。我确信，她也感觉到了。干马来可能也感觉到了。她似乎有些愤愤不平。这都是我未曾想到的。从一开始，我就对这次聚餐没抱任何期待，想早早吃完，偷偷溜走。当时我坐在那里，脸上兴许忽然洋溢着幸福。

　　我爸不住地夸奖蒙阿姨。我想让他闭嘴。难道他是想借我这个第三者，向蒙阿姨表露心迹。更可能是，他在和我表露心迹。我也是第一次见他这么惶惑不安。他说个没完，是向我推销。可并不能因为她的好，你的出轨对我们的伤害就消弭了。想象得到，我妈一旦得知他们这对狗男女的事，会有什么反应。以我妈的精明，也许她早就有所察觉。难以想象她会做出什么来。不过我欣然这么坐着，坐在蒙阿姨旁边，就已经背叛了我妈。

据我爸说，蒙阿姨是艺校毕业，唱美声的。说到她是唱美声，我如梦方醒。怪不得她站在那里那么端正。她身上有一股凛然不可侵犯的劲头。我撒娇着逼她唱几句，她耐不住，就哼唱起来。我瞬间被她的嗓音迷住了。她很自在，从容，信手拈来。我想她是我见过最美的女人。此时此刻，她想让我干什么，我都会干的。我已经被她打败了，也就是说，我妈也被他们打败了。我想让我爸离开我妈，和她在一起。她让我喊妈，我也会脱口而出的。我这个可恶的叛徒。我仍然是那个在半路上打开封好的试卷再次涂改的人。如果再给我一次那样的机会，我还会那样做。我已经顾不上厌弃自己了。我想跟着蒙阿姨学唱美声。那也是我第一次有了人生的榜样，想成为她那样的人。即使不能成为她那样的人，也该有个她那样的妈妈。吃完那顿饭，我就成了她的干女儿。我大声喊了她"干妈"。干马来可能觉得我喊不出来，在一旁鼓动我。她的意思我知道，想让我出糗。她没想到的是，我竟毫不犹豫地喊了出来，就像我过去一直这么喊。

我也是没想到，蒙阿姨会突然说让我做她干女儿。这并不是我的初衷，可在这一点上，我们是一拍即合的。她过来亲我的脸。我们的脸紧紧贴着。她的脸温柔香甜，当时我又一次差点掉眼泪。我是不允许自己当着他们的面掉眼泪的。从商场走出来，我们又遇到更强的风。我爸慌不迭地抱住了蒙阿姨。她迅速躲开了，却顺势抱住了我，搂着我向停车场走。干马来走在我们斜后方，孤零零的。奇怪的是，她并没丝毫抱怨，反而也有些陶醉。我在蒙阿姨怀里的时候，一直在想，这是不是她的阴谋。如果是，那她已经得逞了。我也愿意她得逞。我还是感觉不太可能。她应该是真心的，她的脸在我的脸上仍有清晰的触感。

　　我们开了两辆车来的。蒙阿姨让我跟着她的车走。我爸忙扯住我，让我跟他走。要不去我家吧，蒙阿姨说。我说，好的。我爸有些犹豫，不过还是答应了。我跟着我爸，干马来跟着她妈。我知道，我爸这么安排，是想和我单独聊聊。我坐在副驾驶，看着蒙阿姨的车，在前面行驶。一辆黑色奔驰。她是个有钱人。她是怎么有钱的？孤儿寡母。我随口问了一句，她们怎么这么有钱？我爸说，你干妈做生意的。我差点噗嗤笑出来。他说我"干妈"。我觉得我爸是个混蛋。不过我也和干马来一样会演，我面不改色，疑惑地问他，干妈只是个开火锅店的，怎么会这么有钱。我爸反而顾左右而言他，说，咱们也是这火锅店的股东。这也是我头次听到。关于我爸，我知之甚少。我想，他们之间有很多秘密，有待于发现和解释。我故作镇定，只是哦了一声。接着我爸说，你干妈还有别的生意，做外贸。我说，是马来西亚的生意吗？他说，这你也知道。我说，要不然我同学怎么叫干马来呢。他说，说到点子上了。他有些洋洋得意。我也有些洋洋得意了。

　　他最终还是没说他将和蒙阿姨在一起的事。也许他一直在酝酿。后来他还是打了退堂鼓，可能是觉得没必要说了，我已经了然。他问我，你真的要跟她学美声？他又说了"她"，让我觉得他们其实并没那么相爱。我反问，为什么不是真的？在他印象中，我是不可能学那鬼东西的。他说，你喊她干妈的时候，吓了我一跳。我就知道他想和我说这个。我说，也吓了我一跳。他说，你长大了。他有点怕我了，过去我是怕他的。他从没冲我发过火，可我就是惧怕他。他看我时，眼神总是在躲闪，给我的感觉是，像是对我无计可施，或者心中有愧。越这样我越害怕，害怕自己让他失望。这也是我在学习上一贯努力的原因之一，很大程度上是想获得他的青睐。无论我学习多好，他好像都不是很在乎。在这点上，我妈和他有天壤之别。

　　我不太知道，我爸我妈现在相处得怎样，他们是否仍住在一起。我还有个弟弟，比我小三岁，在上五年级。我和我弟分开住，他跟我妈，而我跟着外婆。主要原因是外婆家离我们学校很近。再说，外婆一个人觉得冷清，想让我陪她。家庭聚餐的时候，爸爸妈妈仍像往常一样，偶尔还会表现出令我尴尬的亲昵举动。我爸常出差去外地，我想，他可能根本就没离开北海，而是和蒙阿姨偷偷在一起。

　　我爸在蒙阿姨身边时，像是变了个人。这也让我觉得我爸我妈从来都不是看上去那副样子。也许事实刚好相反，我爸是个热烈的人，而我妈却是个冷淡的人。我根本搞不明白，我妈真正在乎的究竟是什么，是我的学习成绩，是麻将桌上的输赢，还是办公桌上的漫画？好像都是，又好像都不是。她的工作很神秘，办公地点在消防队，可她从未参与过消防队的任何救援工作。我知道，她是个女军人。不过，我从未见过她穿军装的样子。我妈和我舅一样，是那种骨子里心不在焉的人，干什么都心不在焉。

　　我们在蒙阿姨小区的地下停车场碰了头，一起坐电梯去她们家。那停车场给我的印象很深，灯光晦暗，阴森冷清。有滴答滴答的落水声，还有一股呛人的汽油味道。我们像是落荒而逃似的，向电梯里冲去。干马来气喘吁吁地问我，过去是不是来过我们家。我说，从没有过。她说，记得你来过。我说，那你应该是记错了。我说她错了的时候，很解气。我在电梯幽暗的光里，猛然发现，她的眼睛竟然是蓝色的。只一闪就消失了。我被震慑住了。我开始感到恐惧，身体也向后缩了缩。我从前怎么就没发现呢？后来我就一直注意她的眼眸，并未察觉出任何异样。可我确定有过那么一瞬间，她的眼神像黑夜里的猫一样，闪了一下。

　　她们家很大，复式楼中楼，简约明亮，给我的感觉不像是有人住，空空荡荡。客厅里摆放着一架耀眼的白色钢琴。我走上前去，摸了摸，一片冰凉。这架钢琴让我有些惧怕，遥远，陌生，冷冰冰的。我转身走向阳台，阳台上有很多花在绽放。晾衣竿上晾着几件衣服，随风飘荡。有几件衬衫像是男人的。蒙阿姨从我身后一跃而出，急匆匆收了，抱作一团，仓皇折身回了卧室。我没看清，也许那是我爸的衣服。我站在阳台上，环顾左右，看万家亮起来的灯火。当时我其实在想，我爸也许已经和她们住在一起了。干马来竟然也在欺瞒我。我意识到，可能是他们三个人串通好的。他们仨请我吃饭，为了让我加入进来。蒙阿姨，我干妈，简直就是影后。她演得真好呀。他们骗了我。阳台上那几件男人衣服就是他们的疏漏。那时，我真的又一次想哭，想转身逃开，想把这一切告诉我妈妈。我在内心里呼唤她，不过此时此刻她可能在打麻将，用异样的眼神打量她那些牌友们。想到她在打麻将，我很快平复下来。我厌恶她打麻将的样子。我想，也许事情越来越好玩了。谁在捉弄谁，还不一定呢。

　　我转身，走向客厅，立在钢琴一侧。干马来跑过来了，拉扯我，叫我上楼。我又一次看了下她的眼睛，眸子黑亮，眼白有些泛蓝。她的眼睛真美，像蒙阿姨的。随后我们一同上楼。她的房间在二楼。上楼梯的时候，我向下瞥了一眼，发现我爸在和蒙阿姨窃窃私语。两个人凑得很近。当我还在想他们会说些什么的时候，干马来早就冲进房间又冲了出来。她手上端着一幅小画，是夏加尔的七个手指的自画像。画得糟糕透顶，如果没记错的话，那是我临摹的。她问我，还记得吗？我当然记得。但让我意想不到的是，她竟把我这张随手临摹的画裱了起来。我不懂这是为什么。画如此糟糕可笑，毫无收藏价值。她兴冲冲地上楼，难道只为了让我看这幅临摹的破画。记得当时我在临摹时，深深地疑惑过，这个和我同名的画家为何把自己的手指画成了七根。越是困惑，我对他越是着迷。我盯着干马来手上那幅小画，画不大，30 cm×30 cm。我把那七根手指画得硕大，像是七根胡萝卜。我知道，我叫夏加尔，却没什么画画的天赋。在这点上，我远不如干马来。她也许是为了奚落我。她说，还记得吗，你是看着我的手画成这样的。我哈哈大笑，她却在一旁假装生气。好你个干马来。她接着说，你说过，我的眼睛像画里面的眼睛，还说，像牛的眼睛，而牛的眼睛是世界上最漂亮的眼睛。我说，是我说的吗，我都忘了，我还和她说过这些话。

看着干马来发呆的样子，我感到一丝不快，不，也许是难过。眼前的干马来并不是我想象中的样子，她那么单纯可爱像个天使。在纯真外表下，有一丝忧郁。她才是那个在画画的夏加尔。有两副面孔的夏加尔。有一双温和的牛羊一般的眼睛。她其实一直在渴求我的友谊。而我越是冷冰冰对她，她越是期待我的好。我激动地上前，抱了抱她。我想，她也许从没计较过我打开封好的试卷涂改答案。甚至她都不知道我曾有过这么不堪的行径。我惭愧极了。我说，马来，谢谢你。

二

三个月后，我爸出事了。他出了车祸。车祸地点在蒙阿姨她们家的地下停车场。他当场就死了。在那之前，他喝了很多酒，地下停车场的监视摄像头捕捉到了他一个人东倒西歪的身影。后来他摔倒了，摔倒的地方是摄像头死角。一辆车从他身上碾了过去。肇事司机开的是丰田霸道，车身高大。司机自述，没看清地上有人，当时有急事，开得飞快。后来我见到了那个司机，平头，后脑勺上有块斑秃，说话大舌头。他一直蹲着，无辜地向上仰望，像是穿过我们，看见了不敢相信的东西。

得知我爸出事时，我正在外婆家看网络小说。当时已经

是晚上十一点多了，因为那天是周五，第二天过周末，我睡
得比较晚。我妈也在，陪我睡。她破天荒地回来了。不过看
上去很疲累，早早就睡着了。我接到的是干马来的电话。她
在电话里声嘶力竭。我也是刚买的手机，还是蒙阿姨给我买
的，不过她让我在别人问起时，千万别说是她买的。我和我
妈说，是我爸买的。我妈撇撇嘴，有些不以为然，不过也没
说什么。很多初中生都有自己的手机。后来我想，那个手机
买来就像只是为了接收我爸的死讯。接电话时，我却出奇地
冷静。我推醒熟睡的妈妈，说，爸出事了。

　　我们在去认尸的路上，我妈一直在颤抖。我从没见过她
那样。我抱着她的一条胳膊。她仍忍不住地颤抖。那时我才
突然感觉到，我们母女俩是心连心的。路上我并没太想我爸
的死。想得更多的是，我妈和蒙阿姨如何面对面，一起面对
眼前这个死掉的男人。这一幕并没有如约出现，我们赶到现
场时，干马来她们母女俩已经走掉了。我想了想，这本来也
和她们无关。可我还是感觉到愤怒，像是被出卖了。她们是
逃兵，是叛徒。我妈冷漠地问我，你同学呢？我没回她。我
不知道该怎么回她。后来她不理我了，有警察找她问话，问
到我爸为什么会出现在这个小区的停车场，这里有他相熟的
人吗？我妈摇头叹息，说我爸是做生意的，平日里狐朋狗友
很多，来来往往，她都不认识。我妈思路清晰，神情镇静，
令我吃惊。接着警察就和她说到一个女人给我爸打过来最后
一通电话。警察接的电话。那个女人就是我干妈蒙阿姨。那
时我爸已命丧黄泉。

　　据警察说，蒙阿姨自始至终都没出现，是一个小女孩下来认的人。警察口中的小女孩正是干马来。当时，她说她妈不方便下来，重感冒，头晕目眩。干马来这么告诉警察，说夏叔叔就是想过来看看生病的妈妈，他们是好朋友，生意上的伙伴。警察把我爸的手机给了我妈。我妈不知道密码，打不开它。她试了很多次都没有打开。她一怒之下，就把手机扔给了我。那时她可能是真的伤心了，不过这也让她如释重负。她把手机甩给我，就像在丢一袋垃圾。那个手机是她全部的耻辱。

　　接下来我爸被殡仪馆的车拉走了。我妈没让我看我爸最后一眼。她说样子太难看，不要再看了，看了怕有心理创伤。这也让我想到干马来，蒙阿姨为什么会狠心让她下来认尸，而她却躲在房间里。我很好奇，她究竟在房间里干什么。她真的生病了吗？这让我想到干马来曾说过她改姓的事，蒙阿姨怒不可遏。干马来曾说从没见她那么丑过。我想，那应该是面容狰狞，让人难以想象。在我的印象里，她总是安详平和，一副女菩萨的样子。也就是说，在蒙阿姨内心深处，有些东西是绝不能触碰的。我像是明白了些什么，但又不甚明了。不过，我都没把这些心里话告诉我妈。我想，这一切也许会随着我爸的去世烟消云散。

　　我妈开车，跟着殡仪馆的车缓缓前行。北海是个不夜城，到处是烧烤摊，烟熏火燎。不夜城，是因为北海的白天很难出门，阳光猛烈，炽热难耐。这里的人们都昼伏夜出。我们在深夜里穿行。我坐副驾驶，侧身靠窗，路边的小叶榕次第掠过。让我惊讶的是，我们母女都没怎么哭。我们很快安静下来，安静得有些吓人。我们可能都不愿想，我爸这个人已经没了，前面悠悠前行的车里躺着他的残躯。我认真看了我妈一眼。她的喉咙像鸟一样一直在动。她更瘦了，形销骨立。她的脸庞凹凸有致，显得坚定果敢。我的样貌是随她的，骨头凌利，过于硬朗，不像干马来，哪儿哪儿都是圆的。我笑的时候，也给人一种冷冰冰的感觉。

我猜不出我妈在思索什么。我也不敢开口和她说话。我又想到那次聚餐，就像是一切就是从那次聚餐开始的。

事实上，我们那晚在她们家并没发生什么。我们四个人的关系并没发生实质上的变化。令我有些不解的是，我爸和蒙阿姨也没有任何过分的亲昵举动，反而他们对彼此越发礼貌有加，显得分外疏离。我从干马来房间里出来，我爸就开始催促我回家。蒙阿姨也没留我。本来我以为我会在她们家过夜的，然后我爸也随我留下来。我以为，这是他想要的。我会见证他们在一起的盛举。我的想法全落空了。倒是干马来很舍不得我，一直送我到地下停车场。她说过几天就来找我，有重要的事告诉我，我让她现在就说。她不想说，也许是因为当着我爸的面不好说。后来我们在停车场依依惜别。上车后，记得我问过我爸，问他是不是喜欢蒙阿姨。我没叫干妈。我爸反问我，你呢。我说，喜欢。我爸说，那你觉得蒙阿姨喜欢我吗？我说，估计是喜欢，要不为啥认我这个干女儿呢。我爸这么说，让我觉得他们还没在一起。没想到我爸接着问我，你觉得你妈喜欢我吗？他还有脸提我妈。我说，我猜，她喜欢死你了。我开始和他调侃。这是从未有过的。要说我们父女之间的改变的确在那场聚餐后发生了，那就是我们开始互相开玩笑了。我在外婆家门口下车的时候，说，你当心点。他指了指我，做出恶狠狠的搞怪表情。我觉得那一刻，我们成了哥们。我们之间从此有了共同的秘密需要信守。

没过几天，干马来就来找我了。我们约在少年宫见面。记得她有事要告诉我。我毫不犹豫去了。除了我想知道她想要告诉我什么，我还想从她那里打听打听我爸和她妈的事情。更想知道她是怎么看待这段婚外恋的。我先到的，在少年宫的二楼看云朵变幻。北海是个看云的好地方，天出奇的蓝。我一直觉得这是气象学家们的乐土。风云变幻莫测，我们很难把风筝放起来，原因是，这里的风向诡异，多是旋风。我爸也曾说过，这地方风很大天太亮。他说他过去不像现在这样，眼睛这么小，是因为天亮得睁不开眼，就像有千千万万的水晶在闪烁。他其实是个爱讲笑话的人，只是我们很多时候并没有察觉。我妈是岭南人，他说过的那些笑话，我妈有时无法领会。他是北方人，来自东北一个叫本溪的地方。我爷爷是本溪钢铁厂的工人，后来得癌症死了。我从没见过我爷爷。我们也很少回老家，奶奶在东北独居，有时会和我们视频，常常穿红戴绿，跳广场舞回来后一副风尘仆仆的模样。她也来过北海，说住不惯，潮气往她骨头缝里钻。她是个信邪的人，据说她的父亲过去是个跳大神的萨满。她和我爸常吵架，她的意思是北海不吉利，我爸的八字和北海这地方犯冲。我爸不信邪，偏来了，还找了个南方姑娘结了婚。我能想象，后来我奶奶接到我爸噩耗时悲伤怨恨又无可奈何的神情。

我想，我们每个人并不是我们自己想象的样子。我们早就习以为常的样子，在别人眼里也许让人难以接受。在干马来心里，我究竟又是个什么样的人呢？她为何想和我在一起？只是出于年少时一起学过画而她又莫名其妙地喜欢我那些画吗？

干马来很快就出现了。她身材高挑，身形匀称，胸脯高耸，马尾一甩一甩的，像个倔强的漂亮的小马驹，在人群中惹人注目。我假装没看到她，像她这样的漂亮女孩，却意外地投身到我这样的小麻雀的怀里，是想在我这里秀优越感吗？我那么瘦小，人又长得黑，说话还尖酸刻薄，看上去毫无惹人喜爱之处。对我来说，有她这样的朋友简直就是非分之想。我忽然涌上一股恶心，开始后悔出现在她眼前。况且少年宫也是我分外讨厌的地方。人来人往，喧闹浮躁，男孩们勾肩搭背，斜眼看你，不怀好意。我想，少年宫是像干马来这样的小马驹该来的地方。

她走上前，像是和我不期而遇。我心想，我可是你约来的。她没几天前那么热情了。也许是我身上的校服让她觉得我有些碍眼。她没穿校服，而是穿了一件白色大 T 恤，下身一条短得不能再短的牛仔短裤。T 恤衫上有几只奇怪的动物滚作一团，也许是海豹，也许是海狮。她的脚踝上还纹了个图案，我没来得及细看那是什么。她真是光鲜亮丽，让人难以拒绝。她带着我四处走，问我记得这个吗，记得那个吗。她是让我来回忆年少时光的。我觉得别提多无聊了。不过我不愿扫她的兴。她表情平静，人也很友好，是那种懒洋洋的友好。和她在一起，尽管让我自惭形秽，但也让我感觉舒服自如。我尽可以躲在她身后，像个透明人，没人会注意她身旁的小麻雀。

后来我们在少年宫某个楼梯转角看见一幅画，干马来停了下来。又是夏加尔的画，是干马来临摹的。我还以为是张复制画，神似原作。我想，她就是带我来看这张画的。她真正喜欢的是那个画家夏加尔，而我恰巧叫夏加尔，这也可能是她想和我做朋友的缘由。可我和那个夏加尔，除了名字相仿，再无相像之处。我们在那幅画前静默，让我觉得尴尬又匪夷所思。我又想到那天我们在她房间里看到的那张自画像。

我知道这幅画，夏加尔的代表作，《我与我的村庄》。一头乳牛和绿面孔男人的深情凝视，像一对恋人。她忽然问我，你还记得你曾和我说过你舅舅吗？我讶异，摇头不解。我以为她会和我说有关这幅画的事。她说，你说过的，在我们小学毕业聚会上。我想起来了。我说，是的。我摇头只是为了表达她怎么忽然提到我舅。那时我还一直觉得她根本没放在心上呢。她说，从那以后，我就总想着你舅那个人。我正在思索，这幅画和我舅有什么具体关联。她接着说，那天你告诉了我一个美好的词语，深情凝视。我懂了。我知道她要和我说什么了。她继续说，你舅是个警察，而他的朋友却是个牢里的犯人，你说过，他们就这么互相看着彼此，后来他们就一起抢了银行，干了一件惊天动地的坏事，我在想，他们之间究竟发生了什么。我被干马来触动了。我从没这么想过我舅。我曾说过深情凝视这个词，可我根本不知道这个词语的真正含义。我只是个传声筒。我妈就是这么告诉我的。我也不清楚，她为什么会说到这个词。也许她再也找不出另外一个词了。再也没什么其他词语能准确表达我舅和那个牢犯不可思议的友谊。

　　干马来一直盯着那幅画，我却在偷偷打量她。她学习成绩不太好，上了初中似乎更没心思学习了。蒙阿姨想让我帮帮她，多督促她学习。我盯着她看，在想另一个问题，想她注定会是个风华绝代的人。我嫉妒她，也许我从来都是嫉妒她的。我不想和她在一起，就是因为嫉妒她。连她学习成绩不好，也让我艳羡。我是没资格学习不好的。我只能好好读书。我开始难过，想到从一开始我可能只是嫉妒她，这种嫉妒让我直犯恶心。我慌忙跑开了，跑到厕所里一阵干呕。干呕的时候，我有想过抓破干马来那张粉嫩的忧郁的脸。干马来稍后就追过来了，在厕所里轻拍我的后背，安慰我。她越是柔情，我越是厌恶。她那么美好，我这么邪恶。我想一转身抱住她，和她一起从楼上跳下去。她说，对不起，是我让你想到了你舅。干马来以为我是想起了我舅，有些悲伤。我转身扎进干马来的怀里，哭了。我哭的是，我什么都干不了，我除了邪恶，还是个胆小鬼，这一点真不如我舅。我哭着哭着，泪水打湿了干马来的大 T 恤。这时，干马来也跟着嘤嘤哭了起来。我们在少年宫的厕所里，竟然莫名其妙地抱头痛哭。后来有人进来了，我们才分开，尴尬地各自走开。走出少年宫的时候，干马来和我说，你知道我为什么难过吗？我怎么会知道，也懒得知道。我轻描淡写地摇了摇头。她说，我觉得我们永远不会是朋友了。她这么说，让我心惊肉跳。她说她试了很多次。看样子她多想和我成为朋友呀！可她说她做不到，也许永远做不到。她这个狠心的人，为什么当面和我这么说。这次换我去祈求她了，我问，为什么？她说，你知道。我说，我不知道。她没回答我的问题。也许她觉得这么说的确过于残忍。她说，可我们也不会成为敌人，我们可能会结成联盟，是一条绳上的蚂蚱，你说呢。我说，难道联盟不是朋友吗？她说，不是。她接着说，你舅和那个抢劫犯才是，我还没找到。

从那以后，我们每周末都会见面。我们见面是为了寻找我舅在这个世界上留下的蛛丝马迹。没想到是我舅这个人把我们俩联系在一起，而不是我爸和她妈。我们想知道十四年前究竟发生了什么。在这一点上，我们不约而同且勇往直前。我们成了真正意义上的联盟，一条绳上的蚂蚱。我想，这也是我们在厕所里抱头痛哭后的结果。我们做好了详细的计划。比如先走访我舅曾待过的监狱，以及他们去实施抢劫的银行，接着可能会去那个抢劫犯的老家看看。抢劫犯家住合浦县公馆镇。公馆这地方民风彪悍，据说是过去流寇的后代，人大都凶蛮霸道，有不少狠角色。此地以养猪闻名。养的猪叫海猪，这些猪专食鱼虾。猪肉就叫海猪肉，比普通猪肉贵很多。卤出的肉也很有名，叫公馆扣肉，差点被《舌尖上的中国》

栏目组选中，后来他们选了北海的沙蟹汁，认为沙蟹汁更能代表北海特色。沙蟹汁是种独特的酱料，由沙滩上的沙蟹酿制。后来等我们真正做好计划后，干马来却突然提醒我，说我们忘了一个人，一个很重要的人。我说，谁。她说，你妈。

干马来很想见见我妈。我不想让我妈见她，我爸情妇的女儿。想想就觉得非常荒唐。她见我妈的心情如此强烈，以至于让我开始怀疑，她对我舅并不真的感兴趣。她感兴趣的人，是我妈。我没给她这样的机会。不过我告诉她，请把我妈交给我。我会旁敲侧击，循循善诱。重要的事，我必及时分享，有什么说什么，毫无保留。我们拉钩上吊，一百年不变。令我意想不到的是，我在和我妈谈到我舅时，她忽然避而不谈。她从前不这样，有时她还会主动说起我舅这个人来。从她那里吃了闭门羹之后，我就另寻他路，去找我外婆。外婆扬扬手，只一句"我忘了"打发了我。她口中念念有词，我不知道她念的是什么，也许是南无阿弥陀佛之类的。我能明白，我舅在她眼里就是不肖子孙。她不愿提起他，一个抢劫犯，这让她蒙羞。说起我舅，她就念阿弥陀佛，念个不停。

我和干马来如实说了，她似乎有些不信。她觉得他们不可能什么都不说，她认为缄口不言毫无道理。那时我才如梦方醒，我似乎被她骗了。我并不是真的想知道那些过去的陈芝麻烂谷子。是她撺掇我这么干的。这种狗屁联盟也是她早就计划好的。可她为什么想弄清楚我舅这个人呢？难道只是想弄清楚我舅和那个抢劫犯谜一般的友谊吗？她还想知道些什么？我隐约感觉到，她像是知道些什么，只是为了找我验证。不过我也有我的打算。那就是我要成为她的朋友。我只想证明，她说过的"我们永远不会是朋友"这句话是假的。

那时是北海的初春，回南天。暖烘烘的，湿漉漉的，天花板都在滴水。路边的小叶榕遮天蔽日，散发着腥膻的气味。我们骑着自行车在北海城的大街小巷穿梭，想象着十四年前那个三十岁的男人如何筹划一次完美的抢劫。我们去了被他们抢过的那家银行，之前也去过，可那时从没想过那地方竟和我舅有关。据我妈说，这些年几经变迁，那里早就不是原来那家银行了。不过我们仍在银行附近转悠了很久。我们俩试图还原当时的场景，他们几个暴徒闯进去，手持利刃，拿到钱后，迅速逃窜。我们就像在转述一部警察抓坏人的电影。据说我舅未曾参与抢劫。他在接应他们。他是个开车的司机，在榕树下等待。我们在想象一个不停抽烟的男人在逡巡。我们似乎看到了他焦急惊慌的样子。后来我们还去了我舅曾工作过的监狱，当然，这也是他被关押的地方。昔日的管教已成阶下囚。我们没法探视他，就在监狱门口胡乱转悠。我没去监狱看望过他。家人从不带我去。当然，我也从没要求过。我只知道我的名字是他起的，他在我的世界里是模糊一团，就像从来没存在过。我见过他一张照片，半身照，着警服戴警帽，一脸严肃。他的脸和我妈一样，也是棱角分明，不过感觉比我妈随和。他的眼神很温柔。我给干马来看过那张照片。看过后，她却说她更想看那个牢犯的样子。那个牢犯后来怎么样了，我一无所知。是被判刑了吗？会和我舅同在一所监狱服刑吗？我们都希望他们还在一起。

我们那些周末时光都是在走访中度过的，事实上，我们并不比先前知道得更多。可我愿意和干马来在一起。也就是说，只要和她在一起，"去做什么"已经不重要了。我更享受和她在一起的点点滴滴，比如我们在榕树下吃冰激凌，比如我们在监狱门口吹口哨，比如我们沿着海岸线一路骑行。据说我舅和他的朋友们是在一艘渔船上着手他们的计划的。有时我们会在码头上驻足发呆，观察那些抛锚的渔船。渔船像被晾晒的鱼干一样，一个紧挨着一个。它们在海风中轻轻摇晃。我有种恍惚的感觉，不知道我们到底在干什么。可干马来像是能发现更多，不过并不和我过多谈论。我也时常偷偷注意她的眼睛，想找到那天在电梯里惊异的闪光。幽幽一道蓝光，在黑暗中闪耀。也许就是那道眼睛里的蓝光，才让我对她如此言听计从的。

后来还是有了一些眉目。我们找到我舅的一个高中同学，是一个培训班的美术老师。也是无意间发现的。他在少年宫上画画课。他透露给我们一条无比重要的消息，就是我舅有过一个女朋友，这多少让我有些吃惊。我后来想这也没什么。他一个三十岁的男人有女朋友再正常不过了。可干马来却为此激动不已，就像是她终于找到了她想要的答案。东窗事发后，他这个女朋友就人间蒸发了。据这个老师说，她还曾是那家银行的职员。事情变得越来越诡异，让我们感到困惑。我舅的女朋友是否也参与了那次抢劫，做了内应，还是她自始至终都被蒙在鼓里？据说我舅他们在实施抢劫行动之前，已被警方事先获悉，他们是自投罗网。这一切是否和他那个神秘的女朋友有关？那个美术老师回答不出我们这些问题。很多事他也并不了解。到最后我们不得不回到原点，就是去找我妈，也只有她是最了解内情的人。那时刚好赶上我们期末考试，找我妈的事就随之搁浅了。期末考试前夕，我妈却突然告诉我，说等我考试完，要带我去监狱看望我舅。这真是让我惊讶万分。她好像一直都知道那些日子我们在干什么。可还没等我见上我舅，我爸就出事了。在蒙阿姨她们家那个阴气森森的地下停车场出了车祸。我在殡仪馆里守灵，看着飘摇的烛火，却一直在想我舅的事。在我想象中，我爸出车祸似乎和我舅那些过往有着不易察觉的神秘联系。

三

我爸葬礼过后，我妈常常失神，一个人默默抽烟发呆，不可置信地用手捂着嘴。这不足为奇，让我感觉有些异常的是，她像是故意在躲我，不想和我说话，却屡次和我外婆交头接耳，小声交谈，而且没完没了。我一出现，她们就不再言语。她们在防着我。有些事情不愿让我知道。我不明白这是为什么。

我爸是海葬，骨灰撒进了大海，这是我妈的主意。我妈说我爸过去曾说过诸如此类的话，还是遵从死者遗愿为好。我爸有没有说过这番话，根本难辨真伪。我奶奶并未表示反对，这也让我觉得诧异。这很不像她的行事作风，一个萨满的女儿，就这么轻易屈服了。记得从前我妈和我奶奶水火不

容，谁也看不惯谁的。奶奶不想在北海常住，很大原因是因
为我妈，她不喜欢我妈这个人。说我妈总是苦着一张脸，给
谁看，还不是给她看。我爸的去世，让她们莫名其妙达成了
一致。

　　有次我听见她们在谈论我爸曾给别的女人买过一张床，
一张昂贵的床，而这张床和我爸妈睡的那张床一模一样。我
妈是怎么知道的呢？是她去逛家居商场时，那个卖床的老板
告诉她的。也就是说，我爸不仅要买同样的床，还在同一家
店购买。我从她们的对话得知，我妈很早就获悉了这桩丑闻，
肯定比我和蒙阿姨那次聚餐要早。她只是佯装不知。没错，
她们说的那个女人就是蒙阿姨，我干妈。我妈要是知道，我
认了蒙阿姨做干妈，我想她会杀了我的。或者她已经知道了，
无可奈何，这也是她处处小心提防我的缘由。她们说到两张
一模一样的床时，我还是吃了一惊。我去她们家时，竟然没
进主卧室，这让我后悔不迭，甚至是不可饶恕的。我去她们
家不就是想知道，我爸有没有和我干妈发生关系。起初我可
能就是那么想的，后来却被干妈来岔开了，注意力分散，脑
子里想的都是我们的塑料姐妹情。那张一模一样的床让我想
到，他们三个人可能早已生活在一起了。更要命的是，我妈
早就知晓。她只是在等待一个机会。也就是说，我妈在暗处，
她们却在明处。而不是她们以为的，她们在暗处，我妈在明
处。我妈不会轻易放过她们的。在这点上，我奶奶我外婆也
是这么想的。她们精诚团结，要为我爸报仇。在她们看来，
我爸就是死在那个女人手上。甚至就是她下的手，而不仅仅

是一场交通事故。

在我得知这些关键信息之前，我曾找过干马来。我给她打过几次电话，她的手机一直关机，这也是情有可原的。她们被我爸的飞来横祸吓到了，躲了起来。我还去了她们小区一趟，在那个阴森森的地下停车场有过停留。我爸出事的那个角落里有盏灯明明灭灭。我在那里站了有那么一小会儿，什么也没想。就那么站了一小会儿。我也不知道我为什么那么做。我随后逃之夭夭，进了电梯。我在干马来她们家门口敲了很久的门，无人应答。她们不在家，或者已经搬走了。我忽然头顶着门失声痛哭。那时我才真正意识到，我爸死了，再也不会出现在我眼前了。葬礼期间，我似乎不曾有过真正的悲伤。我的感觉一直是，我爸在和我开玩笑。他会冷不丁地再次出现，冲我做鬼脸。但就在干马来家门口，我深切感觉到，他没了，真的没了，永远没了。重要的是，我爱他。从前我从没这么想过。他总是来去匆匆，并没把我放在心上。想到那次聚餐，我渐渐领悟，我对于我爸的重要意义。他一直很把我当回事。这么想下去，我就哭得更厉害了。我蹲坐在她们家门口，哭得伤心欲绝。随后我就开始恨她们。恨蒙阿姨，更恨干马来。我有一种我们被她们戏弄的感觉。过去我还觉得，我爸是和她们一条心的。我爸是个彻头彻尾的笨蛋，我也是。后来她们家对门的邻居打开了门，问我找谁。我手忙脚乱，慌忙起身，灰溜溜地逃了。也许那个邻居一直在猫眼里偷偷看我，看一个女孩子撒泼打滚地大哭，而且是独自一人。我尴尬得想吐，在电梯里一阵干呕。

　　我爸去世后，我们家显得非常冷清。我一个人常常偷跑出去，去街上，去海边，在椰子树下吹海风，看那些停泊的渔船。我还会去少年宫看画。有一次，在少年宫的一个小型画展上，我和干马来不期而遇。那时我爸已经过了五七，我们还在放暑假。我妈和我奶奶都不怎么管我，随我在外乱走。她们也常常外出，神秘兮兮的。她们有很多大事要处理，根本顾不上我。从她们断断续续的闲谈中，我才知道我爸留下不少钱。我爸有那么多钱，也是出乎我意料的。他是个和蒙阿姨一样的有钱人。

　　见干马来那天，我像是知道她有可能会出现。这也是我会去的原因之一。那是少年宫组织的一个活动，夏加尔作品分享会。干马来那么爱夏加尔，应该会到场。我猜得没错，她如期出现了。她那天穿着朴素，我想，她是不想惹人注目，想悄悄来悄悄走。或者说早就想到有可能会看到我，抱着试试看的态度。难道她没想过，无论她穿什么，她都是那个最显眼的人吗。我一眼就发现了她。她也发现了我。我猜，她有过那么一刹那，是心惊胆战的。不想看见我，害怕看见我，但还是看见了我。干马来还是那个干马来，反应迅速，很快就镇静下来，假装什么都没发生，依旧我行我素。我本来是想冲过去，质问她，你们去哪了？我爸的葬礼，你们都不参加，还有没有良心，良心让狗吃了。我咬牙切齿，可我还是忍住了。我想，你假装没看见我，我也假装没看见你。我在那些夏加尔的复制画间游走。我也不知道我想要干什么，更像是在和干马来捉迷藏。后来有老师在讲一幅画，起初我只是混在人群里，监视干马来的动向。没想到我竟听进去了，听得入神。老师讲的那幅画名字叫：赠给俄罗斯，傻瓜们以及其他。描绘的是一个脑袋与身体分离的挤奶女人，正疑惑地凝视着天空。我为什么被这幅我从未见过的画吸引，就是因为我爸。在我想象中，我爸就像她一样，头身分离，飞了起来。我似乎看见了他在地下停车场被撞后的样子。我起了一身鸡皮疙瘩。那一刻我想抓住干马来的手。我看向她时她也在看我。有那么几秒钟，我们相互凝视。我想看穿她。她的嘴角忽然浮现出盈盈笑意。没错，她是幸灾乐祸。我永远记得她那副笑容，和多年前她看到我修改试卷时的笑一模一样。她还是那个干马来。

老师此时开始描述那幅画，说那是个发疯的挤奶女人，是她的想象在飞。他说到犹太人的谚语，如果任凭自己的想象四处横飞，人就会失去理智。他的意思是她的头飞离身体，是因为她疯了。我马上想到了干马来，再次寻找她时，她已经不在了。那时我才想起她的话来。她说得没错，她从来没把我当过朋友。我跑出少年宫，在路边乱走。我为什么没有叫住她，把那些恶狠狠的话一股脑说出来。我的脑袋也快飞出我的身体了。后来我想，我仍然渴望她能像朋友一样对待我。看见她的那一刻，除了一些恨意，还有惊喜。我想和她在一起，想和她说话。想知道她这些天都是怎么度过的。更想知道，她为什么要躲开我。

我看见她了，她和一个男生在林荫路里肩并肩走着。他们在笑，在打闹。那个男生比她个头矮，我并不认识。她有很多我不认识的异性朋友。我顾不上那么多了，像条疯狗似的，在他们身后大叫。他们停下来了，回头看我。干马来对我不屑一顾，那是叫人绝望的不屑一顾。他们转头继续走。我追上去了。拽着干马来，不让她走。可我又忽然不明白自己为什么这么纠缠她了。她指着我的鼻子，恶狠狠地说，夏加尔，我恨你爸，恨你们全家，你懂吗。她是个街头小太妹，在冲我龇牙咧嘴。她突然变得很丑，这让我想起她曾说过她妈忽然变丑的故事。人真的会顷刻间变成另外一个人。我不认识眼前这个干马来。她丑陋得叫人恶心。这反而让我长舒一口气，她并没我想象中那么完美无缺。我们在僵持。如果我不放开她，她会对我动手的。她冲我竖中指，阴沉地说，不要再来找我了。她转头冲那个男生挤挤眼睛，表示很无奈。我已经放开了她，仍傻乎乎站着。我不知道这究竟发生了什么。他们就这么扬长而去了

　　某天晚上我被我妈吼了一顿，有些莫名其妙。那些天，她像是很沮丧，脸色苍白，也许是遇到一些棘手的事。也有可能是和我奶奶吵了一架。为什么这么说呢？我看见她们在一起时，都阴沉着脸，互不搭理。我想我妈冲我吼的意思，很可能是指桑骂槐，剑指我奶奶。她是在吼我奶奶。但无论我妈的嗓门多大，奶奶都无动于衷，房门紧闭。她的话越来越难听，渐渐也让我无法忍受。她指责我，哪像个死了爸爸的人，天天不着家，四处乱窜，还说我都不会哭，不懂悲伤。真是养了个白眼狼。她骂我是白眼狼。这是从来没有过的事，而且她竟和我爸站在了一起。她替我爸在教训我。我爸活着

的时候，她总是和他作对的。我感觉无比委屈。她哪里懂我的心思，哪里知道我们父女间的故事。我摔门而出，骑着自行车闯入夜色之中。那时大概是晚上九点多钟。北海没有真正的夜晚。晚上的天空也是亮的。我奶奶曾说，他们老家才有伸手不见五指的夜晚，这里的夜晚像是黎明，还能看见白色的云和明亮的天。我从前不懂她说的是什么。但我在夜色中骑行的时候，我想骑进她说的那种伸手不见五指的夜晚。这样的夜色太像宫崎骏的画，过于梦幻。骑着骑着，我就到了干马来她们家所在的小区。我想我就是去找她的。想到她那天如此对待我，叫我难堪，我就想报复，想让她跪地求饶。我在脑子里想了无数遍百般折磨她的场景。

我像上次一样，又一次溜进了地下停车场。路过我爸出事的角落时，我又想起了夏加尔那幅画里的挤奶女工。还想到那头红色奶牛和它怪异的眼神。当时我能感觉到，我爸就在头顶上注视着我。可我不敢抬头，我害怕真的会看见他。

我进电梯上楼，到了她们家门口，用力敲门。有多大劲使多大劲。我想把我的全部委屈释放出来。我是来兴师问罪的。我从没这么疯过。我的拳头坚硬如铁。等门真正打开的时候，我却差点抱头鼠窜。也就是说，在我想象中，那扇门是不可能被打开的。我只是过来出出气。站在门内的人是干马来。只有干马来。她恶狠狠地瞪着我，但没说话。那时我忽然想到，也许她一直都在。上次我来找她的时候，她也在。也就是说，那天在猫眼里看着我哭的人，除了她们的邻居，还有她。想到这里，我就怒不可遏了。我质问她，那天你为什么要躲着我？她轻描淡写地反问，我为什么要躲着你？她的意思是她没理由躲我。她给我让开了一条路，让我进了门。她那天说让我不要再找她了，并不是她的心里话，她还是愿意让我来找她的。我问，你妈呢？她说，她出去了。我说，不是跑了吧？我一屁股坐在她家的沙发上，默默注视眼前那架白色的钢琴。不知为何，我突然很想哭。她直冲过来，扯住我，要和我分辩。她的力气很大，我被她提溜着。她说，你和我说清楚，我妈为什么要跑？你说她跑了是什么意思。我说，她是做贼心虚吧。她给了我一巴掌。我脸上火辣辣地疼。我没想到她会对我动手。我没被人这么打过。不过，并不像想象中那么难以接受。我感觉到干马来怕了。她究竟在怕什么呢？

我还击说，那你告诉我，我爸出事的那天晚上，她为什么不下来，她在干什么？她呆住了，面露惊恐之色。我想她是被我戳中了。我不依不饶，接着冲她大喊，你妈是想毁尸灭迹，想把我爸从你们家彻底赶出去，是你妈杀了我爸。这么一说，连我自己也吓了一跳。我像是无意间道出了真相。也许我爸的死真的和她妈有关。想到这里，我也开始惊慌起来。干马来似乎在发抖，说不出话来了。我们俩在那架白色钢琴前对峙。她终于说出一句话来，你胡说。我从没见她这样紧张过。一时之间，她好像有很多话要和我说，却哑口无言。

我忽然想起卧室里的那张大床来。我一闪身，跑去了蒙阿姨的卧室。我在前面跑，干马来在后面追。我还是进了卧室，不过结果却令我失望。那张床和我爸妈睡的那张迥然不同。我回头对干马来说，你们连床都换了。她还不明白我说什么。她把我从卧室里拉拽出来。她已经不是那个给我看画的干马来了。她怒气冲冲，叫我滚。她想推我出门。

我不甘示弱，和她扭打在一起。我们在地板上打滚。我抓她的头发，她也抓我的头发。其实她没我的力气大。或者说，她已经开始示弱了。我穷追不舍，死死抓住她的头发。她忽然放开了我，说，死的那个人不是你爸。我没听清，她又喊了一遍，死的那个人不是你爸。我也因此放开了她，不过她原地没动，仍在地板上躺着。我半起身，逼视她，说，你说什么。她说，你是你舅的女儿，你妈也不是你亲妈，你亲妈跑了。我叫喊道，你胡说。她说，我说的全是实话，是你爸告诉我妈的。我一时难以接受，更难以接受的是，竟然干马来早就知晓。我说她为什么对我舅的事如此上心。我还以为她真的对我舅和那个牢犯的神秘友谊感兴趣呢。我想我肯定惊掉了下巴，张开了嘴。我起身要走，我想一个人好好想想。我觉得我快要疯了，我的脑袋在旋转，像是夏加尔画里的那个挤奶女工。干马来却一把拉住我。我气呼呼地说，其实我早就知道，不需要你多此一举告诉我。我的意思是，我从未被蒙在鼓里。我不想示弱。我们都站了起来。

我开始飞速回忆过去的点点滴滴。我一下子想到了很多人，想到我爸我妈我外婆，想到他们每一个人，当然也想到了我舅。干马来说，你别走。她在求我。我说，咱们再也回不去了。干马来说，我从没想过要回到过去，也没那个必要，

我说过的，我们永远不会是朋友。她这么说的时候，像是随
时会哭。我问，那你还想和我说什么？她说，你不是想知道，
你爸出事那天晚上，我妈为什么没下去吗？我说，那你快说。
她说，我妈在收拾东西，没错，她在收拾你爸的东西，她一
把火全给烧掉了，你爸的衬衫，你爸的内裤，你爸的一切。
她顿了顿了，接着说，我们没告诉你，其实我们和你爸一直
生活在一起，那天晚上，我本来想和你说的，但还是没说出
口。我问，她为什么要烧掉那些东西？她说，她不想让人知
道她和你爸在一起过。我继续问，为什么？她说，不为什么，
不过，你想过没有，你爸的死和我妈没关系，要是有关系的
话，她不会匆忙烧掉那些东西，那只是场意外。我想了想，
发觉她说得对。我还在问，为什么？我想问的其实是，干马
来是怎么看我爸这个人的，她有多恨他？但看上去她却接受
了他。

　　说完这番话，我们都有些垂头丧气。我们不知道还能说
些什么，可我还不想离开，一点也不想。我们默默相对。后
来她开始试图安慰我。这让我觉得有些诡异。我爸意外去世，
她没来安慰我，反而当我获知死去的人根本不是我亲生父亲
时，她倒认为此刻的我更值得安慰。她安慰我的方式，并不
是对我表示同情，而是在诉说她自己。我乖乖听着，这是我
想要的。起初我以为她会胡编乱造些什么，我姑且听之。后
来我觉得她说的是真话，尽管我从没真正信任过她。我渐渐
意识到，她已经不是在安慰我了。她很想让我知道，她正在
经历着什么。她的遭遇让我惊讶万分。她说她爸竟一直生活

在她身边。她也是最近才知道的。她妈带她去见了她爸，那应该是在我爸的葬礼期间。我一直在想，为什么这还和我爸的死有关。但我没问，干马来也没说。不过我早就想清楚了一件事，就是我们这些人密切相关，牵一发而动全身。我们比我们想象的要更为紧密。这让我又一次想到夏加尔那幅画，《我和我的村庄》，青绿色面孔的男人和那头乳牛的神秘凝视。或者说，我们都不知道自己究竟会和哪些人有着密不可分的联系。

她说她很少见到她爸，上一次见他还是在上海的一家酒店里，大约是三年前。那时他还没得上阿尔茨海默病，或者那种症状并不明显。她爸高大壮实，脖子略短，总是耸着肩，像一只猩猩，或者一只大鸟。这次见他，他已大相径庭。怎么可能是他，嘴眼歪斜，哼哼唧唧。她不愿相信，眼前的脏老头就是她爸。给她印象最深的是，他的手一直在抖。她在见他的时候，一直在注意他的手。他已经不知道她们母女是谁了。只不停重复一句话，快点跟我上船吧，再不走就来不及了。除了重复这句话，就是眼巴巴望着她们。干马来感觉，他看见了她们身后的人。他并不是和她们在说话，而是在和她们身后的人说话。

她爸比她妈大二十来岁。她也根本不想知道他们是怎么好上的。她爸其实一直生活在马来西亚，而且还有另外一个家。干马来说她妈心知肚明，只是从来不过问，也从来不和她说。不过问的原因再明显不过，她爸是她们家能过上优渥生活的经济来源。这么多年来，他们都是这样分开住。她爸

在马来西亚，而她们母女在广西北海。令干马来想不通的是，
她爸为什么不常来见她，还是她妈不想让她见她爸。她爸是
怎么看待她这个女儿的，这是她最想知道的。可她可能永远
也弄不清楚了。这让她感到极其沮丧。她曾问过她妈。她妈
就是不说。她觉得后者的可能性更大。她是她妈的砝码，但
在情理上又很难说通。也就是说，她爸她妈之间的关系叫人
难以捉摸。干马来还告诉我，和她妈相比，其实她更喜欢她
爸。虽说她很少见到他，但他在她心目中的形象，像是天外
飞仙。她的内心深处一直在期待着他，她梦见过很多次，这
个高大英武的男人开着大轮船来接她。这也是她为什么恨上
我爸的原因。是我爸的出现，让她爸变得越来越模糊。自从
我爸进入她们的生活，她那个马来西亚的爸爸再也没出现过。
据她猜测，她爸知道有我爸这个人。我爸去世后，她妈却出
人意料地带她去了养老院，见到了垂垂老矣的久未见面的爸
爸。这也让她感到困惑不已。

　　送她爸来北海的是干马来那个同父异母的哥哥。干马来
说她这个哥哥才是真正的恶魔。我舅根本不算什么，他才是
真正意义上的坏蛋。她这么比，让我很难堪。自从她告诉我
那些事之后，我舅早就不是从前那个舅舅了。他渐渐成了一
个眉目清晰的人。我突然想到他给我起名字的事来，假设我
爸姓毕，我舅会不会给我起名叫毕加索。想到这里，我就很
想笑。我觉得我舅是个特别有趣的人。我不知道他在监狱里
是怎么度过每一天的。我在想，他伙同别人抢劫银行那年就
是我出生的前一年。如果干马来说的是真的，那么他是否知

道我那个亲妈已经怀上了我。他极可能是后来才知道的。他若是早知道，也许就不会去抢银行了。他会不会呢？他到底是为什么要去抢银行？我妈到底是谁？她生下我后又去了哪里？她为什么要抛下我？我反复思索这些问题，并没听干马来在说些什么。

这是赤裸裸的报复，干马来说。我明白，她在说她那个哥哥。她爸得了这种健忘症，识不得人了。天遂人愿。那好，送给你们好了。你们不是一直眼巴巴地望着他吗？他把这个大包袱甩给她们了。像蒙阿姨这样，看上去像一尊活菩萨的人，在面对这样的报复时，难以想象她是怎么想的又是怎么做的。当然，我也想象不到她这个哥哥竟这么抛下他的亲爹折回了马来西亚。说到这里时，我觉得更需要安慰的人是干马来了。我们越挨越近，后来我就抱住了她的肩膀。她很大，像一只胖熊，我根本环抱不住。我们忽然都笑了，像是越说越开心。干马来笑起来好看极了。我都忘了我为什么来找她了。可我实在是不想走，想和她再多待一会，哪怕不说话也好。就在这时候，有人在敲门。

干马来一跃而出，说，我妈回来了。我也跟着起身。门开了，不是她妈，而是我妈。我被惊到了，想往后躲，可我已经站在她面前了。我妈冷着脸，咄咄逼人。干马来还不知道她是谁，问她找谁。我妈没理她，原地站着。我恍然觉得这一幕曾经发生过。她就这么站着，站在干马来她们家门口。气势汹汹又可怜兮兮。我觉得她好瘦小，不堪一击。我走出门的时候，小声告诉干马来，说，这是我妈。她的嘴张得很大，极度震惊。我都没和干马来说再见，就被我妈扯进了电梯里。但我还是回头看了她一眼，只那么一闪念，我似乎又看到了她的眼睛里的蓝光了。明亮骇人。我想跑回去再看一眼，不过没机会了。我妈紧抓着我的胳膊，顷刻不放。我有些失神。满脑子都在想干马来的眼神。我确信，这不是我的幻觉。难道她真有不同寻常之处，她能看见我看不见的东西。我一直在胡思乱想。她如此反复无常，有时是文身的小太妹，在男生堆里游刃有余，有时痴迷于夏加尔的画，像个小艺术家，有时又在父母身边，撒娇邀宠，是个乖乖女。我忽然发觉，这些都不重要。我想知道的是，她是怎么看我的。她会把我当朋友吗？我走在我妈身边，被拖着走。那时我却一直在想，如何成为干马来永远的朋友，一辈子的朋友。无论她是恶魔还是天使。我不知道，她为什么那么说，我们永远不可能成为朋友。想到这里，我又一次感到悲伤。这种悲伤和我意识到我爸再也不会出现在我面前一样，是痛彻心扉的，是无法被安慰的。

巧的是，在她们小区门口，我们遇上了蒙阿姨。她也看见了我。我想她应该知道走在我身边的人是我妈。她看上去有些犹豫不决，也许在想，要不要走过来和我打招呼。她还是走过来了。叫了我一声，又停住了。她的意思是让我过去。她不想和我妈走得太近。我和我妈使了眼色，就过去了。我一走近她，她就一把揽我入怀，紧紧抱住我。她说，好想你呀。她似乎是真的想我了。她真把我当干女儿了。还有另外一种可能，她在可怜我，同情我，她知道我是我舅的女儿，我是个孤儿。她抱得我都有些喘不过气了。她应该猜得出来，远远看着我们的人是我妈。是因为认出了她，她才这样做的。她紧紧抱着我，有表演给我妈看的成分。那她又为什么这么做呢？我想不明白。

我妈喊了我一声。蒙阿姨松开了我，但给我的感觉更像是我松开了她。是我在紧紧抱着她。她在我耳朵边说，你爸手机的开机密码是你妈的生日。我愕然。她说，你不知道你妈的生日吗？我说，我知道。万万没想到，我爸怎么会用我妈的生日做密码呢？按道理讲，这也没什么好奇怪的。但发生在我爸身上，确实有些不可思议。蒙阿姨嘱咐我别忘了。我想我爸的手机里应该有她想让我们知道的秘密。我说，好的。我丝毫没怀疑她说过的话。她目送我远去。

我妈问我，她和你说什么了？她很镇定，但我想她是假装的。我说，她说她想我了。我妈嗤之以鼻，继续问我，还有呢？我说，没了。她不相信。我说，真的没了。她知道那是蒙阿姨。她们真的早就认识了。我妈也许还曾找过她。她竟然知道她们住在哪里，而且还知道，我就在她们家。

那也是我最后一次见蒙阿姨。她没过一个月就被刑拘了，进了看守所。刑拘的理由是，涉嫌破坏军婚。那时，我才确定我妈真的是一名军人，还是一名军官。我有种强烈的感觉，蒙阿姨像是早就预料到了后来发生的一切。那天晚上，她叫住我，是为了和我告别。还有一件更重要的事，也是我很久之后才想到的。就是那天晚上，和我们不期而遇的蒙阿姨，我这个谜一样的干妈，并不是一个人来的。有个男人和她在一起。我们紧紧相拥的时候，那个男人一直站在不远处，默默打量着我们。

四

我回家之后，给我爸的手机充电，开机后，录入我妈的生日，手机果真被我打开了。我爸去世两个月后，他的手机又活了过来。我大声叫我妈，并告诉她，我爸手机的开机密码是她的生日。我以为她会大惊失色，没想到她似乎并不是特别在意。她对我爸手机里的信息没什么兴趣。甚至，她对我爸将她的生日作为开机密码这件事也不以为意。她淡淡地说，你爸那些破事，我根本不想知道。也许她真的不想知道。这些年，她都是睁一只眼闭一只眼。我想这也没什么不好。既然她不想看，那就让我看好了。我开始进入我爸的微信，当时我紧张得想要干呕。我想知道我爸和蒙阿姨是怎么聊天的。我在打开对话框之前，想到我妈竟然放心，让我看我爸的微信聊天记录，这简直是匪夷所思的。难道她是想让我知道，我爸是个多么不堪的人，让我由此看不起他。我有些犹豫不决，万一我看到一些不堪入目的内容，我该怎么办。不过我还是打开了。

我在翻看我爸和蒙阿姨的聊天记录，结果是令人失望的。他们聊得并不多，大多都是关于火锅店经营的事务性对谈。当然，也有些日常对话，诸如你吃了吗，在哪里吃的，以及在忙什么之类的问答。问答非常无聊。如果说他们只是生意上的伙伴，也是说得过去的。我一直往上翻，不过我没找到我们那次聚餐之前的信息。他可能是删除了。我想，那次聚餐过后，他们的关系是不是已经变了。他们分手了。我爸让我见她们，其实是因为他们分手了。这个新发现，让我惊呼。我还一直以为他们是从那天才开始的，没想到竟是他们的结束。我不知道该告诉谁，和谁诉说。干马来？我有一肚子的话想和她说。我想马上见到她，可这是不可能的。我忽然发现，能让我吐露心事的人竟然是干马来，只有干马来。想到这里，我又感觉到了沮丧。

　　我用我爸的微信，给蒙阿姨发了一句话——你在吗？发完，我才意识到，蒙阿姨看到我爸的微信，会不会被惊吓到。一个已经死了两个月的情人，突然发微信给她。我还在盯着手机发呆，蒙阿姨就回信息了，说，我在。她知道，发信息的人是我。她还知道，是我打开了手机。我很兴奋，我能随时找到她了。可我实在没什么话要对她说。在她被刑拘前，我竟真的一次也没找过她。她是我干妈，她对我那么好，我却想躲开她。我一直隐隐觉得，我爸的死和她有关。就这一点，让我无法原谅她。当然，这也如同干马来不会原谅我一样，是我妈把她妈送进了看守所。我像是明白了，她说过那句话，我们永远不会是朋友。她的确能看见我看不见的东西。

　　在她妈进看守所之前，我们还见过两面，一次是我找她，另一次是她找我。我先找的她，是想让她陪我去找那个美术老师。我想知道关于我亲生妈妈的事情，想知道她究竟是谁，是个什么样的人。关于我的身世之谜，我没问她们任何人，我也没让她们知晓，我对此有过怀疑。我仍像往常一样，看上去没任何变化。事实上我变了，完全变了，我一下子就长大了。长大了，就是你学会不动声色。更重要的是，你变得有些无情，对很多事开始不在乎。我又一次去找干马来。为什么去找干马来呢？也许是我想让她知道，我并不比她好多少。我们同是天涯沦落人。也许是我潜意识里还想跟她好下去，不想让她嫌弃我。在去的路上，我有些犹豫，到底要不要和她说说我爸和她妈的聊天记录。她那天有些阴郁，对什么都提不起兴趣。她还告诉我，她正处于她的月经期，"水逆"。我还没来过初潮。就这点而言，她是另一个世界的人。我不懂她说的"水逆"究竟是什么。

　　为了让她兴奋一点，我还是说了我爸和她妈的聊天记录。我想告诉她的是，他们分手了，在我们第一次聚餐的时候，就已经分手了。也许在他们之间又有了新的第三者。这多少有些滑稽。我问她，你说是我爸还是你妈有了第三者？我这么问，更像是调侃。她说，这已经不重要了。我说的这些话仍然没让她有任何反应。我以为她会为我这个新发现激动不已。我随声附和她，说，没错，这已经不重要了，可我就是很想知道。她说，我不想知道。她的灰心丧气，让我感觉到，她可能一言不合就会掉头就走。我没再说下去。我也不知道她在烦什么。那她为什么又答应我，和我一起去找美术老师呢？

　　我很快有所醒悟，明白了她不想说，也许是她妈喜欢上了别人。这也让我想到，那天陪她一起散步的男人，一个阴

森森的身影。我没看清他的样子。我因此想到我爸，他以为
自己在女人间左右逢源，没想到后来却成了一个人人嫌弃的
人。想到这里，我很替他感到难过。他死了，也许称了她们
的心。我已经开始想念他了，想念他在万达商场紧紧抱住我，
想念他扶着蒙阿姨的腰进电梯，想念他冲我做鬼脸。我走着
走着，就掉起了眼泪。干马来走在前面，我想她是不会发现
的。可就在我这么想的时候，她却猛然回头，说了一句，别
以为，你偷偷掉眼泪，我就会可怜你。她是个怪物。后脑勺
上还长着眼睛。

到了少年宫，我们见到了那个美术老师。他倒是很热情，
仍像上次一样。我们却变得有些不一样了。我都不知道该问
他些什么。他似乎也没什么要和我们说的了，该说的都说了。
我反复问到我舅的那个女朋友。他语焉不详，说只见过一面，
毕竟十几年前的事情了。也就是说那个女人并没给她留下什
么深刻的印象。他说，她应该是个北方人，口音里有儿化音。
转而又说，也有可能是四川人。说到这里的时候，我已经想
离开了。干马来自始至终都不关心他究竟会说什么。她一直
在少年宫的书架上流连。后来她终于找到一本书，问那个美
术老师，能借给她看看吗？美术老师毫不犹豫就答应了。她
总是让人难以拒绝。美术老师喜欢她。若不是她在，美术老
师是不愿意搭理我的。我跑过去看了一眼，是夏加尔的自传，
《我的生活》。我想，干马来更像是来借这本书的，而不是陪
我打听我的身世。后来我们就离开了少年宫，有点不欢而散。
临走前，我俯身看了一眼她脚踝上的文身图案，是一只奔牛，

气势汹汹的牛，目露凶光的牛。记得干马来说过，牛的眼睛
是世界上最漂亮的眼睛。她这话是听我说的，我又是听我妈
说的，而我妈又是听我舅说的。

　　那并不是真的不欢而散，干马来第二天就来找我了。在
我们之间的关系中，干马来是那个发动者也是叫停者。我自
始至终都被她操纵。我似乎甘愿如此。可就在她找我的时候，
我却已经痛下决心，要离开她了。我想有新的朋友。我觉得
干马来是个小巫婆，和她走得太近，会让我发疯的。除此之
外，我更害怕，我会离不开她，再也离不开她了。我会成为
她的木偶，一个提线木偶。我将是她的从属，她的奴隶。她
就想让我成为她的奴隶，她就是这么驯化我的。我不是想离
开她，是不得不离开她。

　　她从来都知道怎么找到我。她来到我外婆家所在小区，
在一株高高的椰子树下，吹口哨。我们家住在五楼。她的口
哨声很特别，我听得异常清晰。我又下楼了。我的决心一文
不值。她站在一丛朱槿之中，显得光彩照人。她说要带我去
见一个人。我没问是谁，就跟她走了。我们去了养老院。我
见到了她的亲生父亲。我不知道她为什么带我去见他。我们
在养老院来去匆匆。我们只是看了那个老头一眼，干马来就
拉我出了养老院。她从包里掏出一本书，没错，就是那本夏
加尔的自传，《我的生活》。她让我看夏加尔的照片，说，我
爸是不是有点像他，尤其是眼睛。我觉得我又一次被她戏耍
了，跟她折腾来折腾去，就是为了这个无聊的问题。可我还
是回答了她，说，一点也不像。她很沮丧。她说，很像呀。

确实有一点点像。但我是为了气她，故意坚持说，一点也不像。她自觉无趣，便没再和我说话。在我们分开之前，她还说了有关我爸的一些往事，她后来不恨我爸了，那是因为我爸常陪着她妈来养老院。她说这些，可能是想要留住我。她也看出来，我可能有些疲倦了。对她那些话，我没显露出丝毫兴趣。其实不是这样的。自打她说完，那家养老院也变得不一样了，像是陡然有了生机。我想到，我爸陪着她妈常常来看这个人，这是多么让人动容的故事。温柔又残忍。

和她分开后，我还是暗下决心，不再和她玩下去了。游戏已经结束了。我们的友谊也结束了。反正暑假将尽，学校也快开学了，我想有一些新的朋友。那也是我第一次对友谊有深切的期盼。我渴望见到我那些同学们。从这点上来看，是干马来教会了我，她让我对友谊有了更深刻的认知。开学后，我尽量让自己成为一个热情的人。也许我可能还做不到。尽管看上去还像先前那样，其实已经变了，变得小心翼翼。只有我知道，我多么渴盼同学们的友谊。我想一点点走近每一个人的心。开学后没多久，当我还沉浸在那些若即若离的同学间的塑料友情时，我却听说蒙阿姨进了看守所。她被刑拘了。这让我感到震惊，同时又觉得好像只有这样才合情合理。这是我妈想要的。她做了那么多，就是为了有这样一天。

那些天，我在学校里也不止一次见过干马来。我们又像过去一样，假装不认识。不过先前，更多是我躲她，现在是她躲我。像逃避瘟神一样，她更加果决，更加凶狠。这也像她的行事作风，一不做二不休。这叫我难堪，也让我备受伤害。我感觉冤屈。我想，那个想走开的人是我。为什么又是她？她总能很快洞悉我的所思所想，先我一步，不让我得逞。所以当我得知她妈被刑拘后，震惊之余，还有种解脱感，就像是报了一箭之仇。可这样松快的感受，并没持续多久，我又觉得自己不近人情。想到蒙阿姨正在臭气熏天的牢房里待着，我就无比难过。也难以想象，她那样的人，一个名媛，一个菩萨，怎么能被关起来。我决定去找干马来问问，想知道她是怎么想的。在找她之前，我还得知，她和一个男生走得很近。有传言说，他们恋爱了。这没什么好惊讶的。当我弄清楚那个男生的底细后，我又暗自发笑。那个男生的爸爸是个警察。她是想救她妈。我觉得她十分可恶。她和她妈一样，都是想利用男人。我想，这才是我会愤而去找她的真正缘由。她为什么要找那个警察的儿子，她应该来找我。我才是那个能够给她帮助的人。

　　新学期我们升初三了。她在初三五班，我在一班。我在课间休息的时候去找她。她看见我了，我在她们教室门口孤零零站着。有人已经告诉过她，我来找她，可她只是远远看了我一眼，并不理会我，继续和别的人闲谈。她一副无所谓的样子，还略带挑衅。你根本看不出，她妈妈刚被人带走，被关进了看守所里。她看上去多么没心没肺。见她不出来，我竟开始大喊，干马来，你给我滚出来。所有人转向我，看我这个小麻雀，一个默默无闻的中学生，敢在干马来面前，叫她滚出来。我这么大喊大叫，干马来没想到，我也没想到。我是气急了。她最终还是出了教室，走到我身边，说，你他妈发什么疯！她就是这么说的。那时，我才突然意识到，我是她的仇人。她已经把我当仇人看了。是我妈把她妈送进了看守所。我还这么叫嚣。我吞吞吐吐，不知道要和她说什么。她说，你是过来可怜我的吗？还是想看我笑话？你这个婊子养的！她开始骂人了。我忍着泪水，一直在盯着她看。她的眼睛灰蒙蒙的，黯淡无光。我从没这么直勾勾看过一个人。她接着说，你再这么看我，我他妈弄死你。她和我不是一个世界的人。我咬着牙，怯怯地说，我来找你，就是想告诉你，你为什么不来找我，我也许能帮帮你。她冷笑两声，说，我找你，你以为你是谁，你这个杀人犯的女儿。我以为她说的是我舅。我说，我舅没杀人。她过来抱住我，推着我走。我以为她要把我从楼上推下去。她小声说，我说的不是你舅，是你妈，那个臭婊子，是她杀了你爸。你知道吗？是你妈杀了你爸。我说，你凭什么这么说！她说，你知道那个司机是谁吗？他姓禤，xuān，你舅舅那个生死之交也姓禤，难道就这么凑巧吗？我说，他们不可能是同一个人，那个人还在牢房里呢。她说，我知道他们不是一个人，可是姓禤的人多吗，我就没见过几个姓禤的，谁知道你们家和姓禤的有什么见不得人的关系，况且他们还都是合浦公馆人。我还想分辩，她推了我一下，说，快滚吧。我想象不到，她是那个迷恋夏加尔画的干马来。她变成了一个恶魔，说变就变。后来她又拉了我一把，神情肃穆，说，我知道你是个什么人，我很多年前就知道，你还记得你那次修改卷子吗，我看得很清楚，你是个小偷，是个骗子。说完转身走了。我傻站在那里，久久发呆。

不过我还是把她的话当真了。干马来从不说假话。这一点我是确信的。她总是比我看得远看得深。我开始回忆我妈这些天的所作所为。我知道她恨我爸，恨之入骨。她善于谋划，善于隐忍，做事仔细，不太有破绽。那些天我恍恍惚惚，不知所措。每天放学回去，我根本不想见到我妈。她那些天的确有些反常，就是她开始哼歌了。我知道，蒙阿姨被收监，她是开心的。她就是要把她弄进去。可她为什么非要等我爸出了事，才这么做呢？是我爸出了事，让她痛下了决心？还是，她一直在等，等这个机会。她似乎早就握有他们在一起厮混的证据。她一直睁一只眼闭一只眼，究竟是为了什么？我思来想去，我妈借刀杀人的可能性是有的，而且很大。如果真是她借刀杀人，我又该如何面对她？我很害怕，我不知道该怎么办。

我妈早就说过要带我去看我舅的。我也不清楚为什么。可能是她觉得时候到了，该让我知道这一切了。她想让我们父女早点相认。可蒙阿姨被刑拘的事一出，这事就搁浅了。那个月她也没去看我舅。看我舅的任务就落在我外婆身上。我外婆看完我舅回来后，和我妈耳语了很久。再后来，我妈就找我说，我舅暂时还不想见我。我舅的意思是，他也快出来了，没必要弄得孩子不开心。我反复想，我舅为什么不想见我？越想越觉得，事出有因，我是他的女儿这件事也就变得确凿无疑。想想我外婆竟是我奶奶，而我那个奶奶却和我没半点关系。我说，她怎么那么亲我弟，不太亲近我，面对我时总是阴阳怪气。早先我只是以为她农村婆子重男轻女。想到我是我舅的女儿，他们那些破烂事也就渐行渐远了，当然也更清晰了。我自始至终竟是个局外人。

有次我妈找我谈话，说到蒙阿姨她们家那台奔驰车是我爸买的。我不知道她为什么告诉我这个消息。在那之前她都是瞒着我的。关于我爸给蒙阿姨买床的事，也是我偷听来的。她和我郑重其事地说到我爸还是第一次。她是不是也发现我变了，我长大了。她已经把我当成一个大人了。这也让我有了勇气和她说一些心里话。听到她说我爸给蒙阿姨买了那么多东西，我却没什么感觉。反而会让我觉得，我爸和蒙阿姨是真心相爱。我的确是个叛徒。我也是那天才知道，我奶奶不回东北，就是想从蒙阿姨那里要回属于我们的东西：一台奔驰车，还有那半套房子。也就是说，我去过那个复式楼，竟有一半是我爸的。我爸给蒙阿姨付了首付，直接把钱打进了开发商账户。我爸真有男子气概。这一点和我舅倒是有异曲同工之妙。可我根本没把这个放在心上，我想的全是，我妈有没有借刀杀人？我爸的死究竟和她有没有关系？

在她正说到兴头的时候，我突然问她，那个开车撞我爸的人为什么姓禤？我妈被我问愣了，很久才回神。她反问我，他姓什么，我管得着吗？我没说话。过了许久，我妈才明白过来，知道我在怀疑她。她有些气恼，质问我，你的意思是，你爸是我害的。我仍旧不说话。她说，你说话呀，你是不是这个意思？她越说越气。她的鼻尖在冒汗，下巴在颤抖。也许正中她下怀。我和她一样也处于紧张不安之中，生怕她承

认我爸就是她害的。这是我不能接受的。如果真是那样，我
不知道该如何自处。我妈突然平静下来了，淡淡地说，你真
的这么以为吗？她这么说，是真的没把我当小孩子了。我反
而有些惶恐。我说，我没有。她说，你没有，你认了别人做
干妈，别人说什么，你就相信，你到底是哪一头的？连我认
了蒙阿姨做干妈的事，她也知道。她似乎是一切尽在掌握。
她这么说，我开始恼羞成怒。我说，我就是喜欢她，喜欢她。
我想说，我就觉得他们比你们更合适。我没说出来。我妈说，
你这个白眼狼。她想让自己尽量平静下来。我知道她不能把
我怎么样。此刻我更加确信，我是我舅的女儿。她反问我，
那你说，你爸为什么还把我的生日做开机密码，你说他是恨
我还是爱我？她把我问蒙了，我不知如何作答。我说，我只
知道，你恨他。她说，我不恨他，你根本不懂我们。她没再
继续说，却一把抱住我说，宝贝儿，你相信妈妈吗？我点头。
她的泪珠一颗颗从眼睑里滚出来，晶莹透亮。那晚我妈搂着
我睡的。我想，她可能一直没睡着。我伤了她的心。她可能
会联想到她的人生。是我给了她更为致命的一击。她是无辜
的，是我冤枉了她。我怎么能怀疑我爸是她害的呢。我也很
久很久才睡着。我一遍遍想，我爸出车祸的那天晚上，我妈
都做了些什么。我发现，我从未真正关心过她。那晚我是眼
含热泪睡着的。

　　没过几天，可能是三天后，我被干马来叫出来。可我在
大街上根本没看见干马来。几个男生把我团团围住，那时我
忽然醒悟，我被干马来骗了。我被他们簇拥着上了一辆车，

一辆黑色的车。开车的人戴着黑色的墨镜。我知道，干马来要对我下手了。我不知道她会干出什么来。我非常惊慌，从没那么惊慌过。我的小腿一直在抖动，就像裤腿里钻进了一只老鼠。他们并没对我怎么样，只是让我不要乱喊。

大约过了半个小时，我们就到了目的地。他们让我下车。我们在一片虾塘前面停了车。北海郊区有不少这样的虾塘。一片连着一片，给人一种沧海变桑田的感觉。他们外地人来北海吃的那些海虾，很可能出自这些虾塘。这多少有些荒谬，本来他们来到海边是来吃海虾的，事实上也许吃的仍旧是淡水虾。

我见到了干马来。她从一间茅草屋里走了出来。她身边有个男生，我从来没见过。人长得眉清目秀，却好勇斗狠，给人感觉像是模仿出来的，显得幼稚，轻易就被看穿。她让我觉得他们根本干不成。我说，干马来，你想干什么？她笑了，她笑得真好看。有那么一瞬间，我感觉她并不是绑架了我，而是张开怀抱迎接我。她说，你过来，我告诉你。我走过去了。她说，我叫你来，让你给你妈打电话。我说，打电话干什么？她说，是你妈那个婊子恶人先告状。我说，我要是不答应呢？她旁边的男生戳了我眉头一下。戳得很疼。他下手真狠。我随他们进了茅草屋。干马来把电话递给我，让我给我妈打电话。我当时就觉得，干马来这么聪明的人，为什么出此下策？我说，你觉得这样有用吗？她说，如果你妈不放手，我们就不会让你走。我说，好。我很配合她。我开始拨打电话。已经拨通了，我妈的声音传过来，说，你好，

请问你找谁？她说的是白话。我刚想和她对话。干马来却把
电话挂了。她说了一句，你们都给我滚。她的意思是，让那
几个男生滚。他们很听她的话，随后就出去了。茅草屋里只
有我们两人。特别安静。我知道她退缩了。也许她从一开始
就没想好。她注视着我。她目光一闪，我又看见了那两道蓝
光，很快就消失了。她抓住我的手。两只手在我们之间轻轻
摇晃。我不知道究竟发生了什么。一转念，世界就变了。她
说，夏加尔，你说我该怎么办？我们完蛋了。这和那天说我
是个小偷和骗子时，是同样的语气。

　　我以为她会哭出来。她没有，她一直目不转睛望着我，
像看一头小乳牛。没错，我想到了夏加尔的画。她的手仍抓
着我的手，不紧不松。我的感觉是，我要飞起来了。就像画
里那样，我在空中飘浮。我知道我们之间在发生什么。我也
明白了我舅和那个姓禤的家伙。也许还有我爸和她妈。此时
此刻，我愿意为她做任何事。我知道接下来我要做什么了。
我反手握住了她的手，十指紧扣。我想让干马来也飞起来。